고독의 심리학

PSYCHOLOGIE DE LA SOLITUDE

by Gérarad MACQUERON
Copyright © EDITIONS ODILE JACOB, Paris, 2009
Korean Translation Copyright © Mujintree Co. Ltd. 2010
All rights reserved.

This Korean edition was published by arrangement with
EDITIONS ODILE JACOB (Paris)
through Bestun Korea Agency, Seoul, Korea.

고독의 심리학

PSYCHOLOGIE DE LA SOLITUDE

제라르 마크롱 | 정기헌 옮김

mu∫intree
뮤진트리

"그는 자신이 피하려고 애쓰는 것이 고독이 아니라
자기 자신임을 알지 못했다."

— 윌리엄 포크너 —

"나무에게 물과 빛이 반드시 필요한 것처럼
인간에게 반드시 필요한 두 가지가 있으니,
고독과 교류가 그것이다."

— 크리스티앙 보벵 —

차례

■ 서론   10

제1부 자기인식을 위해 거쳐야 할 필수 단계

1장 모두가 겪는 내적 경험   16

고독의 그림자 | "고독이라는 말에서 무엇이 연상됩니까?"

정말 혼자인가, 혼자라고 느끼는 것인가 | 고독의 요소 | 고독감은 어디서 비롯되는가

2장 왜 고독은 불안을 일으키는가   41

고독이 주는 두려움 | 고독으로 고통 받아보지 않은 사람은 없다

우리는 혼자 있는 법을 배우지 못했다 | 고독한 사람은 낯설다

고독의 효용을 긍정적으로 언급하지 않는다

3장 어른이 된다는 것은 혼자 있는 법을 배우는 것이다   51

꿈과 현실을 혼동하지 말라 | 자신의 삶에 책임을 져라 | 타인을 있는 그대로 받아들여라

타인에게 의존하지 말라 | 자신을 위한 시간을 가져라

자유롭게 살고 싶다면 자신을 받아들이고 사랑하라 | 철저하게 자기 자신이 되라

제2부 고독의 심리학

4장 불만족스러운 사회관계　　　　　　　70

인간은 사교적 존재다 | 사회적 고독과 감정적 고독 | 관계형성에 대한 두려움
내면적 고독 | 일시적 고독과 만성적 고독

5장 유년기 경험의 중요성　　　　　　　80

지그문트 프로이트 : 우리는 어둠이나 거미처럼 고독을 두려워한다
도널드 위니콧 : 혼자 있을 수 있는 능력 | 멜라니 클라인 : 적극적 환상의 중요성
존 볼비와 애착이론

6장 고독에 이르는 심리적 과정　　　　　　　93

내적 갈등 | 부적절한 반응들 | 상대적으로 고독해지기 쉬운 성격

7장 고독을 바라보는 다른 시각　　　　　　　136

감정에 치우친 생각 | 지식을 어떻게 실천할 것인가

제3부 나를 발견하고 나 자신으로 살아가는 즐거움

8장 문제 상황 파악하기   146

어떤 상황에서 혼자라고 느끼는가 │ 혼자일 때 무엇을 하는가
몇 가지 유용한 방법

9장 자기관리   157

다이어리를 이용해 계획을 세우라 │ 의무적인 일에서 벗어나라
오늘 할 일을 내일로 미루지 말라 │ 중요한 정보들을 분류하여 수첩에 기록하라
여가 시간을 계획적으로 보내라 │ 어쩔 수 없는 상황을 만들지 마라
'생존수첩'을 만들자 │ 고독감에서 벗어나는 방법

10장 원만한 대인 관계 맺기   182

심리적 억제상태 극복하기 │ 타인에 대한 두려움 버리기
내면적 담화 바꾸기 │ 두려움에 맞서기

11장 사회적 능력 향상시키기   200

대화하기 │ 공감하면서 듣기 │ 자기주장 하기 │ 부탁하는 법 배우기
거절하는 법 배우기 │ 비판에 반응하기 │ 타인을 비판하기 │ 긍정적으로 말하기
긍정적인 말에 반응하기 │ 화내는 사람 상대하기 │ 갈등 다스리기
부정적인 감정 고백하기 │ 사과하기 │ 몇 가지 조언

12장 꾸준한 관계 만들기   239

인간관계를 점검하라 | 관계의 성격을 존중하라 | 불안보다는 욕망을 따르라
좋은 관계를 유지하라 | 해로운 관계를 멀리하라 | 만족스러운 커플 관계

13장 감정에 충실하게 살기   259

나의 감정 되찾기 | 숨겨진 감정 발견하기 | 감정적 상태 창조하기
홀로 자신을 대면하는 법 배우기 | 북받치는 감정 다스리기 | 감정 유연제

14장 자존감 갖기   287

자존감은 어떻게 형성 되는가 | 어떻게 하면 자존감을 가질 수 있을까
자신을 믿어라 | 자기 자신과 평화로운 관계 맺기

■ 결론   326
■ 부록   329
     고독을 극복하는 실전 프로젝트
     참고할 만한 문헌들
■ 감사의 말   345
■ 옮긴이의 말   347

서론

고독이란 무엇일까? 고립된 생활, 버림받았다는 느낌, 배우자에 대한 불만족, 외로움으로 인한 고통……. 이런 것이 고독일까? 아니면 단지 삶에 만족을 느끼지 못하는 것일까? 고독이 언제나 우울증 증상을 동반하는 것은 아니다. 그렇다고 고독감을 단지 성격의 문제로 치부해 버릴 수도 없다. 관계나 애정의 결핍으로 고독의 원인을 다 설명할 수도 없다. 이 모든 것이 고독과 조금씩 관련되어 있다고 보는 편이 정확한 설명일 것이다.

고독의 이런 측면은 나를 찾아와 답답한 속내를 털어놓는 다양한 이들의 고백 속에서도 잘 드러난다. 사람들이 상담실을 찾는 이유는 여러 가지지만, 결국 모든 것이 고독의 문제로 귀결된다. 마치 우리가 인간 존재로서 겪는 문제들, 삶 앞에서 느끼는 두려움, 온갖 정신적 고통들이 모두 결국 혼자인 상태 혹은 혼자라는 생각에서 비롯되는 것처럼 말이다. 나를 찾아온 사람들은 이런 고독의 상태를 마음속에 깊이 새겨진 고통스러운 상처, 공허감, 버림받았다는 느낌, 정신적 삶을 위협하는 파괴적인 불안 등으로 묘사했다. 그들은 이런 마음의 고통이 자신의 삶을 조금씩 갉아먹는 모습을 속수무책으로 바라봐야 했던 것이다.

그러나 고독은 우리가 피해 갈 수 없는 자연스러운 경험이다. 누구도 고독으로부터 완전히 자유로울 수는 없다. 그러나 우리는 대부분 고독 속에서 불편함을 느끼며 가능하면 그것을 피해 가고 싶어 한다. 고독은 때로 쓸쓸하고 신랄한 방식으로 우리가 이미 잊었다고 믿었던 과거의 불안들을 다시 불러일으켜 마음에 상처를 입히거나 약점을 고스란히 드러내 보이도록 만들기 때문이다.

어떤 사람들은 일상을 우울하게 만드는 이런 고통스러운 순간을 피하는 방향으로 삶을 잘 꾸려 나간다. 그러나 고독을 피하기만 하려는 태도는 자주 부적절한 행동, 심지어는 파괴적인 행동을 유발할 수도 있다. 포만감을 느끼려고 폭식을 하거나, 지루함을 견디지 못해 활동과잉 성향을 보이거나, 인터넷을 통해 흥분된 감각과 상상 속에 빠져들거나, 현실에서 얻지 못한 위안과 만족감을 마약에서 얻으려고 하거나, 병적인 집착에서 벗어나고자 절망적으로 파트너를 찾아 헤매는 행동들이 그 예이다. 심지어 고통에서 벗어나는 유일한 해결책으로 자살을 생각하는 사람도 있다. 이처럼 고독은 그것을 일종의 실패나 버림받음, 지루함으로 느끼거나 무의미한 경험으로 간주할 때, 실제로 고통을 불러일으키는 직접적인 원인이 된다.

　그러나 생각을 조금만 달리하면, 고독이 가져온 이러한 고통을 다른 식으로 '활용'하는 길이 보인다. 고독에서 비롯된 괴로움이 부정적인 것만은 아니라는 말이다. 혼자 있는 법도 배워야 알 수 있다. 그러려면 먼저 내가 안고 있는 문제가 무엇인지를 파악해야 한다. 그래야 고독한 상태에 다른 식으로 반응하고 적응할 수 있다. 나아가 고독을 나의 감정을 다스리고 좀 더 건전한 인간관계를 만들어 나가는 밑거름으로 삼을 수도 있다.

　고독은 우리에게 나 자신과의 진정한 만남의 기회를 제공한다. 고독을 통해 인간은 삶에 관한 근본적인 질문들과 대면한다. 내 존재의 의미는 무엇인가? 나는 누구인가? 어떤 삶을 살 것인가? 나는 나 자신을 어떻게 생각하는가? 나는 세상 속에서 어떤 위치를 점하고 있는가? 나는 타인들과 어떤 관계를 맺고 있는가? 이런 질문을 통해 자신을 성찰하고 자신을 둘러싼 인간관계에 대해 좀 더 많은 지식을 쌓아 갈 수 있는 것이다.

　고독의 경험은 우리에게 내면 세계와 외부 현실 간의 거리를 드러내 보여 준다. 이런 의미에서 고독은 고통스럽지만 생산적인 경험이라고 할 수 있다. 우리는 고독을 통해 자신을 재발견하는 동시에 자신의 한계를 받아들임으로써 성숙하고 책임감 있게 행동할 수 있게 된다. 따라서 고독의 순간을 충만하게 경험하는 것이야말로 있는 그대로의 나의 모습으로 자유롭게 살 수 있는 길이다.

　이 책이 나 자신을 찾으러 떠나는 멋진 여행의 길잡이가 되었으면 하는 바람이다.

1부에서는 고독이라는 현상이 고통스러운 경험만은 아니라는 것을 보게 될 것이다. 우리는 자주 고독을 부정적으로 여기는 편견 때문에 고독을 발견하고 즐길 수 있는 기회를 갖지 못하고, 고독의 순간을 두려워하거나 피하려고만 한다. 혼자 있는 순간을 즐긴다는 것이 얼마나 우리에게 풍요롭고 건설적인 경험을 선사하는지, 우리의 정신적 성숙을 위해 얼마나 중요한지를 1부에서 살펴볼 것이다.

그렇다면 우리 정신 생활에서 고독은 어떤 위치를 차지하고 있는가? 사람들은 왜, 어떤 방식으로 만성적인 고독에 시달리는가? 잘못된 믿음 때문에? 마음이 허약해서? 유년 시절에 맺은 부적절한 정서적 관계 때문에? 그 속에는 어떤 무의식적 메커니즘이 작동하고 있는 것일까? 그 작동 기제에 대응하려고 우리가 흔히 취하게 되는 잘못된 전략에는 어떤 것들이 있을까? 2부에서 이 모든 질문에 대한 답을 탐색해 볼 것이다.

마지막 3부에서는 자신의 삶을 조직하고, 인간관계를 개선하고, 감정을 다스리고, 자존감을 향상시킬 수 있는 구체적인 방법을 살펴볼 것이다. 이런 방법들로 고독을 길들인다면 고독이 불러일으키는 고통을 완화하고, 고독이 우리에게 선사하는 것들을 충분히 누릴 수 있는 가능성을 발견하게 될 것이다. 그럼으로써 고독은 우리가 살면서 겪는 여러 가지 경험 가운데 하나이며, 그것을 잘 경험하면 우리의 삶에 진실하고 근본적인 순간을 가져다주는 매우 특별한 경험이 될 수도 있다는 것을 알게 될 것이다.

제1부

자기 인식을 위해
거쳐야 할 필수 단계

우리가 인생에서 겪게 되는 온갖 일들을 큰 무리 없이 받아들이고
그것을 내면화하려면 고독의 시간이 반드시 필요하다. 부인하지
말자. 고독은 우리 인생의 한 부분이다.

01
모두가 겪는 내적 경험

| **고독의 그림자** |

사람은 누구나 고독감에 사로잡힐 때가 있다. 누구도 예외가 될
수 없다. 고독감은 현재 그 사람이 어떤 삶의 단계를 거치고 있는지
에 상관없이 모든 연령대의 사람들이 겪는 자연스러운 심리적 현상
이다.

예를 들어 보자. 부모가 집을 자주 비우고 가정을 소홀히 하면,
아이는 부모의 보살핌을 받지 못한 채 외롭고 불안한 유년기를 보
내게 된다. 학대와 구박 속에서 고통과 슬픔에 가득 찬 유년기를 보
내는 아이도 있다. 폭력적인 부모는 아이에게 침묵과 수치심만을

강요한다. 친구들에게 왕따를 당하거나 성적이 나빠서 학교에 적응하지 못하는 아이도 있다.

청소년기가 되면 급격한 신체적 변화가 찾아와 유년기의 평온을 조금씩 잃어 가며 고독감에 사로잡히기 쉽다. 미래가 근본적으로 자신에게 달려 있다는 사실을 깨닫기 시작하면서 불확실한 미래에 불안감을 느끼게 된다. 성性에 눈 뜨면서 새롭게 생긴 욕구에 당황스러워하기도 한다. 그렇게 첫사랑을 앓고 그 사랑이 지나가고 나면 달랠 수 없는 슬픔을 맛본다. 소중한 사람과 멀어지거나 헤어지면, 자신이 버림받았다고 느끼거나 배신감이나 실패의 감정에 휩싸인다. 아직 새로운 사회적 관계의 규칙을 이해하지 못한 채로 타인들과의 관계가 변화하는 것을 경험하는 것이다.

성장하면서 어른들의 세계에 대한 환상이 깨지고 주변 사람들을 이해할 수 없게 되는 것은 누구나 겪는 일이다. 이제 자신의 길을 스스로 선택해야 한다. 이때 부모에게 더는 사랑받지 못하게 되었다거나 부모를 실망시킬지도 모른다고 걱정하며, 다른 한편으로 자신이 자신의 미래만을 생각하고 있다는 죄책감에 사로잡힌다. 그러면서 가족이나 친구들과 멀어질 수도 있다. 학업 문제나 진로 문제로 고민에 빠지기도 한다. 때로 실현 불가능한 욕망의 양면성을 발견하기도 하고 독립하고 싶은 욕구, 자신을 남들과 구별 짓고 싶다는 욕구를 느낀다. 그러나 마음 한구석에는 주변 사람들의 의견을 듣고 도움을 얻고 싶다는 욕구가 여전히 남아 있다. 그렇게 어른으로서 스스로 자신을 책임져야 할 나이가 된다. 이제 자신이 모든 결정을 내려야 하며, 그 결정에 따른 결과를 책임져야 한다는 걸 깨닫는다. 사랑은 여전히 골칫거리다. 사랑하는 사람을 만났다가 헤어지는 일이 반복되기도 한다. 이별 뒤에는 고독감이 밀려온다. 사람들과 어울려 술을 마시고 나면 그 다음날이 힘겨워진다. 비가 오는 주말에 혼자 집에 틀어박혀 있으면 시간이 느리게 흐르는 것 같다. 부모님으로부터 독립한 뒤에는 그날 있었던 일에 대해 대화를 나눌 상대도 없다. 차가운 침대 속에서 침묵만이 친구가 되어 준다.

결혼을 한다고 해서 고독감이 사라지는 건 아니다. 배우자가 생기고 생활이 안정되면, 그때부터는 인생의 여러 가지 선택과 책임을 감당해야 하고 자신의 인생이 전적으로 자신에게 달려 있다는 자각을 하게 된다. 중요한 인생 계획들이 냉혹한 현실에 부딪히기도 한다. 아이를 갖지 못해 고통스러워할 수도 있으며, 이런저런 우여곡절 끝에 배우자에게 마음의 문을 닫아 버리는 경우도 있다. 억울함이나 무력감, 구속감 같은 것 때문에 중요한 인생의 계획을 이루지 못할 수도 있다. 배우자나 친구에게 배신을 당하기라도 하면 그 절망감은 회복하기 어려울 정도이다. 남편과 이혼한 여성들은 직장을 다니며 혼자서 아이들 양육까지 책임져야 한다. 직장을 잃거나 사회적 삶에서 배제된 가장들은 더 이상 가족의 생계를 책임질 수 없다는 수치심에 시달린다. 반대로 그토록 원하던 진급을 한 뒤에는 혼자서 더 무거운 책임을 떠안게 된다.

자식들이 성장해서 집을 떠나면 허전함이 밀려온다. 그러다가 주변 사람 중 누군가가 세상을 떠나고 나면 갑자기 삶이 허무해지고 무의미해지기도 한다. 은퇴한 뒤에는 갑자기 늘어난 자유시간이 버겁게 느껴진다. 이제 가정생활과 사회생활을 새롭게 꾸려 나가야 한다. 병이 들어 병실에 혼자 누워 있으면 자신이 이제 늙고 쇠약해졌다는 깨달음에 고통이 밀려온다. 인간 존재의 허약함과 인생의 허무함을 깨닫게 되는 것이다. 양로원에서 지내는 노인들은 외로움 속에서 영원히 돌아오지 못하는 먼 길을 떠날 채비를 한다. 사랑하는 사람들이 점점 멀어지고 얼굴을 보기가 갈수록 힘들어진다.

이상의 내용은 누구랄 것도 없는 우리 자신의 이야기다. 비록 우리의 삶은 제각각이지만 고독감을 느끼는 것은 모두 똑같다. 고독감은 우리 존재의 깊숙한 곳에 자리 잡고 있으며, 우리 각자의 이야기 속에 숨어 있다. 평소에는 우리가 하는 다양한 활동에 가려 보이지 않다가 갑자기 다른 사람들 앞에 모습을 드러내어 당혹감과 동정심을 불러일으키기도 한다.

고독감은 고립된 사람들만이 느끼는 감정이 아니다. 많은 사람들에게 둘러싸여 지내는 일상 속에서도 고독감을 느끼는 사람들이 적지 않다. 사랑하는 사람과 함께 살면서도 외로움을 느끼는 이들도 많다. 그들은 주변 친구들의 도움으로 함께 사는 생활의 공백을 메우며 살아간다.

"결혼하고 예쁜 아이도 둘이나 있고 내가 선택한 직장에서 일을 하고 있다. 그러나 서른두 살의 내 인생을 살펴보면 결코 만족스럽지 못하다. 나는 혼자이며 마음이 텅 비었다고 느낀다. 흡족한 삶을 사는 데 필요한 무언가가 결여된 느낌이다. 내 인생의 주인공은 분명 나인데 나의 삶에 완전하게 몰입하지 못하겠다. 마치 또 다른 내가 내가 살고 움직이는 모습을 바라보며 겉도는 것 같다. 사는 게 지루하다. 나는 그저 해야 할 일들을 할 뿐이다. 사는 재미가 없다. 사람들과 만나면 금세 피곤해진다. 괜히 시간만 낭비하는 것 같다. 일상 속에서 오가는 하찮고 가식적인 대화들이 싫다. 우울증에 걸린 것 같지는 않다. 오히려 우울증 같은 것보다 더 심각하고 근본적인 문제이다. 이 감정은 내 존재의 깊숙한 곳에서 나온 것이다. 아내는 이런 나를 이해하지 못한다. 이런 얘기를 하면 내가 자기 곁을 떠나고 싶어 한다고만 생각한다. 그런 태도가 날 더 슬프게 한다. 나는 사랑하는 사람의 몰이해 앞에서 다시 한 번 혼자라고 느낀다."

"고독이라는 말에서 무엇이 연상됩니까?"

실험을 하나 해 보자. 친구들이 모인 자리에서 고독감을 느껴 본 사람이 있는지 물어 보라. 그리고 그 경험을 떠올릴 때 어떤 단어가 곧바로 머릿속에 떠오르는지 묻는다. 그들은 각자 개인적인 기억을 떠올리고 대부분 다음과 같은 단어를 입에 올릴 것이다. 지루함, 무익함, 결핍, 공허함, 버림받음, 몰이해, 고립, 고통, 방황, 유폐, 죽음 등……. 대부분의 경우 고독은 부정적인 방식으로 인식되고 표현된다. 마치 무슨 대단한 재앙처럼 말이다.

그렇다면 이 책을 읽고 있는 당신은 어떤 순간이 떠오르는가? 눈을 감고 정신을 집중한 다음 천천히 생각해 보라. 어떤 기억이 떠오르는가? 그때 느낀 고독감을 다시 느끼도록 노력해 보라. 그 감정이 당신의 몸 속으로 스며들어 어떤 형태를 가질 때까지 기다려 보라. 어떤 이미지가 떠오르는가? 몸은 어떤 반응을 보이는가? 머릿속에 무슨 생각이 드는가? 떠오르는 이미지와 감정, 생각을 모두 메모지에 정리해 보자. 당신이 그것들을 어떻게 생각하는지도 자세하게 기록해 두면 나중에 도움이 될 것이다. 이 부분은 나중에 다시 살펴 볼 것이다.

이번에는 좋은 추억으로 남아 있는 고독의 순간들을 떠올려 보라. 앞서 한 방법과 똑같이 하면 된다.

한가한 주말에 혼자서 즐겁게 시간을 보낸 기억이 한 번쯤은 있을 것이다. 아니면 혼자 힘으로 어떤 일을 끝내고 뿌듯함을 느꼈거나, 조용한 휴가지에서 머릿속으로 이런저런 생각을 하며 시간을 보낸 기억도 있을 것이다. 창조적인 작업이나 기도, 자기 성찰, 내적 평온처럼 우리의 기분을 좋게 해 주고 정신을 살찌우는 것들은 고독의 순간에만 가능한 것이 아니겠는가?

고독은 다양한 얼굴을 갖고 있다. 어떤 사람에게는 평생의 동반자가 되고, 어떤 사람에게는 인생의 특정 시기에만 찾아온다. 대부분의 사람들은 고독으로 고통 받지만, 고독에 익숙해져 그 속에서 편안함을 느끼는 이도 있다. 심지어는 고독을 적극적으로 원하는 사람도 있다. 고독은 사람들이 자아를 실현하는 데 꼭 필요한 힘의 원천이기도 하다.

그렇다면 고독이란 도대체 무엇이며 어떤 것들과 서로 연관되어 있을까?

정말 혼자인가, 혼자라고 느끼는 것인가

고독은 무엇일까? 극심한 고통을 동반하는 저주일까, 아니면 삶이 우리에게 선사하는 은총의 순간일까? 고독을 설명하는 애매한 용어들은 그 속에 숨은 서로 다른 현실을 보여 주지 못한다. 그 현실에 따라 고독은 감수해야 하는 무엇이 되기도 하고 자발적으로 선택하는 것이 되기도 한다.

흔히 고독을 사회적 고립, 즉 타인들과의 관계가 결핍된 상태로 여긴다. 직관적으로 고립과 고독을 인과관계로 묶어 생각하는 것이다. 사람들은 고독한 사람들이 사회적 관계의 결핍으로 고통 받는다고 상상한다. 그러나 사실, 고독감은 다른 원인에서 비롯되는 경우가 많다. 고립, 고독감, 독신 생활은 서로 직접적인 관련이 없는 다른 상황을 묘사하는 말들이다. 이 세 가지 상태를 따로 구분해서 생각해야 한다.

이 세 가지 개념의 외연은 겹치지 않는다. 혼자 살면서도 많은 친구들을 만나고 고독감을 느끼지 않을 수 있다. 반대로, 사회적으로 다양한 관계를 맺고 살아가지만 그 속에서 고독감을 느낄 수도 있다. 사람들 사이에서 혼자라고 느끼거나 좋지 않은 관계로 고통 받을 수도 있다. 사회적인 고립과 혼자서 사는 것은 서로 구별되는 개

넘이지만, 둘 다 객관적인 사실과 관계되고 수량화할 수 있다는 공통점이 있다. 반면에 고독감은 주관적이고 감정적인 체험에 속한다.

이 세 가지 개념이 실제로 어떤 현실과 관련되어 있는지 더 자세히 살펴보자.

혼자서 살기

혼자서 산다는 것은 자기 집에 혼자 거주하는 것을 뜻한다. 이는 개인적인 경험이나 그 사람이 타인들과 맺는 교류의 질과는 무관한 삶의 한 방식일 뿐이다. 혼자서 산다는 것이 자기 속에 갇혀서 산다는 것을 뜻하지는 않는다. 독신이거나 이혼했거나, 배우자를 잃은 사람들은 혼자서 산다. 그렇다고 해서 그들이 친구가 없거나 집 안에만 있는 것은 아니다. 그들도 '유행'을 좇고 공동체적 삶에 깊이 관여한다. 우리 사회에서는 다양한 연령대와 계층의 사람들이 고통을 겪지 않으면서 혼자 잘 살아가고 있다.

지난 반세기 동안 혼자 사는 사람의 수는 크게 증가했다. 프랑스에서는 900만 명의 사람들이 혼자 살거나 한 부모 가정에서 살고 있다.(그중 여성이 590만 명으로, 남성 320만 명보다 훨씬 많다.) 이는 전체 성인 인구의 20퍼센트에 해당하는 수치다. 연령대에 따라 속사정은 다양하다. 젊은 층은 독신 생활을 하고 있고, 장년층의 경우는 이혼자들이 많다. 노년층은 대부분 배우자와 사별한 경우에 해당한다. 오늘날 혼자 사는 사람이 급격히 증가하는 이유는 다양한 사회적 변화와 사고방식의 변화로 설명할 수 있다.

요즘 젊은이들이 부모의 집에서 독립하는 것은 새로운 가정을 꾸리기 위해서가 아니다. 가족의 간섭을 받지 않는 독립적이고 자유로운 삶을 원하기 때문이다. 결혼을 해서 가정을 꾸리는 것은 나중 일로 미루어진다. 이처럼 젊은이들은 대부분 자신이 선택해서 혼자 사는 것이기 때문에 고독감에 고통스러워하지 않는다. 오히려 매우 다양한 인간관계를 맺으며 살아간다. 외출도 자주 하고 다양한 사람들을 만나기 때문에 결코 고립된 생활을 하고 있다고 볼 수 없다. 다만 이런 독신 생활은 다음 단계로 가기 전에 거치는 과정인 경우가 많다.

또 한 가지 주목할 점은 이혼자의 수가 계속 늘어나고 있다는 것이다. 나중에 재혼하지 않는 이혼자들도 많다. 마지막으로, 평균수명이 길어지면서 특히 여성의 수명이 크게 늘어나 미망인으로 사는 여성의 수가 증가하고 있다.

관계적 고립

'관계적 고립'은 사회적 관계망의 결여, 사회적 접촉의 불충분함 혹은 부재를 가리키는 사회학적 개념이다. 관계의 결핍은 객관적인 사실로 측정할 수 있다. 흔히 혼자 사는 사람들의 수가 증가하는 현상과 관계적 고립을 연결지어 생각하는 경향이 있으나, 독신자의 증가만으로는 고립이라는 현상을 제대로 설명할 수 없다.

여러 가지 연구결과를 살펴보면, 혼자 사는 사람이 두 명 이상으로 구성된 가족보다 오히려 다양한 인간관계망을 형성하며 살아간다. 이처럼 관계적 고립은 사회적, 의학적, 지리적 요소 등과 관련되어 있는 사회적 관계의 질을 측정하는 요소이다.

이제 관계적 고립을 구성하는 요소들을 더 자세히 살펴보자.

■ 질병으로 인한 고립

질병으로 인해 사회적으로 고립되는 경우가 있다. 정신 질환자가 그 대표적인 사례이다. 일반적으로 정신 질환자들은 병의 증세가 가시적으로 드러나면서 관계적 고립을 겪게 되는데, 여기에 투병 과정에서 내적 고독감까지 겪게 된다.

정신적 장애로 착란 증세를 보이거나 엉뚱한 행동을 하고, 자기 속에 틀어박히는 증상은 가족, 친구, 사회, 직장 등 주변 사람들의 걱정을 불러일으킨다. 주변 사람들은 용기를 내어 환자와 일상을 공유하려고 노력한다. 그러나 시간이 흐르면서 만성적인 정신 질환이 일으키는 온갖 문제들, 예를 들어 난해한 관계나 소통 또는 이해 불가능, 무력감 등이 이들을 지치게 만든다. 여기에다 잦은 입원과 약물 부작용(피로, 체중 증가, 정신활동 둔화), 일상생활의 어려움, 의료진의 불가피한 간섭과 명령 등으로 환자가 맺는 인간관계는 점차 다른 환자들과의 관계로 축소된다. 주변 사람들과 맺었던 관계에 점점 거리감이 생기면서 환자는 결국 자신의 질병 속에 고립되어 버린다. 생활이 병원을 중심으로 이루어지다 보니 일상의 삶과 괴리가 생기고, 착란적인 생각 속에 갇혀 실질적인 행동을 할 수 없는 상태가 되면서 환자는 더더욱 자신의 내적 세계에 웅크리고 있게 된다. 이런 생활이 반복되면 환자의 증세는 심각해질 수밖에 없으며 결국 더 고립되는 처지에 놓이게 된다.

■ 우울증 환자는 외출을 싫어하고 자기 속에 갇혀 지내려는 경향을 보인다. 남들에게 자신의 상태를 보이는 게 부끄러운 것이다. 이 밖에 신체적·정신적 피로와 삶에 대한 의욕 상실 등도 고립의 원인이 될 수 있다. 사회적으로 고립된 채 자기 속에 유폐되면 자존감과 자신감 상실로 고통 받게 되고, 급기야 남들에게 존중받거나 이해받지 못한다는 느낌에 사로잡히게 된다. 우울증 환자의 상태를 잘 모르는 일반인들은 환자에게 불가능한 노력을 요구하여 이미 어려운 소통을 더욱 힘들게 만들고, 환자의 관계적 고립을 심화시키는 우를 범한다. 이제 어디에서도 존재의 의미를 찾을 수 없게 된 환자는 고통을 멈추는 유일한 해결책으로 자살이라는 극단적인 방법을 선택하는 것이다.

■ 사회적 불안증에 시달리는 사람은 지나친 불안감을 만들어 내는 상황을 피하려고 사람들과의 접촉을 피한다. 다른 사람의 마음에 들지 않거나 혹은 우스꽝스럽게 보이는 게 두려운 나머지 초대를 받아도 거절하고, 직장에서 회의를 할 때도 발언을 최대한 피하거나, 대답할 말을 찾지 못해 전화를 받지 않는 등의 태도를 보인다. 그러다가 어쩔 수 없이 사람들 무리 속에 끼게 되면 사람들에게 좋은 인상을 주고자 지나치게 애쓴다. 그

에게 사람들과의 개별적 접촉은 무엇보다 부정적인 판단의 위협으로 느껴지기 때문이다. 이런 상황이 반복되면 타인과의 소통과 이해가 불가능하다는 느낌을 갖게 되고, 그 결과 관계적 고립과 배제가 심각한 수준에 이르게 된다.

■ 광장공포증이 있는 사람은 집에서 멀리 벗어나지 못한다. 집에서 멀어지면 안전하지 못하다고 느끼며, 불안한 마음에 자신이 발작이라도 일으킬까 봐 두려워한다. 가능한 한 집 밖으로 나가지 않으려고 하고, 교통수단은 물론이고 엘리베이터조차 타지 않으려고 한다. 자신이 지나치게 불안해 한다는 것을 알고 이를 창피해 하면서도 그 불안에서 벗어나지 못한다. 다른 정신 질환들처럼 사람들은 이런 증상을 지닌 이들이 어떤 고통을 겪는지 잘 이해하지 못한다.

■ 정신분열증 경향을 보이는 이들은 사람들과 친밀한 관계를 맺지 못한다. 이들의 사회적 관계는 매우 제한된 상태에 머물며, 시간이 흘러도 관계의 발전이 없다. 이들은 대부분 독신생활을 하며 혼자 하는 활동이나 사람들과의 접촉이 적은 일을 한다. 이들은 세상에서 고립되어 사는 것을 스스로 선택했기 때문에 고독감으로 고통 받지 않는 듯이 보인다.

정신 질환을 앓는 사람들은 사회적으로 고립되는 경우가 대부분이다. 육체적인 질환을 앓고 있는 환자들 역시 종종 비슷한 상황에 놓이게 된다. 스스로 운신하기가 힘든 신체장애인들이나 심폐기능 장애가 있는 사람들은 쉽게 외출하기가 힘들고, 시각·청각 장애인이나 그 밖에 다른 만성 질환을 앓고 있는 사람들도 사정은 크게 다르지 않다. 그래서 누군가가 집으로 찾아와 주기를 기다리는 경우가 많다. 그러나 시간이 흐르면 그나마 찾아오던 사람들의 발걸음도 뜸해질 수밖에 없다. 질병으로 고통 받고 자율성이 상실된 상태에서 본인의 의사와는 무관하게 사회적 고립까지 겪게 되는 것이다.

지리적 요소의 영향

지리적 요소도 사회적 교류의 양을 결정하는 데 중요한 역할을 한다. 외따로 떨어진 곳에 사는 사람은 휴대폰, 인터넷, 자동차 같은 통신과 교통수단이 없으면 쉽게 고립되어 버린다. 누가 찾아올 것인가? 누가 먼 거리를 달려와 방문할 것인가? 한적한 시골이나 깊은 산속에서 혼자 살고 싶어 하는 노인들이 여기에 해당된다. 이 노인들에게 그 집은 평생을 살아온, 자신의 삶 그 자체나 다름없는 곳이다. 이 노인들을 세상과 연결해 주는 건 텔레비전뿐이다. 오늘날 모든 것이 풍족하게 넘쳐나는 소비사회의 형태가 오히려 사람들 사이의 교류를 방해하고, 예전에는 당연하게 여겨졌던 사람들 간의 연대를 불가능하게 만들고 있다. 이제는 혼자 집에 머물며 누구의 도움도 받지 않고 자기만의 일에 몰두하며 살 수 있게 되었다. 그 결과, 이동이 힘든 사람들은 그만큼 더 쉽사리 타인들에게 잊혀져 버린다.

외딴곳에 사는 사람만 그런 것은 아니다. 도시에 사는 우리도 하루 종일 누군가와 말 한 마디 하지 않고 몇 시간 동안 인파 속을 걸어 다니다가 이웃에 누가 사는지도 모르는 아파트로 돌아오지 않는가. 거리에는 사람들이 넘쳐나지만 며칠 동안 아무도 찾아오지 않고 전화 한 통 걸려 오지 않는 집도 많다. 대중사회에서 친구를 사귀는 것은 쉬운 일이 아니다. 더욱이 잦은 인구 변화와 지리적 이동 등으로 사람들의 사회적 관계망이 수시로 변하게 되었다. 사람들은 자주 직장을 바꾸고 다른 동네 혹은 도시로 이사한다. 따라서 자주 새로운 관계를 구축해야 하며, 이미 형성된 관계를 유지하려면 그만큼 노력해야 한다. 그러지 않고서 저절로 유지되는 관계는 찾아보기 힘들게 되었다.

관계의 단절 혹은 상황 자체의 문제로 인해, 다른 사람들보다 사회에서 고립될 가능성이 더 큰 사람들도 있다. 노년층(퇴직, 가까운 사람의 죽음, 멀리 떨어져 사는 자식들), 이민자(고향에서 맺은 인간관계의 단절), 실업자(직장에서 형성되는 사회적 관계의 상실) 등이 그 예이다. 이처럼 개인적, 지리적, 사회적 요소들이 복합적으로 뒤얽히며 고독과 고립 상태를 만들어 낸다.

사회의 변화

사회적 요소들 또한 중요한 역할을 한다. 우리 사회는 이제 신분제 사회가 아니다. 신분사회에서는 저마다 자신의 자리가 정해져 있고, 인간관계는 가족을 중심으로 이루어졌다. 그러나 우리는 현재 계약사회에 살고 있다. 계약사회는 교환과 네트워크, 사회적 관계를 중심으로 움직인다. 사회 성원 각자는 이 관계망을 스스로 구축하고 유지해 나가야 한다. 예전에는 각 개인들이 자연스럽게 출신과 노동, 여가와 관계된 기초 공동체에 속함으로써 존재 이유를 획득하고 자신을 표현하고 실현할 수 있었다. 그 과정에서 가족이 매우 중요한 역할을 했다. 가족들끼리의 상호 교류도 활발했다. 그러나 오늘날 가족은 최소한의 크기로 축소되었고, 그마저도 해체되는 중이다. 견고한 사회적 관계망은 이미 해체되었다. 언제나 자기 자신을 대면해야 하는 각 개인이 생존의 최소 단위가 되었다. 이제 고립에서 탈피할 수 있는 해결책을 찾는 것은 각 개인의 몫이 되었다. 사람들을 만나고 그들과 소통하고, 사회적 관계망을 구축하고 유지하는 능력을 각자 갖추어야 한다. 이제 더 이상 공동체의 구조 속에 교류와 소통의 문제를 맡기고 살 수 없게 된 것이다.

앞에서 고립과 고독은 외연을 달리하는 개념이라는 사실을 언급한 바 있다. 고립되어 사는 사람들은 서로 다른 정도의 고독감을 느끼며 살아간다. 예를 들어, 관계적 고립의 정도가 비슷하고, 일을 하지 않는다는 점에서 같은 처지에 있는 실업자와 퇴직자를 비교해 보면, 실업자가 퇴직자보다 더 고독감을 느낀다. 실업자들에게는 일이 없는 상황이 사회적 배제로 경험되기 때문이다. 고립의 상태가 사회적으로 부정적으로 여겨지는 경우 고독감은 더욱 커질 수밖에 없다. 여기서 우리는 고독이라는 개념을 구성하는 세 번째 요소를 발견하게 된다. 이 요소란 스스로 혼자라고 느끼는 것이다.

고독감

사회의 부정적 인식이 고독감이 일으키는 고통에 중요한 요소로서 작용한다면, 고독감은 각 개인이 주어진 상황을 해석하고 받아들이는 심리적 반응에 해당한다. 원래부터 주관적일 수밖에 없는 이러한 감정은 관찰하거나 수치화하기가 쉽지 않다.

사람들에게 고독감은 부정적 사고, 고통과 불안으로 가득 찬 감정 등을 동반한다. 고독감이 채워야 할 결핍 혹은 공허감, 내적 고뇌 같은 것으로 경험되는 것이다. 반면에 어떤 사람들은 혼자 사는 것을 즐기며 고독을 통해 자신의 근원을 되찾고 자신의 모습 그대로 살아갈 수 있는 기회를 갖는다. 그들에게 고독감이란 행복과 평온, 내적 고요를 뜻한다. 그렇다면 사람들이 느끼는 고독감은 서로 다른 것일까?

고독의 경험과 거기에서 생겨나는 감정들을 좀 더 정확하게 정의하려면, 우선 각 경험에 내재된 관찰 가능한 객관적 기준들을 파악하고 분석해야 한다.

| 고독의 요소 |

자발적인 고독 vs 감수해야 하는 고독

고독을 얘기할 때 가장 먼저 논의해야 할 것은, 그것이 강요된 고독인가 아니면 자발적으로 선택한 고독인가의 문제다. 외부로부터 강요된 고독은 부자연스러운 것으로 경험되며, 무력감과 억울함,

몰이해 같은 고통스러운 감정을 불러일으킨다. 이런 상황에서 자신의 한계, 즉 우리가 통제할 수 없는 운명에 떠밀리게 된다. 현실을 받아들이기 힘든 만큼 고통은 커질 수밖에 없다.

자발적으로 고독을 추구하거나 선택한 경우, 고독은 위안과 새로운 활력, 내적 평온함을 선사한다. 명상이나 몽상, 휴식, 기도 등 고독을 동반하는 활동들은 지친 영혼을 달래고 감정을 다스리며 내적 평화를 가져다준다. 예술 창작이나 글쓰기, 수작업, 독서 등의 활동도 과중한 일상의 압력에서 벗어나는 심리적 피난처를 제공한다. 따라서 수동적으로 고독감에 시달리는 것보다 자발적으로 고독의 순간을 선택하는 편이 훨씬 더 현명한 방법이라 하겠다.

돌발 상황

살다 보면 미처 준비할 시간도 없이 고독의 순간이 예고 없이 찾아오는 경우가 있다. 이런 종류의 고독은 우리의 삶을 흐트러뜨리고 불안하게 만든다. 이런 고독의 순간은 우리가 세계 혹은 나 자신과 맺고 있는 관계가 갑자기 바뀌었을 때 찾아온다. 이럴 때 우리는 자신의 삶을 부분적으로 혹은 전면적으로 다시 바라보게 된다. 건강검진에서 암 진단을 받거나, 갑작스런 사고로 소중한 사람을 잃거나, 친한 친구가 배신을 하거나, 외국으로 추방당하거나, 길에서 폭행을 당하거나 하는 일들이 그 계기가 된다.

이처럼 예기치 않은 사건이 벌어지면 수많은 질문을 자기 자신에게 하게 된다. 미래를 예견할 수 있는 자신의 능력을 다시 생각해 보기도 한다. 이런 상황을 미리 피해 갈 수 있지 않았을까? 내 잘못일까? 나에게 무슨 잘못이 있는 걸까? 이 상황을 어떻게 풀어 갈 것인가? 무엇을 해야 하나? 어떻게 할 것인가? 앞으로 무슨 일이 생길 것인가? 사람들은 대개 이렇게 말한다. "모든 게 무너지는 기분이었다…… 나는 모든 걸 잃었다…… 도저히 헤어 나올 수 없을 것 같았다…… 얼이 빠진 상태로 뭘 해야 할지 알 수가 없었다…… 더 이상 아무것도 바꿀 수 없을 거라고 생각했다."

이처럼 일종의 심리적 불능 상태에 빠지게 되면, 새로운 상황을 완전히 받아들이고 그 추이와 결과를 이해하는 데까지 상당한 시간이 걸린다. 너무 놀라 정신이 없어서 뭘 해야 할지 모르는 것이다. 그러다 이윽고 자신의 내면에서 상황을 극복할 힘의 원천을 찾기 시작한다. 이러한 심리적 작업에는 반드시 고독이 필요하며, 그 기간은 충격의 정도에 따라 달라진다.

그런데 이미 예측했던 상황이 점차 진행되어 막상 그 결과에 직면했을 때에야 고독을 맛보는 경우가 있다. 결과를 충분히 예측할 수 있었으나, 부주의한 대응과 미래에 대한 준비 부족, 상황에 대한 부정, 상황을 바꿀 능력의 부재로 결과를 통제하지 못했을 때 그렇다. 그러나 다르게 생각해 보면, 그것은 내가 선택한 결과일 수 있다. 이처럼 인생에서 무언가를 포기해야 하거나 삶의 계획을 바꾸게 될 때 후회와 죄책감, 무력감에 사로잡혀 있을 게 아니라 그것이 나의 선택이었다고 받아들이면 고독감도 훨씬 견디기 쉬워질 것이다.

고독의 지속 기간

고독의 상황이 시간적으로 한정되어 있으면 그것을 받아들이기가 더 쉽다. 그럴 경우 계획을 다시 세운다든지 다른 일에 집중하면서 기다릴 수 있다. 현재의 고통이 일시적이라는 사실을 알기 때문이다. 우리는 이런 종류의 고독을 어렵지 않게 받아들이며 심지어 원하기도 한다. 누구나 가끔은 주말을 혼자 보내거나, 집에서 혼자 저녁을 먹거나, 남의 간섭 없이 자신이 하고 싶은 일을 하고 싶어 한다. 누군가에게 그 이유를 설명할 필요도 없이 말이다.

그러나 고독의 기간이 정해져 있지 않으면 상황은 달라진다. 언제 끝날 지 모르는 고독은 돌이킬 수 없는, 결정적이며 영원한 것으로 느껴진다. 마치 모든 것이 그 상태로 고정되어 버린 것처럼 말이다. 고독을 다스릴 때 이 점은 매우 중요하다. 일상을 계획하고 조직하여 고독의 순간을 긍정적인 방식으로 보내는 방법에 대해서는 뒤에서 살펴볼 것이다.

결과의 심각성

때로 고독한 생활은 삶 전체에 영향을 미친다. 직장 생활은 물론이고, 인간관계와 사회생활 전체가 흐트러지며 예전에는 당연했던 것들이 문제시된다. 모든 걸 다시 정리하고, 모든 관계를 새로 설정해야 하는 상황에 놓이게 되는 것이다. 고립의 정도가 클수록, 심적·물적 상실을 극복하는 데 들여야 할 노력이 클수록, 삶의 요동과 고독감도 그만큼 커진다. 이때 고독에 취약한 사람들은 상황을 과장해서 받아들이는 경우가 많으며, 최악의 상황을 상상하기도 한다. 그러나 그 상상이란 것은 실제 현실이 아닌 그들의 내적 체험에서 비롯된 경우가 많다.

관계의 변화

고독의 경험은 타인과의 관계를, 때로는 자신과의 관계를 변화시킨다. 그 변화는 접촉의 양이 변할 수도 있고, 관계의 성격 자체가 달라질 수도 있다. 예를 들어, 고향을 떠나 낯선 나라로 이주하면 인간관계가 질적으로 변화한다. 반면, 자기 속에 틀어박혀 외출을 줄이면 사람들과 접촉하는 횟수가 줄어든다. 이 경우는 양적 변화에 해당한다.

여러 연구자들이 이 구분에 따라 질적 관계 변화에 따른 정서적 고독과 양적 관계 변화에 따른 사회적 고독을 구분하고 있다.

대응 방법

우리가 고독에 대응하는 방식은 우리가 어떤 대응 수단을 가지고 있는지, 상황을 감당하고 다른 것에 마음을 집중할 수 있는 능력이 있는지, 주변에서 도움을 받을 수 있는지, 사회적으로 어떤 압력이 부과되는지에 따라 달라진다. 각자가 고독을 살아 내는 방식은 이 밖에도 수많은 주관적 요소들로 규정된다.

이제부터는 어떤 심리적 요소들이 우리가 삶의 과정에서 마주치는 어려움을 극복하고 평온한 삶을 영위하도록 돕는지를 살펴보려

> **▶고독의 성격**
>
> ─**상황의 성격** : 주어진 것인가, 선택한 것인가
> ─**상황의 도래** : 갑작스러운가, 점차적인가
> ─**경험의 지속 기간** : 한시적인가, 무기한적인가
> ─**결과의 심각성** : 심각한가, 심각하지 않은가
> ─**관계 변화의 성격** : 질적인가, 양적인가
> ─**대응 방식** : 자신 속으로의 유폐, 심사숙고, 도움 요청 등

고 한다. 이러한 요소들은 특히 우리가 수없이 겪게 되는 이별의 순
간을 극복하는 데 필요하다. 이러한 작업은 결국 우리가 고독의 순
간을 유익한 것으로 경험할 수 있도록 도울 것이다. 고독을 즐길 줄
아는 사람에게 고독은 삶이 주는 선물과도 같다.

| 고독감은 어디서 비롯되는가 |

이 질문에 대답하는 것은 쉬운 일이 아니다. 이 물음에 대답하려
면 다양한 차원의 이해가 선행되어야 한다.

관습적인 공포
우선, 고독은 우리에게 관습적인 공포심을 불러일으킨다. 이 관

습적 공포는 동물적 본능에 속하는 것으로 생존과 관련되어 있다. 다양한 위험이 존재하는 야생의 자연 속에서 혼자 생활한다는 것은 모든 생명체에게 위험한 일이다. 그래서 먹이를 사냥하고 천적의 공격에 효과적으로 대응할 수 있는 집단생활이 발달했다. 따라서 혼자라는 것은 그만큼 위험에 취약하다는 뜻이다. 고독한 상황이 불편하게 느껴지는 것은 이처럼 무리에서 이탈함으로써 직면하게 될지도 모르는 위험을 상기시키기 때문이다. 거친 자연 속에서 살아남고자 우리 인간은 집단을 이루어 사는 법을 배워 왔다. 비록 현대사회로 들어서며 우리를 위험에서 지켜 주는 수많은 장치들이 발달했지만, 고독의 순간이 찾아오면 이런 종류의 공포심이 되살아나는 것이다. 고독은 무한한 자연계에서 인간 존재가 얼마나 허약하고 유한한지를 확인시켜 주며, 위협적이고 적대적인 환경에서 혼자서 사는 것은 불가능하다는 사실을 깨닫게 해 준다. 이는 고독이 왜 근본적으로 불쾌함과 근심을 유발하는지를 설명해 준다.

고독은 마치 배고픔이나 목마름처럼 자연스러운 현상이다. 따라서 고독을 피하려 들지 말고 고독을 길들이고 고독과 공존하는 법을 배워야 한다. 정도의 차이는 있겠지만, 우리에게는 고독에 저항하는 생물학적 본능 같은 것이 있을지도 모른다. 물론 각자의 상황에 따라 그 표현방식은 다르겠지만 말이다.

사회적 교류의 필요성

다른 생명체와 구분되는 인간의 고유한 특성도 고려해야 한다.

인간은 사회적 교류를 통해 스스로 발전하고 삶을 구축하는 사회적 존재이다. 인간이 집단생활을 하는 것은 단지 안전을 도모하기 위함만은 아니다. 인간은 서로 친분을 맺고, 고백으로 내면을 공유하며, 관계의 성격을 고민하고, 의견을 교환하거나 언어로 감정을 표현한다. 이 모든 행위에서 인간은 소속감을 느끼고 제 정체성을 확립하며 내적 삶을 가꾸어 나간다.

이러한 각자의 인간적 경험들은 우리가 타인과 맺는 관계를 바탕으로 삶을 구성해 나간다는 사실과 각 인간은 고유하다는 사실을 깨닫게 해 준다. 다른 사람들이 내게 특정한 존재가 되는 것과 마찬가지로, 나 또한 타인들에게 특정한 존재가 되는 것이다. 이러한 관계가 없다면 우리는 서로 무관심하고 개별적이며 교류가 불가능한 인간 집단을 일구었을 것이다. 그리하여 우리 각자는 고유성을 잃어버리고 서로 낯선 존재가 되었을 것이다.

우리는 일정한 사회적 관계에 소속되어 타인과 관계를 맺으며 살아가야 하는 존재이다. 얘기를 나눌 사람이나 얘기를 들어 줄 상대가 없는 사람들이 지독한 외로움에 시달리는 이유가 여기에 있다. 따라서 고독이란 사랑을 주거나 받을 사람도 없고, 타인들과의 관계에서 소속감을 느끼지도 못하고, 오로지 자신만을 위해 존재하는 상태이다.

우리는 관계적 장애로 인해 타인들에게 쉽게 공감하지 못하는 사람들이 행복한 인간관계를 맺지 못한 채 깊은 고독 속에 갇혀 버리는 경우를 자주 목격한다. 인간은 사회적 삶을 통해 단지 자신을 보호하는 차원을 넘어 타인에 대한 사랑을 경험하게 된다. 이 사랑을 통해 인간은 우주적 관점에서 보면 사소한 현실에 불과한 현재를 뛰어넘는다. 이는 함께 공유하는 가치가 있기에 가능한 일이다. 인간들끼리 서로 사랑하는 마음이 없다면 우리의 존재는 단순한 물리적 현실 이상도 이하도 아닐 것이다. 그런 삶은 참으로 끔찍할 것이다.

존재감

고독감과 밀접하게 연관된 세 번째 요소는 우리의 삶에 의미를 부여할 만큼 매우 중요하다. 동물들과 다르게 인간은 자신이 언젠가는 죽는다는 사실을 안다. 이러한 인식이 많은 차이점을 만들어 낸다. 이러한 인식 때문에 인간은 자신의 삶에 의미를 부여하고 싶어 한다. 현재의 삶을 의식하며 사는 것이다.

나는 왜 사는가? 나는 이 세상에서 어떤 존재 가치가 있는가? 지구상에서 나란 존재가 갖는 가치가 모기나 물고기와 별반 다르지 않다면 참으로 견디기 어려울 것이다. 인간은 자신을 끊임없이 구성해 나가는 존재다. 따라서 미래가 정해져 있지 않다. 동물들과 달리, 인간은 미리 정해진 방식으로 존재하지 않는다. 인간은 자유로운 선택을 통해 미리 규정된 활동들을 바꾸어 나갈 수 있는 능력이 있다. 인간은 생각하는 동물이다. 다시 말해서 자기 행동에 질문을 던지고 행동 방식을 개선할 수 있는 존재이다. 자기 스스로 진화해 나갈 수 있는 존재인 것이다.

이러한 과정에는 끝이 없다. 끊임없는 변화만 있을 뿐이다. 인간은 힘든 현실에서 도피하고자 상상의 세계를 창조하기도 하고 자신의 결핍을 보충하려 새로운 기술을 발명하거나, 안전하고 행복한 방향으로 환경을 변화시킬 줄도 안다. 이러한 진보를 이루는 과정에서 반드시 필요한 것이 고독이다. 고독을 통해 현실과 대면하고 삶에 의미를 부여함으로써 자신을 규정하는 존재가 바로 인간이다.

물질적인 현실의 제약과 자기 육체의 한계에 대한 인식은, 곧 비인간적인 조건을 인식하는 것이다. 자신과 세계의 한계를 인식하는 과정을 통해 우리는 우리 자신을 성찰하고 삶에 의미를 부여하려고 노력하게 된다. 자신이 대단한 존재가 아니라는 인식이야말로 인간으로서 존재한다는 것에 의미를 부여하게 하는 중요한 깨달음이다. 이러한 인식은 다른 종들과 공유할 수 없는, 인간의 고독이 가져다주는 특별한 선물이다.

받아들이기 힘들고 인정하기 힘든 이 인간 존재의 고독이야말로 좀 더 인간적인 세상을 만들려고 고민하고 실천하는 원동력이 아니겠는가?

02

왜 고독은 불안을 일으키는가

| 고독이 주는 두려움 |

"어렸을 때 내가 잘못하면 부모님은 나를 벽장에 가두셨다. 혼자 어둠 속에서 두려움에 떨어야 했다."

"누군가에게 정말로 나쁜 감정이 생기면, 당신은 그 사람에게 결국 혼자가 될 거라고 말한다."

"아이들이 동화를 읽으며 가장 무서워하는 두 가지는 괴물과 외로움이다."

모든 단어에는 고유의 역사가 있다. 고독이라는 말도 마찬가지다. 고독이라는 개념을 표상하는 방식은 각자의 개인적 경험과 기억뿐만 아니라, 우리가 몸담고 살아 온 문화와 사회적 압력, 사회가 그 개념에 부여하는 이미지 등에 영향을 받는다. 그렇다면 인류 역사에서 고독한 존재들은 어떤 사람들이었을까?

사회적 비주류, 남들과 다른 사람, 사회의 균형을 깨뜨린다고 여겨지던 사람들이었다. 그렇게 병든 이들은 격리되었고, 중죄를 지은 이들은 멀리 외딴곳으로 추방당했으며, 정신병자들은 마을로부터 떨어진 일정한 장소에 살도록 했다. 신앙 공동체에서 파문당한 사람들은 '공동체 밖'으로 쫓거나, 다른 가톨릭 신자들과의 접촉을 금지당하고 축복받은 땅에 묻힐 권리마저 빼앗겼다. 평생 혼자 사는 벌에 처해진 것이다. 의학적·사회적·정치적·종교적 형벌을 막론하고 누군가를 벌할 수 있는 가장 확실한 방법은, 그 사람을 격리시키고 공동체에서 배제시키는 것이다. 한 마디로 혼자서 살게끔 만드는 것이다.

중세 시대에는 모두 함께 생활했다. 평생을 한 곳에서 살다 보니 고향 마을을 벗어날 기회가 없었고, 그러다 보니 같은 고장 사람들과 매우 친밀한 관계를 유지했다. 집 안에서도 자기만의 공간이 없었으므로 혼자서 시간을 보내거나 생각에 잠기는 것은 불가능했다. 심지어 여럿이서 함께 잠을 자는 경우도 많았다. 일단 마을이나 농경지를 벗어나면 그곳은 미지의 장소로서 위험한 곳으로 여겨졌다. 이를테면 고독의 장소였던 셈이다. 신비함으로 가득한 그곳은 함부로 드나들어서는 안 되었다. 심지어 수도사들조차 함께 명상에 잠기고 노동을 하고 같은 방에서 잠을 잤다. 비밀을 갖는 것은 죄악이었으며, 남들에게서 떨어져 자기만의 생각에 빠지는 것은 규칙에 위배되는 금기였다.

18세기에 이르러서야 혼자 있는 행위가 자신을 초월하고 타인과 자신을 구별 지으려는 노력, 혹은 자기 성찰과 반성의 한 방법으로서 인정받기 시작했다. 초상화가 주류를 이룬 당시의 예술 작품에는 이처럼 개인을 있는 그대로 바라보려는 인식이 반영되어 있다. 이 시기부터 수도원에서의 은둔은 곧 고독한 명상을 뜻하게 되었다. 각 개인은 조용한 곳에서 혼자 기도를 드림으로써 신께 더 가까이 다가갈 수 있었다. 르네상스 시대에는 이런 경향이 더욱 강화되고 확산되었다. 일반 거주지에도 혼자 책을 읽거나 생각에 잠길 수 있는 사적인 공간이 생겨나기 시작했다. 특히 사회 특권계층의 사람들은 이런 사적인 공간에서 자신만의 사생활을 갖고 자신이 원할 때 고독을 추구할 수 있었다.

오늘날에도 여전히 서로 상반되는 고독의 개념이 존재한다. 자신을 성찰함으로써 자아를 발견하고 사생활을 향유하는 자발적인 고독이 있는가 하면, 고통만을 가져다주는 고독도 있다. 남들에게 버림받거나, 사회에 적응하지 못하거나, 실패나 결핍으로 혹은 누군가의 부재로 겪는 고독이 후자에 해당한다. 사실은, 이처럼 고독이 부정적으로 묘사되는 경우가 많다.

대중매체는 혼자 사는 사람들의 불행, 고독으로 인해 더욱 절망적이 되어 버린 상황을 집중적으로 다루어 고독을 극복해야 할 무엇으로 생각하게끔 만든다. 고독이 개인의 행복과 자아실현의 적이자, 행복한 삶을 위해 물리쳐야 할 고통의 근원이라도 되는 것처럼 치부한다. 마치 행복이 우리 자신 안에 있는 것이 아니라, 사회가 우리에게 제안하는 방식 속에 있는 양 말이다.

| 고독으로 고통 받아 보지 않은 사람은 없다 |

"내 삶이 무의미한 것 같다. 함께 대화를 나눌 사람도 없다. 혼자 집에 틀어박혀서 지낸다. 외출이 두렵다. 사람들에게 더 이상 흥미를 느끼지 못하겠다. 내가 혼자라고 느낀다. 이 생활을 견딜 수가 없다. 도대체 왜 이렇게 되어 버렸는지 모르겠다. 가족도 없다. 이 외로움을 견딜 수가 없다. 죽을 날만 기다린다. 오로지 죽음만을 생각한다. 내 장례식에 찾아와 줄 사람은 있을까? 내 재산은 누가 정리해 줄 것인가? 가족 묘지에 묻히면 그나마 좀 나을까? 그래도 외로운 건 마찬가지일 것이다. 이토록 황량한 삶을 계속해 나가는 게 무슨 의미가 있을까?"

"집에 있으면 외롭다. 나는 고독 속에서 서서히 죽어 간다. 외로움을 견디려고 술을 마신다. 내 처지를 잊고 생각을 멈추기 위해서. 술을 끊을 생각도 용기도 없다. 오로지 외로움을 벗어나야겠다는 생각뿐이다."

누구나 한 번쯤은 고독을 경험한다. 그리고 그때 느꼈던 기분은 시간이 한참 흐른 뒤에도 완전히 사라지지 않는다. 어린 시절 방에서 혼자 밤을 지새운 기억이 있는가. 아이는 어둠 속에서 벽에 어른거리는 장난감 그림자를 보며 무서워한다. 혹은 마룻바닥이나 가구가 삐걱거리는 소리나 집 안을 감도는 무거운 침묵 같은 것이 고독의 순간을 만들어 낸다. 좀 더 자란 뒤에는 사랑하는 사람과 헤어지고 눈물을 흘릴 때 고독의 순간을 경험하고, 주변 사람들의 몰이해로 고통 받기도 한다.

이런 경험을 하고 나면 앞으로 슬픈 삶만이 나를 기다리고 있으며 살아갈 의미가 더 이상 없다는 식의 집착에 가까운 생각에 빠지기도 한다. 인생을 살아가면서 가까운 사람의 죽음을 경험하기도 한다. 그리고 누구도 그 빈자리를 대신할 수 없다는 생각에 허전함을 느낀다. 미처 하지 못한 말들과 수줍어서 속으로만 간직했던 감정이 회환으로 남는다. 이런 가혹하고 완강한 현실은 갑작스럽게 꿈을 앗아가 버리고 다시는 되돌려 주지 않는다.

이처럼 불편하고 고통스럽고 견디기 힘든 상황을 경험하고 나면 고독이라는 것에 대해 한쪽으로 치우친 시각을 가지게 된다. 그리고 무의식적으로 고독의 감정을 그런 경험에 연관시킨다. 마치 고독이 그 당시에 느꼈던 부정적인 감정의 원인인 것처럼 생각하게 되는 것이다. 그러나 사실상 고독은 그런 고통스런 상황의 원인이 아니라 결과로서 찾아오는 것이다.

우리는 대부분 고독을 유익한 순간으로 누리는 법을 충분히 배우지 못했다.

"혼자 있으면 아무것도 제대로 할 수가 없다."

"나는 그동안 많은 것을 배웠지만 혼자 살아가는 법은 배우지 못했다."

"누군가와 함께 할 수 있는 일을 왜 혼자서 해야 하는가?"

"다른 사람들에 대해 생각하는 것은 나 자신에 대해 생각하는 것을 피할 수 있게 해 준다."

사람들은 고독을 두려워한다. 고독이 고통스러운 기억을 떠올리게 할 뿐 아니라, 고독에 익숙해지는 법을 배우지 못했기 때문이다. 니체는 다음과 같이 말했다. "오늘날의 교육 방식에 넓게 퍼져 있는 문제점 중 하나는 아무도 고독을 견디는 법을 가르치지도, 배우지도, 알고 싶어 하지도 않는다는 것이다."

사람들은 고독을 고통의 근원이라고만 생각하기 때문에 고독의 순간을 잘 살아 낼 방법을 궁리하기보다는 그것을 피하려고만 한다. 예를 들어, 부모들은 자식이 심심해 하거나 아무것도 하지 않고 시간을 보내는 것을 두려워한다.

요즘 아이들은 어린 시절부터 항상 무슨 활동인가를 하도록 강요 받는다. 한 마디로 자유 시간이 없다. 무위無爲는 부정적인 것으로 치부된다. 아이들에게 자극을 주는 것은 나름 의미가 있는 방법이 다. 그러나 아이의 자유 시간을 줄인다고 해서 아이의 실제적인 능 력을 키워 줄 수 있을까? 그렇게 자란 아이들이 나중에 남들보다 더 영민한 정신과 교양을 갖춘 어른이 될까? 또한 아이의 사고력과 창 조적 재능, 내면의 욕망 등은 어떻게 할 것인가?

어른 못지않게 바쁘게 생활하는 아이들이 제 마음속에서 느껴지 는 자신의 감정이나 기분, 생각들을 이해할 수 있을까? 아이들에게 자기 감정을 이해하고, 자신이 실제로 무엇을 원하는지 알고, 자신 의 감정을 올바르게 표현할 수 있게끔 가르쳐 줄 수는 없을까? 나중 에 어른이 되었을 때 혼자만의 시간을 즐기고, 자기 자신과 대면해 야 하는 상황을 불안 없이 견뎌 낼 수 있을까?

아이들이 자신을 좀 더 정확하고 올바르게 이해하려면 다양한 활 동이나 교육이 아닌 고독의 시간이 꼭 필요하다. 자신을 정확하게 이해하는 일은 개인의 행복을 위해 반드시 필요하다. 고독이 우리 에게 불안감만 일으키는 것은, 우리가 고독을 즐기는 법을 배우지 못했기 때문이다. 따라서 어릴 때부터 고독을 받아들이고 즐길 수 있도록 교육할 필요가 있다. 부모는 아이가 때로 심심해 하면서 그 냥 시간을 보낼 수도 있다는 것을 받아들여야 한다. 그 시간에 아이 들의 욕구와 창의력, 상상력이 샘솟는다.

| 고독한 사람은 낯설다 |

고독을 즐기며 사는 사람은 남들에게 낯선 사람으로 비쳐지기도 한다. 사람들은 존중이 아닌 의심의 눈초리로 그 사람을 바라본다.

개인주의가 발달한 서구 사회에서조차 '고독 속에서 행복해 하는 사람', 즉 고독을 달게 받아들이는 사람은 흔하지 않다.

그러나 고독을 받아들인다는 것은, 자기 자신으로 자유롭게 살고자 하는 것과 같다. 고독한 사람들은 손쉽고 빠른 방식으로 즐거움을 얻을 수 있는 현대 소비사회와 잘 맞지 않는다. 그들은 인간이 자아실현과 행복을 위해 반드시 가족이나 사회에 얽매어 살아야 한다고 생각하지 않는다. 그들은 개인의 자유와 자기표현을 중시하며, 자신이 보기에 더 행복하다고 생각되는 내적이고 영적인 삶을 추구한다. 그들은 자신의 생각과 행동에 책임을 질 줄 알며, 자신의 고통을 다스리고 자신이 믿는 가치를 지키려고 노력한다. 그들은 사람들에게 둘러싸이지 않고도 즐거운 삶을 영위할 줄 알며, 완전히 그 속에 매몰되지 않고서도 사회적 관계를 맺을 줄 안다. 그들은 자신과 외부 세계를 구분하는 경계선이 어디에 있는지를 아는 것이다. 이처럼 고독을 다스릴 줄 아는 능력은 그 내면세계가 균형 잡혀 있다는 것을 증명한다.

고독한 사람들은 여러 가지 믿음이나 손쉽게 얻을 수 있는 행복, 평온한 일상을 아무런 노력도 없이 얻을 수 있다는 사실에 의문을 품을 줄도 안다.

고독의 효용을 긍정적으로 언급하지 않는다

고독으로 고통 받고 외롭다고 불평하는 사람은 많지만, 고독을 즐긴다는 사람은 쉽게 찾아보기가 힘들다. 고독의 순간을 긍정적으로 묘사하는 내용도 많지 않다. 신비주의적이거나 종교적인 내용의 책자나 영상에서 간혹 확인할 수 있을 따름이다.

때로 고독에 대한 이러한 편견을 뒤엎는 일들이 화제가 되기도 한다. 예술가가 새로운 삶을 살겠다며 돌연 은퇴를 선언한다든지, 먼 나라를 떠돌며 홀로 힘겨운 모험을 계속하는 탐험가가 그 주인공이다. 그들은 예외적인 사람으로서 범접하기 힘든 대상으로 조명된다. 마치 특별한 힘을 소유한 현대의 영웅처럼 보인다. 우리는 그들에게 감동을 받고 꿈을 꾸기도 하지만, 곧바로 혼자서 세계 일주를 떠나거나 하지는 않는다. 멋있고 대단해 보이지만, 그런 일은 보통 사람은 감당하기 힘든 엄청난 희생과 고통을 치르지 않고서는 도저히 달성할 수 없는 것처럼 보인다.

그것이 실존적인 것이든 선천적인 것이든지 간에, 고독은 우리에게 공포심을 불러일으킨다. 그러나 고독은 인간 조건의 일부일 뿐 아니라, 역사적인 사실들과 연관되며 문화적으로 계승되는 것이기도 하다. 그런데 이것이 개인의 고통스런 기억과 연결되면 피해야 할 무엇이 되어 버리는 것이다. 심지어 고독한 순간을 모면하려고 자기 자신을 잃어버리는 것까지 감수하는 사람도 있다.

그러나 우리가 인생에서 겪게 되는 온갖 일들을 큰 무리 없이 받아들이고 그것을 내면화하려면 고독의 시간이 반드시 필요하다. 부인하지 말자. 고독은 우리 인생의 한 부분이다. 우리는 고독을 피해 갈 수 없다. 고독을 회피하는 것은 나 자신을 회피하는 것이다.

03
어른이 된다는 것은
혼자 있는 법을 배우는 것이다

| 꿈과 현실을 혼동하지 말라 |

"지금까지 나는 주위 환경이 달라졌으면, 내가 원하는 대로 바뀌었으면 하고 바랐다. 그리고 주변 사람들이 나를 이해하지 못하고 나를 적극적으로 도와주지 않는다고 원망했다…… 그러나 지금은 어떤 문제에 부딪히면 속으로 이렇게 말한다. '나는 이 문제를 해결하기 위해 내 속에 숨어 있는 힘을 찾아낼 것이다. 설사 내게 문제가 있다고 하더라도 그것을 나의 일부로 받아들일 것이다. 내 문제를 다른 사람 탓으로 돌리지 않을 것이다…….' 다른 사람들을 내가 원하는 대로 바꿀 수는 없다. 그들을 있는 그대로 받아들여야 한다."

"내가 현실을 이해하는 방식이 사물에 대한 나의 인식에서 나온다는 것을 깨달았다. 나는 내 내면의 갈등의 결과로서 존재한다. 이 내면의 갈등은 나의 일부이다. 주변 환경이 갈등을 불러일으킨 것이 아니다."

현실의 벽에 부딪혀 어쩔 수 없이 계획을 바꿔야 할 때면, 우리는 부당하다며 화를 낸다. 원하는 것을 취할 수단이 없을 때도 다른 사람을 원망하거나 사회의 무관심을 비난한다. 그렇게 원하는 바를 이루지 못하거나 다른 사람의 요청을 들어 줄 능력이 없을 때, 우리는 실망, 슬픔, 분노와 같은 부정적인 감정에 휩싸인다. 누구에게나 한계가 있다는 사실을 잊고서 말이다.

우리의 욕망은 자주 현실적 수단이나 맥락, 타인 등을 고려하지 않는다. 우리는 그런 실현 불가능한 욕망으로 고통스러워한다. 그 욕망을 꼭 실현하고 싶어서가 아니다. 행복해지는 데 그 욕망이 반드시 필요한 것도 아니다. 다만 욕망과 필요를 혼동하고서 자신이 원하는 바를 얻지 못한다는 그 사실 때문에 괴로워하는 것이다. 이처럼 비현실적인 계획을 단념할 줄 알고, 자신의 한계를 인정하고, 조금씩 발전해 나가는 것, 그리고 삶 속에서 끊임없이 맞닥뜨리는 문제들을 해결해 나가는 것, 이 모든 것을 고독이라는 고통스러운 경험을 통해 배운다는 사실을 우리는 자주 잊는다. 고독을 고통으로만 받아들이기 때문이다.

심리학에서는 고독의 경험과 그에 동반되는 불안감이 프로이트

Sigmund Freud가 말한 '거세공포증'과 관련되어 있다고 본다. 현실은 우리의 환상을 깨뜨리고, 무언가를 원하는 것만으로는 그것을 얻을 수 없다는 사실을 받아들이도록 강요한다. 우리는 '쾌락의 원칙'을 단념하고 현실을 인정해야 한다. 다시 말해서, 나의 요구가 모두 받아들여질 수는 없다는 것, 욕구불만은 자연스럽고 구조적인 것이며, 원하는 것이 하늘에서 뚝 떨어지지 않는다는 것, 원하는 것을 얻으려면 인내하고 노력해야 한다는 것을 인정해야 한다. 내가 아무리 좋은 의도로 인내심을 가지고 열심히 노력해도 얻을 수 없는 것이 있다.

현실을 받아들여야 한다. 우리는 세계의 중심도 아니며, 전지전능한 불멸의 존재도 아니다. 다른 사람들과 마찬가지로 능력에 한계가 있는, 상처받기 쉬운 존재일 뿐이다. 이 사실을 받아들이는 순간, 상황에 더 잘 적응할 수 있게 되며 타인들과의 관계도 놀랄 만큼 좋아진다. 동시에 좀 더 적극적이고 효과적으로 현실에 대응할 수 있게 된다. 자신의 욕망을 고집하고 모든 게 자기 뜻대로 되어야 하며, 그 어떤 것도 나를 방해해선 안 된다고 믿고 불가능한 일에 몸을 던지는 태도로는 현실의 갈등을 해결할 수 없다. 삶은 내가 하고 싶다고 그렇게 되는 것이 아니다. 내가 원하는 대로 타인을 바꿀 수 없다. 어른이 된다는 것은 가능한 것과 불가능한 것, 나의 문제와 타인의 문제를 구별할 줄 안다는 것이다. 이러한 구별은 자신의 한계를 인식했을 때 비로소 가능해진다.

고독은 이 한계를 인식하게 하고, 그 결과 좀 더 충만한 삶을 영위하도록 해 준다. 한계를 인정한다는 것이 반드시 체념과 포기를 의미하지는 않는다. 그보다는 현실감 및 책임감과 관계된 일이다. 바꿀 수 있는 건 바꾸고 바꿀 수 없는 것에는 적응해야 한다. 인생이 우리에게 부과하는 온갖 장애들을 넘어서거나 바꾸기 위해서는 어느 정도의 욕구불만은 감수할 줄 알아야 한다. 그 과정에서 우리는 배우고 발전해 나간다. 이런 욕구불만이 흔히 고독의 경험으로 주어진다.

이상의 것들이 고독의 경험에 구조적으로 나타나는 요소들이다. 우리는 우리의 욕망을 상상의 영역이 아닌 실현 가능한 영역 속에서 사고해야 한다. 그리하여 각각의 욕망들이 항상 양립 가능한 것은 아니라는 사실, 그 욕망들이 때로 광기에 가깝고 우리의 안위를 위협할 수도 있다는 사실, 그것이 타인의 욕망과 갈등할 수도 있다는 사실을 알아야 한다.

| 자신의 삶에 책임을 져라 |

"나는 오랫동안 내 삶의 문제를 부모님 탓으로 돌렸다. 내 문제들이 부모님에게서 왔다고 생각한 것이다. 그러나 내 한계와 문제를 인식하고 나에게도 책임이 있다는 사실을 깨닫게 되면서, 그 과정이 힘들고 괴롭긴 해도, 주변에서 일어나는 일들에 대해, 주변 사람들과 나 자신에 대해 새로운 시각을 갖게 되었다. 나는 혼자라고 느낀다. 그렇지만 내가 버림받았다거나 무관심 속에 방치되어 있다

거나 사랑 받지 못하는 불필요한 존재라고 느끼지는 않는다. 나는 더 이상 내 삶이 억울하다거나 사람들이 이기적이고 무관심하다고 생각하지 않는다. 다만 오직 나만이 내 삶의 주인공이며, 모든 것이 내가 하기에 달렸다는 사실을 알기에 혼자라고 느끼는 것이다. 나 자신을 돌볼 사람은 나뿐이다. 이 모든 것을 깨닫는 것은 고통스러운 일이다. 그러나 한편으로는 안심이 된다. 덕분에 자신감이 생기고 좀 더 자유로워졌다고 느낀다. 나는 내가 누구인지, 내가 뭘 할 수 있으며 어떤 가치가 있는지, 내가 뭘 원하는지를 조금씩 알아 가고 있는 중이다."

"내가 겪은 어려움이 남들 때문에 생긴 것이 아니라 나에게서 비롯되었다는 사실을 인식하고 받아들이는 것이 처음에는 고통스러웠다. 그러나 그 과정을 거치며 나를 재발견하고 받아들일 수 있게 되었다. 나는 내 인생의 주인공이 되었고, 자신을 돌볼 줄도 알게 되었다. 나 자신에 대한 책임감도 더 커졌다. 지금은 나를 좀 더 잘 다스릴 수 있게 되었다…… 일이 잘 풀리지 않아도 외부에 책임을 돌리지 않는다…… 일테면 내가 나 자신과 내 삶의 주인이 된 것 같다…… 나는 언제쯤 있는 그대로의 내 모습으로 살 수 있게 될까 하고 기다리지만은 않는다. 나 자신에 대해 책임감을 느끼게 되면서 다른 사람들과의 관계도 바뀌었고 부담감도 줄어들었다."

자신에 대한 책임감은 내면의 성숙을 가져다준다. 물론 타인들의 존재는 사는 데 꼭 필요하다. 그러나 내가 겪는 어려움을 타인에게 떠넘겨서는 안 되며, 내 선택의 대가를 타인이 지불하게 해서도 안 된다. 다른 사람들이 내가 부탁하지도 않은 것을 알아서 해 주기를 은근히 기대하면서 살면 성숙하고 자유로운 삶을 살 수 없다.

자신에 대해 책임을 진다는 것이 모든 것을 혼자 한다는 뜻은 아니다. 자기 자신을 보살피면서 자신의 행동이 가져온 결과를 책임진다는 뜻이다. 나의 삶은 내가 결정해야 한다. 누구도 대신 살아 주지 않는다. 내가 느끼는 것을 대신 느껴 줄 수도 없다. 다른 사람들이 나를 완전히 이해해 주기를, 나의 욕망을 모두 만족시켜 주기를 기대해서도 안 된다.

고독의 경험은 가장 깊은 내면에서 행동하고 바꾸고 때로는 단념하는 데 필요한 힘을 찾도록 도와준다. 낯선 자신과 대면하면서 우리는 자신의 가치를 더 정확하게 파악하게 된다. 이런 과정 속에서 자신의 행동과 삶이 지니는 중요성을 인식하며, 내가 나에게 부여한 의미에 따라 나란 존재가 달라질 수 있다는 사실을 깨닫는다.

내가 원하는 것을 타인들이 줄 것이라고 기대하지 말라. 주고 싶어도 줄 수 없는 경우가 다반사이다. 자신의 욕구는 스스로 해결하도록 노력하라. 그 결과가 만족스럽지 않더라도 그걸 남 탓으로 돌리지 말고 자신을 돌아보라. 충만한 삶을 누리지 못하는 원인을 남 탓으로 돌리는 사람에게 발전이란 없다.

타인을 있는 그대로 받아들여라

"내 속에 불만이 있으니까 다른 사람들에게도 불만을 갖게 된다. 편견을 가지고 그들을 바라보게 된다…… 상대방의 가능성이나 그 사람이 원하는 것을 무시한 채 단지 내 불안감 때문에 상대방에게 뭔가를 기대하게 된다……."

"상대방을 인정한다는 것은 더 이상 사랑받지 못할지도 모른다는 위험을 감수하는 것이다."

살면서 의심과 불안, 실망의 순간을 경험해 봤기 때문에 남들에게 좀 더 너그러워질 수 있다. 나처럼 그들도 이루고 싶은 일이 있고, 일이 원하는 대로 되지 않을 때 고통을 받는다. 그들 역시 삶의 우여곡절을 겪는다.

우리가 모두 자신의 존재를 책임지며 살고 있고 좀 더 성숙하고 나은 삶을 살고자 애쓰고 있다는 사실을 깨닫는 순간, 우리는 다른 사람들이 항상 나를 도와줄 수는 없다는 사실, 그들이 나를 위해 살 수만은 없으며 그들도 나의 도움을 필요로 한다는 사실을 이해하고 받아들일 수 있게 된다. 아무리 나를 좋아하고 사랑하는 사람이라도 항상 내가 원하는 대로 행동할 수는 없다. 타인의 현실, 즉 그들이 나와 다르게 생각할 수 있고, 내가 원하는 대로 행동하지 않을 수도 있다는 사실을 인식하는 것은 존중과 관용을 바탕으로 좀 더 평등한 관계를 구축하도록 도와준다. 이러한 관계 속에서 비로소 우리는 상대방을 있는 그대로 인정하고 받아들일 수 있다.

자신의 고독을 받아들이는 사람은 자유롭고 책임감 있는 존재로서 다른 사람들과 더 만족스러운 관계를 맺을 수 있다. 진정으로 충만하고 즐거운 삶은 내가 나 자신과 주위 사람들, 세계와 지속적이고 유익한 사회적·정서적 관계를 맺을 수 있을 때 가능하다. 이런 종류의 관계를 구축하려면 내적 평온함과 평화, 자신에 대한 인식이 있어야 한다. 그리고 이런 것들은 오직 고독의 경험을 통해서만 얻을 수 있다. 자기 자신과 조화를 이루며 살아가는 사람만이 남들과도 조화를 이루며 살 수 있기 때문이다.

| 타인에게 의존하지 말라 |

"내가 누구인지도 모르고, 내가 뭘 원하는지, 무엇이 내게 유익한지도 모른 채로 내가 이상화해서 바라본 주변 사람들을 실망시키지 않으려고 노력해 왔다. 내 의지와는 무관하게 나는 나 자신으로 사는 것이 불가능하다는 생각에 혼자 괴로워하기만 했다. 나는 나의 유령으로 살아온 것이다."

"가능한 것과 불가능한 것을 구분하고, 나 자신의 한계를 인정하고, 더 이상 다른 사람들을 이상화하거나 그들에게 의존하지 않고, 나의 독립성을 포기하거나 지나친 불안감을 느끼지 않고도 정서적인 관계를 구축할 수 있게 되면서, 나는 마음이 편안해지고 내 속에서 힘이 솟는 것을 느꼈다. 나 자신으로 살고 있다는 느낌, 나의 날개로 스스로 날아오르고 있다는 새로운 느낌에 기쁘고 가슴이 벅차다."

살다 보면 누군가와 끊임없이 이별하게 된다. 그리고 그때마다 고독감이 찾아온다. 우리는 이별을 겪으며 자율성과 정체성을 확립하게 된다. 역설적이게도, 이별과 고독을 통해 독립적인 존재가 되는 것이다. 자기 자신과 평화롭게 지내는 사람이 남들과도 조화로운 관계를 맺을 수 있다. 고독의 경험에서 자기 안의 평화를 발견함으로써 독립적인 인격을 갖추게 되는 것이다. 타인이 나의 결핍을 메우기 위해 존재한다면, 어떻게 그 사람을 있는 그대로 좋아할 수 있겠는가.

그런데 관계 속에서 마음을 공유하기 위해서가 아니라, 자신을 보호하고 보호받고 싶어서 사회적 관계를 맺는 사람이 적지 않다. 그런 사람들은 주변 사람들이 자신의 결핍을 보충해 주고 불안을 잠재워 주기 위해 존재한다고 생각한다. 그리고 마치 혼자서는 아무것도 할 수 없다는 듯이 남들과 의존관계를 만들어 나간다. 그들은 가능한 한 혼자 있는 것을 피한다. 무슨 수를 써서라도 자기 자신과 대면하지 않으려고 애쓴다. 그래서 자신이 믿던 가치나 자유를 포기하기도 하고, 삶의 계획이나 개인적 흥미, 정체성 등을 잃어버리기도 한다. 혼자가 되지 않을 수만 있다면 뭐든지 상관없다는 식이다.

자기 자신으로 살면서도 타인을 존중하고 타인에게 더 가까이 다가가는 것, 부끄러움이나 두려움 없이 자신의 약점을 드러낼 수 있고 권력이 배제된 평등한 관계를 맺을 줄 아는 것, 타인의 요구를 이해하고 들어줄 줄 아는 것, 필요한 순간에 과감하게 결정을 내릴 줄 아는 것이야말로 자유롭고 책임감 있는 삶을 사는 데 필요한 덕목이다. 이러한 삶을 살고 싶다면 고독의 순간을 겪어야 한다. 고독은 나에게 나의 욕구와 내적 고뇌, 숨겨진 욕망 등을 드러내 보여주기 때문이다.

| 자신을 위한 시간을 가져라 |

"자신을 위한 시간을 갖는다는 것은 매우 기분 좋은 일이다. 미래에 대한 압박감에서 벗어나 앞만 보고 달리는 것을 멈추고 자신을 생각하며 현재를 사는 것이다. 그 속에서 침묵과 평화의 순간을 맛볼 수 있다. 내 몸이 원하는 것에 귀 기울이고 그 리듬에 맞춰 사는 것이다. 내일에 대한 걱정이나 일, 고단한 일상에서 벗어나는 것이다.…… 하루에 단 몇 분이라도 모든 것을 잊고 오직 현재의 순간에만 몰입해 보라."

"나만의 즐거움을 위해 시간을 보내고, 외모를 가꾸고 옷차림이나 머리 모양, 피부에 신경을 쓰는 일은 피상적이고 하찮으며 불필요한 것이라고 생각했었다. 그런 건 한가로운 부잣집 딸들에게나 어울리는 일이라고 말이다. 내게는 매일같이 해결해야 할 다른 중요한 일들이 있었다. 그런데 어느 날, 어느 것이 더 중요하고 덜 중요한지는 내 결정에 달렸다는 사실을 깨달았다. 나는 나만의 즐거움을 위해 더 많은 시간을 보내기로 결심했다. 마치 내가 나의 절친한 친구가 된 것처럼 나를 기쁘게 해 주려고 노력하기 시작했다……."

주변 사람들이 아무리 내게 잘해 주고, 나의 행복을 위해 애쓴다 해도, 결국 내 인생에 대한 책임은 나에게 있다. 세상에 자기 자신보다 더 좋은 친구는 없다. 그리고 자신을 책임지는 사람은 고독의 순간을 충분히 활용한다. 그런 사람들에게 고독의 순간은 자신의 진정한 욕구를 발견하고, 내면의 목소리를 듣고, 자기를 실현할 수 있는 기회가 된다.

진정으로 고독을 즐기는 사람은 특별히 다른 사람들의 마음에 들려고 노력하거나 다른 사람에게서 위로받으려고 하지 않는다. 그들에게는 외부 세계의 혼란이나 다른 사람들의 의견에 쉽게 동요되지 않는 힘이 있다. 그들은 혼자 있고 싶으면 따로 시간을 내어 세상일을 접고 자기만의 시간을 갖는다. 자연 속에서 조용히 혼자 지내거나 사람들과 거리를 두고 기도나 독서, 수작업 등에 집중한다. 그러나 그렇다고 해서 외부 세계와 단절된 채 자기 자신 속에 틀어박히는 것은 아니다. 몽테뉴Michel de Montaigne는 "자신만을 위한 가게 뒷방이 필요하다."고 했다. 왜냐하면, "자기 자신으로 사는 것이 세상에서 가장 위대한 일"이기 때문이다.

혼자 있는 법을 안다는 것이 항상 혼자 생활하고 사회와 거리를 둔 채 주변인이나 외부인으로 산다는 뜻은 아니다. 영국의 정신분석학자인 도널드 위니콧Donald Winnicott이 잘 묘사했듯이, '혼자 있을 수 있는 능력'이란 비유적으로 말해서 자신의 '가게 뒷방' 또는 '비밀 정원'으로 물러날 줄 안다는 의미이다. 이는 타인들도 세상과 거리를 두거나 자신의 내면으로 물러나고 싶을 때가 있다는 것을 인정할 줄 안다는 뜻이기도 하다. 그것을 사람에 대한 애정이 부족하다거나 상대방에게 무관심하다는 식으로 이해해서는 안 된다.

자유롭게 살고 싶다면 자신을 받아들이고 사랑하라

"예전에는 혼자 있을 때 나 자신을 견딜 수가 없었다. 나의 부정적인 면들만 보였다. 너무도 다른 사람이 되고 싶은 나머지 나 자신의 진정한 가치를 알아보지 못한 것이다."

"고독의 시간 속에서 나는 내가 진정으로 신뢰할 사람은 오직 한 사람, 나 자신뿐이라는 사실을 알게 되었다."

"나 자신을 있는 그대로 받아들일 수 있게 되면서부터 내 속에 평화가 찾아왔다. 나는 더 이상 고독을 두려워하지 않게 되었다."

자신의 가치와 힘, 한계와 필요 등을 잘 알지 못하면 다른 사람들과 상호존중을 바탕으로 하는 지속적이고 진실한 관계를 맺을 수 없다. 고독의 순간을 충만히 누릴 수 있는 사람만이 자신을 보살필 줄 알고, 자신을 있는 그대로 인정하며 타인을 아무런 조건 없이 사랑할 수 있다.

물론 고독의 순간에 우리는 자주 나의 부정적인 이미지와 대면하게 된다. 남들에게서 배제되고 버림받았다고 생각하거나 남들과 다르다고 느끼는 것이다. 무력감, 제 삶을 통제하지 못한다는 생각, 상황에 끌려가고 있다는 느낌, 때로는 죄책감, 후회, 수치심, 자신감 상실에 시달리기도 한다. 이처럼 고독의 경험은 대부분의 사람들에게 고통을 가져다준다. 고독은 우리에게 내 인격의 다양한 면을 펼쳐 보여 주는데, 거기에는 결코 자랑스럽게 생각할 수 없는 부정적인 이미지도 포함되어 있다. 보통 고독의 순간은 우리가 혼자 어려움에 직면했을 때, 감당하기 힘든 상황에 직면했을 때 찾아오기 때문이다.

그러나 고독은 자신의 능력이나 성과와 무관하게 스스로를 있는 그대로 사랑할 수 있는 기회가 된다. 고독은 내가 완벽하지도 전지전능하지도 않으며, 그렇다고 해서 나의 가치가 깎이는 게 아니라는 사실을 깨닫게 해 준다. 고독은 절망적인 순간에 나 자신을 아무런 조건 없이 사랑할 수 있게 해 준다. 자신의 한계를 인정하는 사람은 그 한계에 부딪혔을 때 좌절하지 않는다. 자신이 할 수 있는 만큼 했다는 사실을 알고 있기 때문이다. 그 사람은 자신의 부족한 점을 인정하고 성공만을 추구하지도 않는다.

고독은 나 자신을 있는 그대로 드러내 보여 주며, 자기 자신에 대한 존중심을 불러일으키고, 내면의 안정을 되찾게 해 준다. 그러니 고독의 순간이 때로 고통스러울 수 있고 그것을 견뎌 내는 과정이 힘겨울 수 있다는 것, 누군가의 부재가 고통스럽고, 때로 자신에게 실망하는 순간도 있다는 것을 인정하자. 이런 사실을 원망이나 상실감 없이 받아들일 수 있다면, 자신을 좀 더 따뜻하고 애정 어린 시선으로 바라볼 수 있을 것이다.

철저하게 자기 자신이 되라

"예전에는 혼자 있으면 지루하고 시간이 더디 흐른다고 느꼈다. 혼자 뭘 하면서 시간을 보내야 할지 알 수가 없었다. 내가 뭘 원하는지도 알지 못했다. 나는 시간을 흘려보내는 나 자신이 싫으면서도 아무것도 하지 않았다. 내가 아무 의욕도 없는 텅 빈 존재처럼 느껴졌다. 그러나 내가 원하는 것이 무엇인지 알게 된 뒤부터는 내 속의 진정한 욕망이 무엇인지를 알게 되었다. 이제 고독의 순간들은 나를 실현하고 내가 진정으로 하고 싶고, 내게 즐거움을 주는 일을 할 수 있는 기회가 되었다. 나는 자신감을 되찾았으며, 혼자 있는 시간에 나 자신을 보살필 줄 알게 되었다. 이제 고독의 순간은 나 자신을 돌보고 돌아보는 시간이 되었다."

인생에서 가장 중요한 것은 가능한 한 나의 본래 모습대로 살아가는 것이 아닐까? 이를 위해서는 소비사회의 온갖 자극들을 극복해야 하고, 나를 나 자신에게서 멀어지게 만드는 해로운 인간관계와도 거리를 두어야 한다. 궁극적으로 자신을 알아 가고 실현하는 길에서 방해가 되는 것들을 피할 줄 알아야 한다. 독일의 시인 라이너 마리아 릴케Rainer Maria Rilke의 말을 기억하자. "필요한 것은 오직 한 가지다. 고독. 위대한 내면의 고독 말이다. 몇 시간이고 아무도 만나지 않고 자신 속에 머무를 줄 알아야 한다."

진정 자신의 삶을 살고 싶다면, 꿈을 꾸고 내면의 목소리를 들을 줄 알아야 하며, 우리에게 끊임없이 해야 할 말과 생각, 행동 등을 강요하는 사회와 거리를 두어야 한다. 용기를 내어 자신이 원하는 삶을 살아야 하고 그 수단을 찾아야 한다. 자신을 좀 멀리서 바라보고 위험을 감수할 줄 알아야 한다. 무언가를 배우려면, 자신의 무지를 인정하고 자기 안에 숨겨진 능력을 찾아내야 한다. 자신을 극복하려면 자신을 의심할 줄도, 자신의 한계를 인정하고 현실에 맞게 계획을 변경할 줄도 알아야 한다. 물론 그렇다고 자신을 평가절하할 필요는 없다. 다만 문제에 직면했을 때 외부의 도움을 기다리기보다는 스스로 해결 방법을 찾아야 한다는 뜻이다.

자신의 인생을 살려면, 무엇보다 자신을 돌보고 행동에 책임지는 자세를 지녀야 한다. 무엇이 더 중요하고 덜 중요한지를 정하고, 설사 다른 사람들이 그것을 탐탁해 하지 않더라도 그것을 알릴 필요가 있다. 그것이 때로 주변 사람들의 바람과 다를지라도 물러서지 말라. 친구가 될 사람을 선택하고, 나를 좋아하고 책임감도 있는 사람과 교제하라. 좋아하지 않는 사람과는 거리를 두되 주변 사람들에게는 너그러울 수 있어야 한다. 삶이 부과한 여러 제약에도 불구하고, 나 자신과 대면하며 혼자 있을 수 있어야 하고 나를 믿고 사랑해야 한다는 점을 잊어서는 안 된다.

침묵과 평화를 즐기며 내 몸이 보내는 메시지에 귀를 기울일 줄도 알아야 한다. 그러다 보면 자신을 존중하는 법을 저절로 배우게 된다. 이 모든 것은 고독 속에서 배우게 된다. 고독만이 나 자신을 있는 그대로 드러내 보여 주기 때문이다. 고독은 내가 나를 깊숙한 곳까지 이해할 수 있게 해 주며, 그렇게 자신을 정확하고 진실되게 바라봄으로써 나 자신을 거부감 없이 받아들일 수 있게 해 준다. 고독이 주는 불안감을 극복해야만 진실되고 고유한 존재가 될 수 있다. 고독의 한가운데에 나의 무한한 가능성이 숨어 있는 것이다.

물론 우리에게는 늘 누군가가 있어야 한다. 그러나 그들은 나의 인생을 대신 살아 줄 수 없으며, 내가 바라는 것을 언제나 줄 수도 없다. 나에게 무엇보다 필요한 심리적 안정감은 오로지 내 안에서만 찾을 수 있다. 나이를 먹고 삶의 경험을 쌓아 가면서 우리는 실망과 즐거움이 모두 삶의 일부분이라는 사실을 깨닫게 된다. 고독을 있는 그대로 받아들일 수 있다면 고독은 창조의 요람인 동시에 나 자신을 극복할 수 있는 힘이 될 것이다. 우리가 성숙해질수록 고독은 긍정적인 것으로 변모한다. 나의 존재 의식을 확장시키고 정체성을 더욱 확고하게 만들며 삶을 풍요롭게 하는 것이다. 바로 이런 이유로 어떤 사람들은 자발적으로 고독의 순간을 선택한다. 그들은 고독 속에서 충만감과 조화, 행복을 경험한다.

제2부

고독의 심리학

자신의 자유성과 정체성을 구축하려면 필연적으로 고독을 대면해야 한다. 문제는 고독 그 자체가 아니라, 고독한 상황을 견디기 힘들어 하거나 지나치게 예민하게 받아들이는 태도에서 오는 것이다.

대부분의 심리학 연구는 사회적 관계나 관계의 성격에 초점을 맞춘다. 정신분석학에서 말하는 대상관계(타인과의 정서적 유대), 존 볼비 John Bowlby가 발전시킨 애착 이론, 인지행동치료 이론에서 말하는 사회적 역량이나 공감 능력 등이 여기에 해당한다. 그러나 고독을 그 자체로 연구한 사례는 찾아보기 힘들다. 사실상, 이 이론들은 고독과 그에 수반되는 고통이 관계 장애에서 온다고 본다. 그리고 그 원인을 부모와 아이가 맺은 관계의 결함에서 찾는 경우가 많다. 유년기에 문제적 관계를 겪은 사람은 성장해서도 타인과 정상적인 관계를 맺지 못한다는 것이다.

도식적으로 말하면, 정신분석학자들은 고독으로 고통 받는 사람들이 대상과의 분리와 거리를 견디지 못한다고 지적한다. 그런 사람들은 사랑하는 대상이 부재할 때 자신이 버림받았다고 느끼고 공허함과 결핍감에 시달린다. 이런 고통은 어머니와 아이 관계에 뿌리를 두고 있다. 유아기에 처음으로 겪은 분리 경험이 어떠했는지에 달려 있는 것이다. 애착의 성격이 타인과의 관계를 규정짓는다고 보는 애착 이론도 부분적으로 이러한 관점을 취하고 있다. 반면, 인지행동 이론이나 소통 이론은 인간관계를 학습의 결과로 파악한다. 따라서 좋은 사회적 관계를 맺으려면 일정한 학습이 반드시 필요하다고 본다. 이에 따르면, 고독으로 고통 받는 사람들은 적절한 사회적·정서적 관계를 구축하는 법을 배우지 못했거나 제대로 학습하지 못한 것이다.

다양한 해석에도 불구하고, 고독이 사회적 혹은 정서적 삶과 관련되어 있다고 보는 것은 어느 이론이나 비슷하다. 고독으로 고통받는 사람은 사회에 적응하지 못하는 사람, 만족스러운 인간관계를 맺지 못하는 사람, 어린 시절에 좋은 관계를 경험하지 못한 사람, 남들과 조화롭고 충만한 관계를 맺는 데 필요한 사회적 역량을 발전시킬 기회가 없었던 사람으로 묘사된다. 물론 고독의 문제를 다룰 때 그 사람의 사회적·정서적 관계의 성격을 파악하는 것은 반드시 필요하지만, 고독에서 비롯되는 고통을 관계를 맺는 능력의 결핍으로 간단히 요약해 버릴 수는 없다. 고독으로 인한 고통은 자신에 대한 잘못된 평가에서 비롯되는 경우도 있다. 또는 자기를 실현할 수 있는 능력이 부족한 경우나, 자신을 부정하고 어른이 되기를 거부하는 경우도 있을 것이다. 따라서 고독의 심리학을 논하려면 크게 세 가지 각도에서 접근하는 것이 필요하다.

우선, 고독감을 제대로 정의해야 한다. 고독감이란 무엇인가? 심리학적으로 고독의 경험을 어떻게 규정할 것인가?

둘째, 고독감의 심리학적 원인은 무엇인가? 어머니-아이 관계는 각 개인의 심리적 발달 과정과 혼자 살아갈 수 있는 능력에 실질적으로 어떤 영향을 미치는가? 어느 부분이 선천적이고, 어느 부분이 후천적인가?

셋째, 과연 남들보다 더 취약하거나 더 위험에 노출되어 있는 성격이 존재하는 것일까? 우리는 어떤 심리적 과정으로 고독의 고통을 느끼게 되는 것일까? 우리의 정신적 기능 속에는 어떤 전략들이 숨어 있을까?

04
불만족스러운 사회관계

고독은 정확하게 정의하기가 까다로운 개념이다. 슬픔에서 기쁨에 이르는 모든 종류의 감정을 동반할 뿐 아니라 매우 다양한 상황과 연관되어 있다. 또한 특정 시기에 찾아오는 고독이 있는가 하면, 만성적인 형태로 겪는 고독도 있다. 한 가지 확실한 것은, 고독은 우리가 타인과 맺고 있는 관계 혹은 자신과 맺고 있는 관계에 거리가 생겼을 때 생겨나는 자연스러운 감정이라는 것이다.

다양한 심리학적 가설들이 고독을 어떻게 해석하는지를 다음 표를 통해 살펴보자.

■ 고독에 관한 심리학적 가설들

고독의 개념적 모델	적용이론	저자
유아기에 충족되지 않은 내적 욕구	정신역동 모델	프리다 프롬 라이히만(1959), 해리 스택 설리번(1953)
분리 불안, 엄마-아이 관계 이상	정신분석학	지그문트 프로이트, 도널드 위니콧, 멜라니 클라인 등
적절한 친밀 관계 형성을 방해하는 애착	애착 이론	존 볼비(1977)
심화된 자아 인식을 위해 필요한 정상적인 경험	실존주의적 접근	클라크 무스타카(1961,1972), 벤 미유스코비치(1977)
자신의 감정을 파악하고 표현하기가 힘든 경우, 내면에 숨은 진짜 자아와 외부에 드러난 자아 사이의 불일치	현상학적 접근	칼 로저스(1970)
관계에 대한 기대와 현실 사이의 괴리	인지적 접근	힐데가르 페플라우, 미첼리, 모라쉬(1982), 펄먼 & 모라(1982)
내적 갈등의 고착, 자신에게 부정적 원인 부여		앤더슨 & 아르놀트(1985), 슐츠 & 무어(1986), 스노드그래(1987)
자신의 삶을 통제하고 있다는 비이성적인 믿음		포르트(1986), 호글룬트 & 콜리슨(1987)
사회적 역량의 결핍		드종 지어벨트(1987), 존스, 홉스, 호켄버리(1982)
개인과 상황 간의 상호작용	상호작용적 접근	바이스(1973)

인간은 사교적 존재다

인간은 '사회적 동물'이라는 관점에서, 프롬 라이히만Fromm Reichmann(1959) 같은 학자들은 고독감이 사회적 고립 상태라는 비정상적 상황에서 비롯된 당연한 결과라는 가설을 제기했다. 고독은 인간의 정신적 성숙에 반드시 필요한 사회적 욕구가 제대로 충족되지 않았을 때 나타난다는 것이다. 따라서 고독한 상태는 병적이고 반자연적인 것이며, 고독이 초래하는 고통은 혼자 있는 것이 비정상적인 상태라는 것을 보여 준다. 고독감과 인간관계의 결핍은 직접적인 인과관계로 연결된다. 사회적 욕구가 충족되지 않은 사람들이 외로움을 느끼게 된다는 것이다.

이러한 관점으로 보면, 사회적 관계의 형성은 인간 존재에 필수적인 요소이고, 인간관계를 확대하면 고독한 상태에서 벗어날 수 있다. 이 같은 접근은 간단하고 실용적이라는 장점이 있지만, 사회에 잘 적응하고 친구가 많은 사람도 고독의 고통을 느낄 수 있다는 사실을 간과하고 있다. 앞에서 살펴봤듯이, 사회적으로 고립되어 있다고 해서 항상 고독으로 고통 받는 것은 아니며, 사람들에게 둘러싸여 있다고 해서 고독감을 느끼지 않는 것도 아니다.

고독이 관계의 결핍에서 비롯된다면, 고독은 인간적 따스함을 필요로 하는 사교적 존재가 갖는 선천적 욕구에 대한 반응일까? 고독이 사회적·정서적 관계에 대한 기대와 만족스럽지 못한 현실 사이의 괴리를 설명해 줄까? 고독감은 정말 박탈감(욕구)과 실망(욕망)에서 비롯될까?

다른 이론가들은 우리가 타인과 맺는 관계의 성격에 주목함으로써 이 질문들에 답하고자 했다. 고독감과 사회적 관계의 질은 서로 관련이 있는가? 이 질문에서 중요한 가설이 하나 도출된다. 고독으로 고통 받는 사람들은 양질의 사회적·정서적 관계를 구축하지 못한다는 것이다.

사회적 고독과 감정적 고독

바이스R. S. Weiss는 고독에 대한 1973년 연구에서, 사람들이 상호 교류에 대한 욕구가 충족되지 못했을 때 고독감을 느끼게 된다는 사실에 주목했다. 그는 고독을 사회적 관계망에 양적으로 혹은 질적으로 결함이 있을 때 갖게 되는 불쾌한 감정으로 정의했다. 이처럼 고독은 사회적 고립(교류의 양)과 정서적 고립(교류의 질)의 결과로서 나타나지만, 고독을 경험하는 방식은 다양하다. 바이스는 고독을 감정적 고독과 사회적 고독이라는 두 가지 유형으로 나눈다. 정서적 고립에서 비롯된 감정적 고독은 불안과 두려움을 불러일으키고 (버림받았다는 느낌), 사회적 고립과 관련된 사회적 고독은 권태감과 박탈감(주변인이라는 느낌)의 원인이 된다.

사회적 고독

사회적 고독을 특징짓는 감정은 권태감이다. 사회적 고독 상태에 놓인 사람은 인생의 목표도 없고, 무언가를 실현해 보려는 의지도 없다. 바이스는 이러한 상태에 이르게 되는 원인이 사회생활에 대한 참여 부족, 타인들과 만나고 사귀고 싶다는 의욕의 결핍, 불만과 좌절 속에서 사회적으로 고립되고 싶어 하는 경향 등이라고 보았다. 이런 사람들은 대부분 매우 협소한 인간관계를 맺고 살아간다. 그러면서 과도하게 친밀한 몇몇 친구들하고만 관계를 맺는 경우가 많다. 이사나 이직 같은 사회적 환경의 변화로 이러한 고독 상태를 경험하기도 한다. 그러나 이 경우는 대부분 일시적이며, 그 밖에도 다양한 외부적 변수가 작용한다. 사회적 고독자들은 개인적인 이유보다는 환경적 요소에 더 큰 영향을 받지만, 그 사람의 사회적 역량이 부족할 경우 고독감은 더욱 커질 수 있다.

이런 사람들은 사회적 교류를 기피하는 태도를 보인다. 언어적 표현을 억제거나, 사회생활에서 일어나는 상호작용을 피하거나, 타인에게 공감하지 못거나, 사회적 억압 상태에 놓여 있는 경우이다. 이 경우, 간단하면서도 실질적인 학습을 통해 사회적 관계를 긍정적으로 받아들일 수 있는 태도, 곧 상대방에게 관심을 표현할 줄 알고 상대방의 말을 경청하고 질문하는 자세를 갖추면 사회적 고독감을 줄일 수 있다.

감정적 혹은 정서적 고독

한 개인이 사회적 관계에서 단절되었을 때 겪게 되는 고독을 사회적 고독이라고 한다면, 감정적 고독은 친밀한 동반자의 부재로 설명할 수 있다. 감정적 고독은 애정 결핍과 타인에 대한 느슨한 애착이 만들어 내는 불안감의 형태로 모습을 드러낸다. 동반자와 일시적으로 떨어져 있을 때 잠시 지나가는 감정처럼 나타나기도 하지만, 배우자가 세상을 떠난 경우처럼 오랜 시간 경험할 수도 있다. 만약 감정적 고독이 만성적인 형태로 나타난다면 친밀하고 따뜻한 관계, 안정적이고 지속적인 관계를 맺을 수 있는 능력이 부족하다고 볼 수 있다. 감정적 고독은 고통스러운 이별 뒤에 찾아오기도 한다. 이별을 완전히 받아들이지 못한 상태에서 매일 실패했다는 감정에 사로잡혀 새로운 사람과 친밀한 관계를 맺는 것을 두려워하는 것이다.

| 관계 형성에 대한 두려움 |

감정적 고독자들이 관계를 잘 맺지 못하는 것은, 지속적인 애정 관계에서 친밀함에 대한 욕구를 충족시키지 못하여 아예 그런 관계를 맺고자 하는 욕구를 못 느끼거나, 관계 맺음의 불가능에서 오는 고통 때문이 아니다. 그보다는 누군가와 함께 삶을 공유하고 싶다는 욕망이 있으면서도 한편으로는 거절당할지도 모른다는, 또는 관계를 맺은 뒤에 버림받을지도 모른다는 두려움이 마음속에 있기 때문이다.

그 결과 상당수의 사람들이, 특히 여성보다는 남성이 이처럼 두려움을 불러일으키는 지속적인 애정 관계가 아닌 단편적으로 반복되는 성적 관계로 친밀함에 대한 욕구를 해소한다. 이들은 그런 관계 속에서 자기도취적인 만족감과 감정적인 안전함을 느낀다. 안정적인 관계를 맺을 수 있는 능력을 상실한 채 하룻밤 관계를 반복적으로 맺다가 그 관계가 조금이라도 진전될 기미가 보이면 가능성을 미리 차단하거나 아예 관계를 끊어 버리기도 한다. 이처럼 단속적으로 반복되는 관계는 육체적 욕구를 해소해 줄 수는 있을지 몰라도, 내면에 자리한 친밀함에 대한 욕구를 만족시켜 주지는 못한다. 어떤 사람들은 이렇게 관계 맺는 방식에 완전히 익숙해져서는 현대판 '돈 주안'이 되어 몇 명의 파트너를 정복했는지를 기준으로 자기 자신을 평가하기에 이른다. 이 관계에서 교체 가능한 일회적 상대로 전락한 파트너들의 가치는 그에 반비례하여 떨어지게 된다. 이런 관계를 지속하면 성에만 의존하게 되어 파트너와 정서적 교감을 나누기가 더욱 어려워진다.

몇몇 연구자들은 바이스의 이론에 덧붙여 감정적 고독을 다시 두 개의 유형으로 분류했다. 하나는 가족 관계에서 나타나는 고독이고, 다른 하나는 애정 관계에서 나타나는 고독이다. 첫 번째 경우는 부모와 친밀함이나 공감을 나누지 못하고 거리감을 느낄 때 나타난다. 두 번째, 애정 관계에서 나타나는 감정적 고독은 커플 간의 친밀한 관계를 가로막는 장애 요소가 된다. 자신의 감정을 고백하는 데 어려움을 느끼거나, 상대와 친밀한 관계를 맺는 게 힘들거나, 새로운 사람과 그런 관계를 맺는 걸 두려워하는 경우가 여기에 해당된다. 이 두 유형의 고독은 서로 독립적으로 나타나는 현상이다. 친구도 많고 가족과도 좋은 관계를 유지하는 사람이 애정 관계를 맺는 데 어려움을 느끼는 경우도 있다.

| 내면적 고독 |

지금까지 살펴본 접근 방법들은 인간관계에서 오는 고독을 설명할 뿐, 더 본질적 고독이라 할 내면적 고독에 대해서는 설명해 주지 않는다. 내면적 고독이야말로 가장 깊고 고통스러운 고독이라고 할 수 있다. 경험해 본 사람은 알겠지만, 내면적 고독이야말로 정신을 파괴하고 황폐하게 만들 수 있는 위험한 고독이다. 내면적 불만과 수치심, 증오, 죄책감 등으로 인한 자기 혐오 또는 자기 경멸 등의 형태로 나타나는 내면적 고독은, 우리 자아의 아주 깊숙한 곳까지 침투한다. 이러한 고독은 내면의 균형과 평화를 깨뜨리고, 자신에 대한 사랑을 방해한다. 이 파괴적인 감정은 자신을 돌보려는 마음을 억제시키고, 다른 사람에게 도움을 호소하고자 하는 욕망마저 억누른다.

기존 심리학에서 한 번도 하나의 증상으로 고려된 적이 없는 내면적 고독은 우울증 같은 심리적 질환을 동반하기도 한다. 절망적인 상태에 이르면 자살과 같은 극단적인 선택을 하는 경우도 드물지 않다. 어린 시절에 겪은 트라우마trauma(정신적 외상)로 인해 만성적인 내면적 고독에 시달리는 사람들도 있다. 예를 들어, 어린 시절에 학대를 받은 사람은 생존을 위해 기억의 일부분을 억압한 채 살아간다. 그런데 자신이 의식하지 못하는 사이에 그 학대의 기억들이 삭제된 채 새로운 자아가 형성되어 버린다. 감당하기 힘들 만큼 고통스러운 기억 때문에 내면적 상태가 왜곡되어 자기 자신과 진정한 관계를 맺기가 힘들어지는 것이다.

주관적 고독이라 할 수 있는 내면적 고독은 우리가 자신과 맺고 있는 관계로 설명할 수 있다. 우리가 우리 자신과 맺는 관계는 어린 시절에 경험한 정서적 관계와 그 관계를 둘러싼 환경과 밀접하게 관련되어 있다.

일시적 고독과 만성적 고독

순간적인 불안(패닉 상태)과 지속적인 불안(만성적인 불안증)을 구분하듯, 고독 또한 일시적 고독과 만성적 고독으로 구별해서 생각할 수 있다.

일시적 고독은 이사나 이직 등의 외부 요인으로 관계에 일시적 변화가 생겼을 때 나타나는 기능적인 대응 같은 것이다. 주로 삶에 변화가 찾아와서 일시적으로 사회 관계나 애정 관계에 차질이 생길 때 겪게 된다. 그래서 새로운 상황에 적응할 때 주로 나타난다.

반면, 이보다 강도가 훨씬 높은 만성적인 고독은 상대적으로 사회 환경의 변화에 영향을 덜 받으며, 현재 맺고 있는 관계의 질과도 무관한 방식으로 지속된다. 만성적인 고독은 개인의 성격과 개인이 안고 있는 문제에 따른 것으로, 어떤 종류의 인간관계를 맺고 있는

지와 무관하게 고통을 줄 수 있다. 만성적 고독에 시달리는 사람들은 상당수 비슷한 특성을 공유한다. 그들은 자기 자신과 남들을 부정적인 시각으로 바라보고, 거절당할지도 모른다는 두려움 때문에 남들과 접촉하는 것을 피한다. 또한 사회적 역량이 결핍된 경우도 많다. 전문가들은 이러한 특징을 유아기에 경험한 사회적·정서적 관계와 연관 지어 설명한다.

05
유년기 경험의 중요성

오래전부터 많은 심리학자들이 유아기의 정서적 관계가 아이의 정신운동 발달에 미치는 영향에 주목했다. 아이가 처음 겪는 정서적 경험이 성인이 된 뒤에까지 영향을 미친다는 것이다. 즉, 유아기에 맺는 관계의 질에 따라 성인이 된 뒤 사회적 관계를 맺는 방식이 달라진다는 것이다.

실제로 어른들은 아이 때 경험한 관계의 모델에 따라 현재의 관계를 구축해 나간다. 유아기를 좋은 정서적 관계 속에서 보낸 사람들은 자신을 믿고 편안한 사회관계를 맺을 줄 알며, 살면서 경험하는 수많은 이별들을 그렇지 않은 사람보다 훨씬 잘 견뎌 낸다. 한편, 학교 교육과 유아기 때 맺는 관계의 성격과 기능, 아이가 주변 사람들과 분담하는 역할 등에 따라 선천적인 부분과 후천적인 부분이 다른 방식으로 설명된다.

프로이트와 대부분의 정신분석학자들은 엄마-아이의 관계가 배고픔과 갈증, 배설 욕구 같은 육체의 원초적인 욕구를 중심으로 형성된다고 보았다. 정서적 관계는 이차적이다. 이에 따르면, 아이는 엄마가 자기 몸을 돌봐 주기 때문에 엄마에게 애정을 갖게 된다.

이와 반대로, 존 볼비John Bowlby는 인성학적 관점에서 아이가 엄마에게 애착을 갖는 것은 단지 엄마가 자기를 먹여 주기 때문만은 아니라고 보았다. 그에 따르면, 애착 역시 배고픔이나 갈증과 마찬가지로 원초적인 욕구에 해당한다. 아이는 애착을 통해 성장하고 친밀한 관계를 맺음으로써 자아를 형성해 나간다. 애착의 대상이 어떤 태도, 즉 차가운 태도로 거리감을 두거나 자주 자리를 비우거나, 이와 반대로 따뜻하고 관심 어린 태도를 취하느냐에 따라 이 관계의 질이 결정된다는 것이다. 이 관계의 성격에 따라 성인이 된 뒤에 맺는 인간관계도 달라진다.

한편, 행동주의 심리학자들은 엄마-아이의 관계를 긍정적 강화(보상)와 부정적 강화(처벌), 조건화를 통한 학습의 장으로 보았다. 도식적으로 말해서, 고독으로 고통 받는 사람들은 고독한 상태와 거기에 동반되는 감정을 제대로 다스리는 법을 배우지 못한 것이며, 남들과 충만한 관계를 맺는 방법을 모르는 것이다.

이제 지금까지 대략적으로 살펴본 접근 방법들을 좀 더 자세히 살펴보자.

| 지그문트 프로이트 : 우리는 어둠이나 거미처럼 고독을 두려워한다 |

지그문트 프로이트의 저서에는 고독이라는 주제가 드물게 언급
된다. 그는 『정신분석학 입문』에서 '불안의 해부학적 결정론' 에 대
해 언급하며 고독이라는 주제를 다루었고, 여기서 불안으로 특징
지어지는 정서적 상태를 설명했다. 프로이트는 '엄마와 아이의 분
리가 초래하는 첫 번째 불안 상태' 는 아이가 태어나는 순간에 시작
된다고 보았다. 따라서 태어나는 일 자체가 트라우마적인 것이며,
"불안으로 특징지어지는 정서적 상태의 근원이자 원형이 된다."

프로이트는 여기서 더 나아가, 공포증phobia에 나타나는 불안의
성격을 분석하며 고독에 대한 두려움이 천둥소리에 대한 두려움이
나 광장공포증, 밀실공포증 같은 여러 가지 공포증 가운데 하나라
고 생각했다. 고독에 대한 두려움은 유아기의 아이들에게서 흔히
관찰되는 다양한 공포증들, 예를 들어 어둠에 대한 두려움과 같은
차원의 공포증이라는 것이다. 이 공포증들은 "자신을 돌봐 주는 애
정의 대상의 부재라는 공통점이 있다." 따라서 고독에 대한 두려움
은 특정 상황과 관련된 특이한 상태가 아니라 근본적으로 성적인
문제에 해당된다. 한 마디로, 프로이트는 고독에 대한 두려움과 관
련된 불안이 엘리베이터를 타는 것에 공포심을 느끼는 사람의 불안
과 근본적으로 다르지 않다고 보았던 것이다.

프로이트는 두 가지 다른 상황을 구별한다. 고독한 상황에서 경
험하는 실존적 불안은 세상에 갓 태어난 아이가 느끼는 불안과 그

성격이 같다. 반면, 고독을 두려워하는 사람이 느끼는 불안은 이와 성격이 다르다. 그 사람을 불안하게 하는 것은 그가 고독에 대해 갖고 있는 표상이며, 그 과정은 다른 공포증과 크게 다르지 않다. 이런 불안은 성적 억압에서 비롯된 경우가 많다.

프로이트는 고독이라는 주제를 자주 언급하지 않았지만, 엄마-아이 관계의 성격과 특징에 대해 매우 흥미를 품고 있었다. 프로이트에 따르면, 이 관계는 무엇이 아이로 하여금 고독을 다스릴 수 있도록 하는지를 설명해 준다. 앞서 살펴본 대로 정신분석 개념에 따르면, 엄마와 아이의 관계는 아이의 원초적 욕구에 대한 만족에서 시작한다. 아이가 젖을 먹는 것을 예로 들 수 있다. 아이는 엄마의 젖을 먹으며 편안하고 느긋해지며 기쁨을 느낀다. 그러나 아이는 그 만족감이 엄마에게서 왔다고 인식하지 못한다. 그러다가 엄마가 자신의 원초적 욕구를 해소해 주지 못할 때, 아이는 엄마의 부재를 통해 엄마가 자신에게 제공했던 것이 무엇이었는지를 깨닫는다. 이 과정에서 엄마에 대한 표상이 조금씩 무無의 상태, 즉 엄마-아이의 구분이 불분명한 상태를 벗어나 윤곽을 드러내기 시작한다.

프로이트는 "대상은 증오심에서 출현한다."고 말했다. 다시 말해서, 아이는 엄마가 자신의 욕구를 완전히 만족시켜 줄 수 없다는 사실을 깨달으면서 엄마를 자신과 구별하기 시작한다는 것이다. 그리고 엄마가 자신과 독립해서 존재한다는 것을 깨달으면서 엄마가 자신에게 무엇을 제공하는지를 알게 된다. 한편, 엄마의 부재로 원하는 만족을 얻을 수 없을 때 아이는 자신의 힘으로 만족을 얻을 수 있는 수단을 찾게 된다. 그런 과정을 거치며 아이는 좀 더 자율적으로 변한다. 그러므로 아이의 욕구를 빈틈없이 충족시켜 주는 '지나치게 완벽한' 엄마의 존재는 오히려 아이가 자율적으로 성장하는데 방해가 된다. 프로이트의 이론은 고독이 우리의 한계와 결핍, 의존 상태를 드러내 보여 줌으로써 우리에게 고통을 주는 동시에, 내적인 변화의 원동력으로 작용하여 원하는 것을 얻도록 이끄는 과정을 잘 설명하고 있다.

대부분의 정신분석학자들은 프로이트의 관점을 채택하지만, 일부 학자들은 아이의 내면세계와 아이가 혼자 있는 능력을 발전시켜 나가는 과정을 조금 다른 관점으로 파악한다.

도널드 위니콧 : 혼자 있을 수 있는 능력

위니콧은 갓 태어난 아이는 아직 정신적으로 미숙한 상태이므로 아이를 오랫동안 혼자 방치하는 것은 정신적 균형과 발전에 해롭다고 보았다. 엄마는 아이에게, 위니콧이 '유아에 대한 엄마의 모성적 관심'이라고 명명한 특별한 관심과 보살핌을 쏟는다. 이러한 관심과 보살핌을 받으며, 안전하고 다정하며 따뜻한 환경 속에서 아이는 욕구불만 없이 성장할 수 있다. 이런 환경에서 아이는 별다른 노력 없이도 자신의 욕구와 욕망을 만족시킬 수 있다. 아직 자율성을 획득하지 못한 아이에게 엄마는 매우 특별한 존재이다. 엄마는 아이의 욕구를 만족시켜 줄 뿐 아니라 아이가 자신이 완전히 자율적이고 전지전능한 존재로서 주변 환경을 통제할 수 있다는 환상을 품게 한다. 이러한 환상은 정서적으로 안정된 환경 속에서 아이가 성장해 나가는 데 필요한 요소이다.

위니콧이 말한 '충분히 좋은' 엄마란, 아이의 나이와 기본적인 성격을 고려하며 아이의 능력과 잠재력에 맞춰 아이를 돌볼 줄 아는 엄마이다. 이런 엄마는 아이의 신체적·정신적 성장 수준에 맞춰 아이가 조금씩 독립심과 자율성을 획득할 수 있도록 아이의 모든 욕구를 일일이 만족시켜 주고 모든 걸 대신 해 주는 대신에, 아이 스스로 주변 환경에 적응할 수 있도록 돕는다. 엄마는 아이가 스트레스를 받는 상황에 직면하여 자신의 정신적 능력으로 감당할 수 없는 불안을 느끼지 않도록 관심을 기울인다. 그렇다고 모든 문제를 아이 대신 걱정하고 처리해 주는 것은 아니다. 좋은 엄마는 아이와 적당한 거리를 유지하여 아이가 점차 독립심과 자율성을 획득할 수 있도록 돕는다. 이것이 균형 잡힌 보살핌이다. 위니콧은 아이의 성장이 엄마와의 관계와 매우 밀접하게 관련되어 있으며, 아이를 이해하고 아이가 느끼는 감정과 전달하고 싶어 하는 메시지를 파악할 줄 아는 엄마의 능력이 매우 중요하다고 보았다.

아이는 순수한 상태로 태어난다. 아직 미숙한 아이의 정신은 일테면 아직 백지 상태에 있는 것이다. 아이는 엄마와의 상호 관계를 통해 차츰 정체성을 형성하며 안정적인 내적 환경을 구축해 나간다. 이렇게 형성된 내면적 안정은 이후에도 계속 유지된다. 아이는 엄마가 부재할 때도 자신에게 안정감을 주는 모성의 밝은 이미지를 떠올린다.

　반대로, 엄마가 없을 때 정신적으로 감당하기 힘들거나 불안한 상황을 혼자서 극복해야 하는 처지에 놓인 아이는 제 자신을 믿지 못하는 트라우마적인 경험을 하게 되며, 그 결과 자신감을 찾는 데 필요한 내적 안정을 갖지 못하게 된다. 이런 아이는 성장하면서 자신에게는 삶의 갖가지 문제를 혼자서 해결할 능력이 부족하다고 생각하게 되고, 그만큼 자율적인 삶을 살 수 없게 된다.

　좋은 엄마는 아이가 겪을 수 있는 위험한 상황을 아이 대신 미리 염려하고 걱정하는 태도를 갖는다. 그리고 아이가 성장하고 혼자서 주변 환경에 적응할 수 있도록 일정한 거리를 유지하면서도 지속적인 관심을 놓지 않는다. 이 같은 엄마의 보살핌을 받으며 아이는 긍정적인 모성의 이미지를 내면화한다. 이런 과정을 통해 아이는 '혼자 있을 수 있는 능력'을 갖게 된다. 사랑하는 대상, 즉 엄마가 아이 속에 내면화되는 것이다.

　이러한 정신적 과정은 점진적인 방식으로 이루어진다. 아이들은 엄마의 부재 동안 엄마를 상상할 수 있는 능력을 미처 갖추지 못한 시기를 거치게 된다. 모성적 세계에서 외부 세계로 가는 과도기에 있는 아이들은 엄마를 대신할 대상을 필요로 한다. 아이는 안심과 사랑을 주는 엄마의 대체물로서 '과도기적 대상'을 통해 안심을 느끼는 것이다. 위니콧은 아이가 안전한 환경, 즉 자신의 정신적 능력을 넘어서는 문제들이 없는 환경에서 성장해야 한다고 주장한다. 그런 환경에서 아이는 비로소 내적인 안정감을 가질 수 있고, 고통을 느끼지 않고도 혼자 있을 수 있는 능력을 갖게 된다.

아이에게 엄마와의 상호 관계는 내면세계를 형성하는 데 중요한 기본 재료가 된다. 고독을 두려워하는 심리는 안심을 주는 엄마의 이미지를 떠올리는 능력의 결핍으로 어느 정도 설명할 수 있다.

| 멜라니 클라인 : 적극적 환상의 중요성 |

멜라니 클라인Melanie Klein은 세상에 갓 태어난 아이는 완전한 분열과 깊은 고독의 상태에서 살고 있다고 주장했다. 아이의 내면은 혼돈으로 가득 차 있으며, 구조화되지 않은 불안정한 상태라는 것이다. 아이는 죽음에 대한 충동과 삶에 대한 충동이라는 서로 모순되는 충동들이 불러일으킨 극심한 불안에 노출된다.

클라인은 저서 『혼자라고 느끼는 것』(1959)에서, 고독감을 엄마와 최초로 맺은 관계에서 느꼈던 행복감을 다시 찾을 수 없다는 데서 오는 노스탤지어라고 정의한다. 엄마와 자신이 서로 구별되지 않는 융화 관계가 상실되고 나면, 아이는 엄마와 양면적인 관계에 놓이게 된다. 한편으로는 파괴적인 충동을 느끼면서 동시에 엄마에 대한 애정을 품는 것이다. 아이는 엄마가 자신의 욕구를 충족시켜 줄 때는 엄마에게 사랑의 감정을 느끼고, 엄마가 그렇게 해 주지 못할 때는 증오심을 느끼고 공격적이 된다. 아이는 이러한 사랑—증오의 양면적인 관계를 해결하고자 '우울 위치'로 진입한다. 여기서 아이는 정신적으로 성숙하고 파괴적 충동을 가라앉혀 주는 심리적 통합을 이룬다. 아이는 엄마의 긍정적 이미지를 내면화함으로써 내적인 안정감을 얻고 욕구불만 상태를 받아들일 수 있게 된다. 이러한 심리적 통합 과정이 없으면, 고독은 우리의 마음을 해체적인 불안으로 가득 찬 원초적 상태로 되돌려 놓을 것이다.

분리와 재회를 반복적으로 경험하며 아이는 관계에 대한 신뢰를 갖게 되고 안정감도 얻는다. 아이는 점차 지나친 불안을 느끼지 않고도 사랑하는 대상(엄마)의 부재를 감당할 수 있게끔 해 주는 내면적인 대상을 구축하게 된다. 이것이 나중에 아이가 외부 세계로 나갔을 때 불가피하게 겪게 될 상실의 슬픔을 견딜 수 있게 하는 힘이 된다.

정신분석학자들은 고독감이 유아기 때 정신적으로 견딜 수 있는 것보다 더 오랫동안 혼자 방치되었을 때의 경험을 재생한다고 보았다. 아직 엄마의 이미지를 내면화하지 못한 채로 엄마와 분리되는 트라우마를 겪게 되면 극심한 불안과 내적인 불안정이 생길 수 있으며, 고독에 적응하는 능력도 그만큼 떨어지게 된다.

| 존 볼비와 애착 이론 |

존 볼비는 아이의 기본적인 욕구를 신체적 접촉과 생물학적 요소에 기초하여 설명한다. 아이는 자신의 욕구를 충족시켜 주는 모성적 대상과 지속적이고 안정적인 관계를 맺고 싶어 한다. 이 욕구는 다른 것에서 비롯된 것이 아닌 원초적인 욕구에 속한다. 이러한 관점으로, 존 볼비는 아이가 엄마와 처음으로 관계를 맺는 과정에서

엄마가 아이를 먹이기 때문에 아이가 엄마에게 애착을 느끼는 것이라고 설명한 기존의 이론들과 단절한다. 또한 기존의 학습 이론이 주장하던 것과 달리, 아이가 타인을 찾는 행동은 학습의 결과나 감정적 의존이 아닌 선천적 특성이라고 주장한다. 따라서 인간은 선천적으로 사회적 존재라고 말할 수 있다.

볼비는 아이와 모성적 대상을 연결시켜 주는 이 특별한 관계를 '애착'이라는 용어로 설명한다. 애착은 아이에게 심리적 안정의 기초를 제공하고, 스스로 주변 환경에 적응하도록 도와 자율성을 키울 수 있게 해 준다. 애착은 사회성과 자율성, 분리를 수용하는 능력에 본질적인 요소로 작용하며, 결과적으로 고독을 다스리는 능력에도 중요한 역할을 한다.

아이는 유아기 때부터 모성적 대상이 자신에게 보이는 태도에 따라 고유의 애착 모델을 발전시킨다. 볼비는 이러한 애착 관계가 내면화되어 아이가 나중에 어른이 되어 사회적, 정서적 관계를 맺을 때 모델로 기능하게 된다고 주장했다. 다시 말해서, 유아기 때 형성된 애착 관계의 유형에 따라 관계 맺는 방식이 정해지고 그것이 어른이 되어서까지 유지된다는 것이다.

상호 이해와 개방성, 원활한 소통에 기초한 유년기의 충만한 관계는 아이의 인격 형성에 중요한 기초가 되며, 분리를 받아들이고 사회적·정서적 관계를 원만하게 맺을 수 있는 태도를 길러 준다. 이런 긍정적인 애착을 바탕으로 아이는 자신을 가치 있는 존재로 느끼고 타인에게 긍정적인 이미지를 갖게 되어, 정서적·사회적 관계를 자신감 있게 맺을 수 있고 남들에게 공감할 줄 아는 능력을 갖게 된다.

반면, 메리 에인스워스Mary Ainsworth의 연구에 따르면, 아이에게 관심을 쏟지 않고 자주 아이의 요구를 거절하는 부모 밑에서 자란 아이들은 타인과의 관계에 회피 반응이나 불안하고 양면적인 태도를 보이게 된다. 만족스러운 정서적 관계를 맺는 데 필요한 사회적 능력을 갖추지 못한 때문이다. 이 아이들은 친밀한 관계를 맺거나 유지할 수 있는 능력이 결핍된 채로 성장하게 된다. 그들은 타인과의 관계에서 불안정한 애착 관계를 보여 어른이 된 뒤에도 행복한 인간관계를 맺지 못하고 감정적 고독 상태에 빠지게 된다.

애착 관계는 다음의 세 가지 유형으로 분류할 수 있다.

- 불안한 상황에 직면했을 때 타인에게 도움을 요청할 수 있는 능력으로 특징지어지는 안전성 확보 유형.
- 불안감이 들면 주변 사람들에게 공격적인 태도를 보이는 사람들에게서 나타나는 불안하고 양면적인 유형.
- 스트레스를 받으면 타인들에게서 멀리 떨어지려는 경향을 보이는 회피 유형.

이 가운데 안전성 확보 유형에 속하는 사람들은 필요한 경우 다른 사람들에게 도움을 요청할 수 있을 만큼 타인을 신뢰하기 때문에 고독이 주는 고통도 덜 받는다.

유아기에 맺는 관계는 아이가 사회적·정서적 관계를 맺는 데 필요한 역량을 길러 줄 뿐 아니라, 아이가 어른이 된 뒤에 형성되는 인격의 기반이 된다. 아이가 처음 경험하는 관계가 그 뒤에도 인간관계의 모델로서 기능하고, 관계에 대한 기대치를 규정하는 것이다. 따라서 유아기에 애착 장애를 겪으면 돌이킬 수 없는 문제를 일으킬 수 있으며, 청소년기가 지나고 성인이 된 뒤에까지 그 문제를 해결하지 못할 수도 있다. 그 아이는 삶의 과정에서 맞닥뜨리는 문제들에 적응할 수 있는 능력을 갖추지 못한 채 성장하는 것이다. 이 가설은 유아기에 경험하는 불충분하거나 불안한 애착 관계가 취약한 성격의 원인이 될 수 있다는 점과, 그 아이가 일정 수준의 친밀한 인간관계를 맺지 못하는 이유를 설명해 준다.

지금까지 살펴본 심리학 이론들은 한 개인의 심리적 발달 과정에서 유아기 때 처음으로 맺는 인간관계가 얼마나 중요한지를 보여 준다. 이를 통해 우리는 유아기의 아이들이 맺는 관계의 성격을 참고하여 어떻게 타인 혹은 자기 자신과의 관계를 구축할 것인지를 생각해 볼 수 있다. 또한 왜 어떤 사람들은 일상의 문제에 직면했을 때 남들보다 잘 적응하는지, 왜 또 다른 사람들은 지속적으로 인간관계를 유지하거나 자기 자신과 평온한 관계를 맺는 것을 어려워하는지도 생각해 볼 수 있을 것이다. 우리는 또한 이 이론들을 통해 만족스러운 사회적 관계 형성 능력의 결핍이 고독감을 불러일으키는 과정을 좀 더 분명하게 확인할 수 있다.

그러나 이 이론들은 고독에 시달리는 사람들이 어떤 정신적 특성을 보이는지, 그 고독을 다스리려면 어떤 전략을 써야 하는지, 어떤 행동이 도움이 되고 어떤 행동이 도움이 되지 않는지 등은 설명해 주지 않는다. 실용적인 측면에서 제기되는 질문에 대한 답은 주지 못하는 것이다. 다음 장에서는 심리학적으로 제기되는 고독의 문제를 인지 이론과 행동주의 이론으로 살펴보고자 한다.

06

고독에 이르는 심리적 과정

사람들은 단지 사회적 · 정서적 관계가 만족스럽지 못하기 때문에 외로움을 느끼는 게 아니다. 인간관계망의 결핍이 항상 고독의 원인이 되는 것은 아니다. 오히려 고독감의 결과로서 관계가 만족스럽거나 충만하지 못하다는 걸 깨닫는 경우가 많다. 고독감으로 고통 받게 되면서 자신의 사회적 관계가 표면적이고 무미건조하며 무용하다고 느끼는 것이다. 이런 생각이 들면 자연스럽게 사람들과의 만남을 피하고 자신을 고립시킴으로써 결과적으로 더 깊은 고독감에 빠져들게 된다. 그렇다면 어떤 심리적 과정을 거쳐 고독감을 느끼게 되는 것일까?

가장 자주 언급되는 원인이 내적 불만이다. 예를 들어 내적 갈등이나 부당한 자기 폄하 등의 문제들이 남들과의 관계에 장애로 작용할 수 있다. 특히 자신과의 관계에 장애가 된다. 우리가 우리 자신과 맺고 있는 관계야말로 남들과 맺는 관계의 기초가 된다. 그 반대가 아닌 것이다. 그렇기 때문에 자신과 화해를 해야만 내면의 평온을 얻을 수 있다. 그러므로 고독에 적응하려면 먼저 자기 자신과 좋은 관계를 맺어야 한다.

| 내적 갈등 |

고독한 사람은 자주 무료함을 느끼거나 자신이 무용한 존재라는 생각에 빠진다. 대화를 나눌 사람도 없고 할 일도 없다. 그저 과거를 되새김질하며 시간을 보낸다. 그러나 책을 읽거나 글을 쓰고, 외출을 하거나 사람들을 만나지 못하게 가로막는 것은 결국 내 자신이 아니면 누구겠는가?

사회에서 거절당하고 소외되고 버림받았다고 느끼는 사람들 가운데 실제로 그런 상태에 놓인 사람이 몇이나 될까? 반대로 고독감에 시달리고 있기 때문에 자기 속에 틀어박혀 외출도 하지 않고 그 상태에서 벗어나려는 의지도 없이 더 큰 고독감에 빠져드는 건 아닐까?

사랑하는 사람에게 퇴짜를 맞은 젊은이를 어떻게 위로할 수 있을까? 그는 아마도 세상에 혼자 남겨진 기분일 것이다. 이 세상에 자기를 사랑하는 사람들이 얼마나 많은지를 잊고서 말이다.

고독은 무엇보다 주관적인 경험으로 외부적 요인들과 직접적인 관련이 없다. 고독을 느끼는 사람이 현재의 상황을 어떻게 이해하고 해석하는지에 달렸을 뿐이다. 따라서 고독은 일정한 심리적 과정이 특정 상황에서 불러일으키는 감정이라고 할 수 있다. 이런 관점에서 보면, 자신 혹은 타인에 대한 부정적 편견, 현재 현실에 부합하지 않는 과거 경험에 근거한 믿음, 반사적인 회피 혹은 사회적 위축 같은 것들이 고립 상태를 만들어 내는 원인이다.

이렇듯 고독이 타인과의 관계보다 자신과의 관계와 더 직접적으로 연관되어 있다면, 고독에 시달리는 사람들은 어떤 심리적 특성을 보일까? 남들보다 더 자주, 깊이 고독에 시달리게 만드는 특정한 성격이나 특성이 있는 것일까? 고독한 상태의 사람들은 어떤 반응을 보일까? 그들은 고독에 어떻게 대응할까? 고독한 상태를 만드는 심리적 장애 같은 것이 존재할까?

이제 이런 여러 가지 질문들에 대한 답을 찾아볼 차례다.

이 책의 앞부분에서 고독한 순간에 자신이 느끼는 감정을 종이에 적어 보라고 주문했었다. 종이를 준비하고 메모하기 전에 천천히 생각할 시간부터 갖도록 하라. 그런 뒤 고독한 순간에 당신이 어떤 감정 상태에 놓이게 되는지, 마음속 깊숙이 어떤 감정을 느끼는지를 기록하라. 그 감정에 뒤따르는 생각들도 써 보라. 자기 자신, 상황, 세상, 타인에 대한 생각 등을 기록한다. 할 말을 고르지 말고 머릿속에 떠오르는 대로 쓰면 된다. 마지막으로, 혼자 있을 때 무엇을 하고 어떻게 행동하는지, 어떤 활동으로 시간을 보내는지 등을 써 본다.

자, 이제 다시 하던 얘기로 돌아가자.

감정

고독감에 시달리는 사람의 마음속에서는 어떤 일들이 일어나는 것일까? 이런 감정은 하루 또는 일주일 동안 지속되기도 한다. 이런 상태는 때로 심리적·육체적 반사작용을 일으켜 고통을 주거나, 모처럼 혼자 보낼 시간이 생겨 느긋하게 하고 싶은 일을 할 기회를 빼앗아 간다. '반사작용' 이라는 용어를 쓴 이유는, 이 감정이 각 개인에게 저마다 다른 자동적인 메커니즘(머릿속에 떠오르는 이미지, 생각, 행동 방식)으로 작용하기 때문이다.

이 메커니즘을 자세히 살펴보기 전에, 인지심리학과 행동심리학에서 우리가 일상생활에서 경험하는 감정이나 믿음들을 어떻게 규정하는지 간단히 살펴보고 넘어가는 게 유용할 것이다.

■ 감정이란 무엇인가?

'감정' 이란 한 사건에 대한 우리 신체의 비자발적이고 무의식적인 반응이다. 이 반응에는 생리적인 반응과 행동뿐 아니라 인지적인 요소도 포함된다. 갑자기 출현하는 감정은 상황에 따라 그 강도가 다르며, 지속 시간도 몇 초에서 몇 시간까지 다양하다. 이런 감정 상태가 오래 지속될 때 우리는 그걸 '기분' 이라는 말로 표현한다. 기본적인 감정 상태는 크게 공포, 분노, 혐오, 슬픔, 놀람, 기쁨의 여섯 가지로 나뉜다.

감정은 한 개체의 생존에 필요한 일종의 '적응력'으로서, 그 개체가 주위 환경에 반응하도록 동기를 부여하는 기능을 한다. 그러나 감정이 지나치게 강렬하거나 갑작스럽게 촉발되거나 잘못 이해되거나 하면 적응력이라는 본래의 기능이 발휘되지 못할 수도 있다.

이처럼 '감정적 실패'를 겪게 되는 이유는, 감정이 세 가지 요소로 이루어진다는 사실로써 부분적으로 설명이 가능하다. 이 세 가지 요소란 생리적, 행동적, 인지적 요소이다. 우선, 생리적 요소는 생리적·신체적인 변화로 드러나는 생리적 반사작용을 말한다. 예를 들어, 공포심을 느끼면 우리 몸속에서 아드레날린이 분비되고 심폐기관의 운동이 활발해지며 땀이 분비되고 수의근(隨意筋, 의지대로 움직일 수 있는 근육─옮긴이 주)이 수축된다. 다음으로 행동적 요소는, 위험하다고 판단된 상황에서 자신을 보호하고자 반사적으로 취하게 되는 행동을 말한다. 마지막으로, 인지적 요소는 인지적인 정보 처리 능력으로, 신속하고 자동적인 방식으로 작용하는 무의식적 심리 과정이다.(이 상태는 일부러 생각하려는 노력을 필요로 하지 않는다.) 인지적 요소는 특정 상황에서 개인이 느끼는 바를 생각이나 머릿속 이미지의 형태로 해석하게끔 해 준다. 이 요소 덕분에 나는 위험하다, 그가 나를 공격할 것이다 같은 판단을 할 수 있다.

■ 감정의 기능

감정	자동적 반응	기능
공포	실제 혹은 예상되는 위험, 새로운 것 혹은 모르는 것에 대한 반응	자신을 방어하고자 미리 준비하고 대비할 수 있도록 해 준다.
슬픔	고통, 상실, 분리에 대한 반응	변화된 상황에서 다시 중심을 찾을 수 있게 해 준다.
혐오	자신의 가치에 반하는 것들, 예를 들어 불쾌하고 불결한, 혐오스러운, 부도덕한, 참을 수 없는 것들에 대한 반응	자신을 보호할 수 있게 대상과 거리를 두게 하거나 그 대상에게서 벗어날 수 있게 해 준다.
분노	자신에게 가해진 공격, 억울함, 거절당하거나 소외되었다고 느낄 때의 반응	자신의 존재를 확인하고 지키며, 자신이 용납할 수 있는 한계를 드러내 보여 준다.
놀람	기대하지 않았던 일, 예기치 못한 일, 상상하지 못한 일이 생겼을 때의 반응	경계하고 주의를 기울여 다음 상황에 대비할 수 있도록 해 준다.
기쁨	애정과 평온함을 느끼고 원활한 소통이나 공모 관계를 맺을 때, 개인적인 성숙을 이루거나 소속감을 느낄 때의 반응	남들과 무언가를 공유하고, 자기 자신에 대해 좋은 이미지를 가지고, 삶을 좀 더 긍정적으로 바라보게 해 준다.

이런 관점에서 보면, 감정은 일종의 인지적인 평가라고 볼 수 있다. 다시 말해서, 사건 그 자체가 우리의 감정을 불러일으키는 것이 아니라, 상황에 대해 우리의 자동적 사고가 내린 해석이 감정을 일으키는 것이다. 따라서 특정한 상황에서 반사적으로 촉발되는 생리적 반응은 각 개인의 형질, 상황에 대한 이해(상황+신체적 반응), 과거의 경험 등에 따라 달라진다.

■ 반사적인 반응에 지나지 않는 생각들도 있다

흔히 우리의 생각이 행동이나 신체적 반응보다 더 정확하고 논리적일 것이라고 생각하지만 실제로는 그렇지 않은 경우가 많다. 우리의 생각이 항상 지적 사고의 결과는 아니며, 오히려 대부분은 우리의 행동처럼 반사적인 반응에 지나지 않는다.

우리가 어떤 감정을 느낄 때, 우리의 생각은 신체적 감각과 자동적인 반응행동, 상황에 대한 확신 등을 종합적으로 해석하게 되는데, 이러한 생각 역시 과거 개인적 경험의 영향을 받는다. 예를 들어, 심장이 두근거린다거나 땀이 나는 식의 신체적 감각반응에 대해 우리는 별다른 고민 없이 자동적으로 특정 이름표(기쁨, 혐오, 슬픔, 공포, 놀람, 분노 등)를 붙인다. 이 이름표는 상황에 대한 자동적인 판단에서 나온다. 이러한 생각은 우리의 감정 상태를 반영하는 것이지 상황에서 직접적으로 비롯된 것이 아니다. 즉, 외부 현실이 아닌 우리의 내면적 현실을 보여 주는 것이다.

사랑하는 사람과 이별한 사람을 예로 들어 보자. 그 사람은 자신이 느끼는 감정에 따라 그 상황에서 비롯되는 고독감을 다른 식으로 받아들일 것이다. 그렇기 때문에 어떤 상황이 불러일으키는 감정이 강렬할수록 그 상황에 대한 우리의 이해는 그만큼 반사적인 것이 된다. 다시 말해서, 실제 상황을 구성하는 요소들보다는 우리의 경험과 선천적인 성격과 관련된 무의식적 인지 과정이 우리의 이해에 더 큰 영향을 주는 것이다. 이를 반대로 생각하면, 상황이 우리에게 반응을 덜 강요할수록 우리는 비판적인 시각으로 상황을

■ 감정 상태에 따라 달라지는 이별의 해석

기본 감정	상황의 체험
놀람	이해 불가
슬픔	무기력
분노	억울함
기쁨	자유
혐오	배신
공포	버림받음

좀 더 정확하게 바라볼 수 있게 된다는 말이다.

한편, 고독이라는 경험에 한정해서 본다면 인지적 판단은 자동적인 생각을 그대로 인정하는 이차적인 기능을 할 뿐이다. 이 경우, 우리의 자동적인 생각이 현실과 대면하는 과정은 우리의 믿음을 변화시키지 못한다. 왜냐하면 혼자 고독을 대면해야 하는 사람은 자신의 판단을 비판적으로 확인해 볼 기회가 없기 때문이다.

갑자기 큰 소음이 들려 깜짝 놀라거나 겁을 집어먹은 경우를 생각해 보자. 반사적으로 벌떡 자리에서 일어나 자동적으로 무슨 일이 일어난 것일까 생각하게 될 것이다. 그러고는 이 추측이 맞는지를 확인하려 소음이 들려온 방향을 살필 것이다. 그 결과에 따라 우리는 상황에 대한 판단을 수정하게 된다. 그러나 고독의 경우에는 이 자동적 생각을 판단할 수 있는 외부의 정보가 전혀 주어지지 않는다. '나는 아무런 가치도 없는 인간이고, 아무도 나한테 관심이 없기 때문에 나는 지금 혼자 있는 것이다.' 한 번 이렇게 생각하고 나면 그 생각이 틀린 것이라 할지라도 혼자 있다는 사실이 이러한 믿음을 강화시키게 된다. 우연히 이 순간에 누군가 전화를 걸어 준다거나 하지 않는 이상, 이 자동적인 생각을 비판적으로 바라보기는 쉽지 않다.

■ 신념은 때로 해가 된다

"나는 심리 치료를 받으며 그동안 내가 잘못된 믿음 때문에 세계를 있는 그대로 바라보지 못했다는 사실을 깨달았다."

"무언가에 대해 강한 신념이 있으면 그 신념에 반하는 것은 보지도 듣지도 않으려고 한다. 놀라운 일이 아닐 수 없다."

인지 이론에 따르면, 정신의학적 증상은 특정 상황에 대해 편향된 판단과 잘못된 추론을 불러일으켜 부적절한 행동이나 감정을 취하게 만드는 각 개인의 '도식scheme'이 작동한 결과로 나타난다.

도식이란 유아기 때부터 형성된 자기 자신과 세계에 대한 믿음의 다른 이름이다. 유아기 초반에 형성되는 이러한 도식들은 아이가 자신의 경험에 의미를 부여하고 자신을 둘러싼 세계를 이해하고 거기에 적응할 수 있게끔 해 준다. 아이는 상황의 특성, 자신의 성격, 주변 사람들의 반응에 따라 자신이 경험하는 감정적 상황을 주관적이고 개인적인 방식으로 도식화한다. 아이는 유아기 때 형성된 이 도식을 통해 세계에 적응하고 부모의 반응을 예상하며 주변의 자극에 적절하게 반응할 수 있게 된다. 일단 형성된 이 도식들은 비슷한 상황이 발생할 때마다 자동적으로 작동하며 아이가 주변 환경을 인식하는 방식을 규정짓는다.

제프리 영Jeffrey Young은 유아기 때 부적절하게 형성된 도식이 어른이 된 뒤에도 반복적으로 이상행동을 일으킨다는 가설을 제시했다. 이 도식들은 세 가지 서로 다른 요소로 형성된다.

- 기본적인 감정적 욕구불만 : 최소한의 안정감, 자율성, 현실적인 한계에 대한 인식, 사랑, 자신감 결핍 등.
- 유아기에 겪은 부정적 경험 : 트라우마, 학대, 구박 등.
- 선천적인 감정적 성향 : 수동성, 수줍음, 공격성, 주의 산만 등.

가족의 분위기나 사회적 환경이 균형 잡힌 정신적 성장에 반드시 필요한 기본적인 정서적 욕구를 만족시켜 주지 못할 때, 다음과 같은 두 가지 문제가 발생한다.

- 아이는 자기 자신을 그릇되게 생각하게 되고, 어른이 되어서도 자기 자신과 병적인 관계를 맺게 된다. 자신을 폄하하거나 자기 감정을 인식하지 못하게 된다. 이러한 장애는 자주 만성적인 고독감의 원인이 된다.

■ 아이가 가족 관계 속에서 외부 세계의 문화적 가치에 부합하지 않는 원칙이나 규칙을 배우며 성장하게 되면, 어른이 되어서 타인과 적절한 관계를 맺기가 어렵다. 적절한 기준을 체득하지 못했기 때문에 사회에 적응하는 게 힘들어지는 것이다. 관계 속에서 나타나는 특정한 장애들은 사회적 역량의 결핍으로 설명할 수 있다. 이런 장애들은 정서적 관계를 불안하게 하고 갈등을 만들어 낸다.

물론 모든 것이 유년기의 교육이나 환경에만 달린 것은 아니다. 각 개인의 성격도 중요한 요소로 작용한다. 그러나 유년기에 형성

▶**기본적인 욕구**

—사랑에 대한 욕구 : 무조건적으로 사랑받고 싶고 주변 사람들을 사랑하고자 하는 욕구
—관계에 대한 욕구 : 대화, 교류, 고백, 공유
—안전에 대한 욕구 : 신체적·정신적으로 보호받고자 하는 욕구, 안정감에 대한 욕구와 현실적 한계에 대한 인식
—정체성에 대한 욕구 : 점진적으로 책임을 부여받는 것, 주변 사람들의 도움으로 호기심을 충족하고 깨달음을 얻어 가는 것, 자기실현
—자기평가에 대한 욕구 : 인정받고, 이해받고, 다른 사람들이 내 말을 들어주기를 바라는 마음

된 도식이 이후의 삶의 방식에 매우 중요한 역할을 한다는 사실은 부인할 수 없다.

제프리 영은 이러한 심리 과정을 '유년기에 형성된 부적절한 도식'이라고 명명했다. 유년기에 형성되는 이 도식들은 무엇보다 가정환경과 밀접하게 관련돼 있다. 이 부적절한 도식들은 아이들이 가족 관계 속에서 특정 상황에 적응할 수 있도록 해 주지만, 그것이 사회생활에 적용되는 순간 적절하지 않다는 것이 드러난다. 가족 관계가 비정상적으로 작동하면, 아이는 거기에 적응하고자 비정상적으로 관계를 맺는 방식을 배우게 된다. 성인들이 겪는 인격 장애는 이처럼 유년기에 형성된 도식에 기초한 특정 믿음들이 합쳐진 결과이다.

이렇듯 성인들에게서 나타나는 여러 가지 행동 장애들은 유아기 때의 기억, 감정, 생각, 신체적 감각을 바탕으로 형성된 도식이 그 원인이다. 성인이 되어서도 이러한 도식이 삶의 시나리오가 되어 유년기에 겪은 일들을 다시 재현하면서 같은 오류를 반복하게 되는 것이다. 이러한 '반복 경험'은 한 번 형성된 부적절한 도식이 평생 동안 계속해서 영향을 미친다는 가설의 증거가 된다. 장 코트로Jean Cottraux는 이런 현상을 다음과 같이 탁월하게 설명했다. "각각의 주체는 자신도 모르는 삶의 시나리오에 지배당하는 것처럼 보인다. 그 사람은 그 시나리오에 따라 항상 같은 역할을 수행하게 되고, 어떤 상황에서든 결국 같은 오류를 범하게 된다."

제프리 영은 11가지의 부적절한 도식의 유형을 제시했는데, 이 도식들은 다음과 같은 세 가지 유형의 행동을 유발한다.

- **복종**:도식에 따라 생각하고 느끼고 행동한다. 변화에 대한 기대를 단념한 채 도식에 복종하며 같은 실패를 반복한다.
- **반항**:도식을 거부하고 그와 반대되는 행동을 한다. 이 경우, 자기 자신으로 사는 것이 힘들어지며 항상 긴장한 채 살게 된다.
- **도피**:도식을 거부하지 않고 회피하거나 부정한다. 일시적으로 마음이 편해질 수는 있어도 자신의 감정을 포기함으로써 자신에게서 멀어질 수밖에 없다.

여기서 중요한 점은, 이 세 가지 가운데 어떤 태도를 선택하더라도 결국 자신의 존재를 규정하는 도식을 벗어날 수 없다는 사실이다. 부적절한 도식에 사로잡힌 사람은 자유롭게 자신의 삶을 살 수 없다. 이런 상태에서 벗어나려면, 자신이 어떤 도식에 사로잡혀 있는지를 파악하고, 그 도식이 형성된 시점의 고통스러운 기억과 대면해야 한다. 이런 과정을 통해 스스로 그 도식의 적절성을 의심하고 비판함으로써 그 도식을 극복할 수 있다.

이 도식들은 또한 다양한 형태의 고독을 이해하는 데 도움을 준다. 예를 들어 배제와 지나친 요구와 관련된 도식은 사회적 고독의 원인을 일부 설명해 준다. 또한 버림받음, 불신, 학대, 애정 결핍 같은 도식들은 자주 정서적 고독의 원인이 되며 불완전, 실패, 자기희생 같은 도식들은 내적 고독과 관련이 있다.

■ 유년기에 형성되는 부적절한 도식의 11가지 유형*

도식	도식이 드러나는 방식
버림 받음/불안정	남들을 신뢰하거나 의지하지 못한다. 타인을 믿을 수 없는 불안정한 존재로 여긴다.
경계심/학대	악의에 찬 주변 사람들에게 학대나 구박, 모욕적인 대접을 받고 있다고 믿는다.
배제	사람들에게 거절당할 것이라고 생각한다. 특정 집단에 받아들여지지 않을 뿐더러, 받아들여지더라도 구성원들과 만족스러운 사회적 관계를 맺지 못할 것이라고 생각한다.
애정 결핍	타인에게 정서적 도움을 받을 수 없을 것이라고 확신한다. (정서적 도움, 공감, 보호 등의 결핍)
불완전/수치심	자신이 불완전하며 무능력하고 형편없다는 식의 열등감을 갖는다. 극단적인 신경과민, 자기 결점에 대한 수치심을 보이며, 자기를 있는 그대로 솔직하게 표현하지 못한다.
의존/무능력	혼자서 자신을 책임지거나 일상에서 부딪히는 문제들을 스스로 해결할 능력이 부족하다고 느낀다.
허약	불가피한 재앙이 올지도 모른다는 과장된 공포심을 갖는다. (건강 문제, 자연재해 등)
실패와 자기 폄하	성공이 불가능하다고 믿고 자신이 어리석고 재능도 없다고 믿는다. 인생이 실패의 연속인 것처럼 느껴진다.
모든 것이 내게 달렸다/지배	타인들에게 미칠 영향을 생각하지 않고 자신의 개인적 권리만을 요구한다. 타인에 대한 요구 사항은 많으면서 타인의 기분을 헤아리지 못한다.
복종/자기희생	감정적인 행동이나 표현이 잦다. 갈등을 피하고 남에게 거절당하거나 버림 받지 않으려고 남의 결정을 무조건 따른다. 그러면서도 마음속으로는 분노와 억울함을 간직한다.
지나친 이상주의	남들에게 인정받으려면 완벽한 수준에 다다르기 위해 노력하고 그 수준을 유지해야 한다고 믿는다. 완벽주의, 엄격한 규칙, 시간과 효율을 끊임 없이 걱정하는 태도 등으로 표현된다.

*J. E. Young & J. S. Klosko, *Je réinvente ma vie*(나는 내 삶을 재창조한다), Paris, Edition de l'homme, 1995에서 인용.

기분

심리학은 고독을 자주 불만족스러운 사회적·정서적 관계에서 비롯된 고통스럽고 불편한 경험으로 묘사한다. 만성적인 고독에 시달리는 사람들의 감정 상태는 이 두 가지 차원의 불만족을 모두 포함한다.

이들은 한편으로 타인들이 자신에게 제공하는 것 또는 제공할 수 없는 것에 실망하고, 타인과의 관계에 불만을 느낀다. 이러한 불만과 불편한 감정에서 남들과 조화로운 관계를 맺고 같은 느낌을 공유할 수 없다는 느낌, 남들에게 거절당했다거나 사랑 받지 못하고 있다는 느낌에 사로잡히는 것이다. 이들은 자유롭고 열린 의사소통이나 친밀한 관계를 맺는 것이 불가능하다고 생각하기 때문에 타인과 공감 관계를 형성하지 못한다. 일상적인 감정을 남들과 공유하지 못한다는 실망감에 불필요하고 표면적인 듯 보이는 관계들을 줄여 나가게 되고, 결국 자신의 고립을 강화하는 결과를 초래한다.

반면, 이들은 자신의 내면을 들킬지도 모른다는 두려움 또는 수치심 때문에 자신의 불편한 상황을 드러내려고 하지 않는다. 외로움에 대한 불평이 사회적으로 용납되지 않는다는 생각에 그러한 감정을 숨기려고 하는 것이다. 이 모든 요소들이 사회적·정서적 관계의 불만족을 강화한다. 이러한 불만족은 때로 그 강도가 너무 심해져서, 단지 옆에 누가 있어 주기만 해도 고독감의 고통에서 벗어날 수 있을 것이라고 믿는 정도에까지 이른다.

상당수의 연구 결과들은 만성적 고독에 시달리는 사람들은 사회적 역량이 부족하다는 사실을 보여 준다. 이들은 사람들과의 관계에서 수줍음을 타거나 불편함 또는 불안감을 느끼고, 남들에게 우스꽝스럽게 또는 이상하게 보이거나 거절당하는 것이 두려워 사회적 접촉을 피하게 된다. 이러한 사회불안증은 고독감을 더욱 강화시킨다. 타인들에게 거리감과 두려움을 느끼면서 고독감에 사로잡힌 자신 말고는 아무도 믿지 못하게 되는 것이다.

고독에 시달리는 사람들 가운데는 자신의 감정 상태를 우울증 증상과 비슷하게 묘사하는 경우가 많다. 전반적인 정서적 반응의 쇠퇴, 내적 공허감, 자신이 불필요한 존재라는 생각, 무기력증, 때로는 슬픔까지 이 감정에 포함된다. 그 결과, 의욕 상실과 의기소침으로 활동력이 저하되고 불필요한 잡념이 많아지며, 지나치게 비판적이고 냉소적인 시선으로 세상과 자기 자신을 바라보게 된다. 이러한 태도가 고독감을 강화시키는 것은 물론이다. 이들은 자주 자신이 길을 잃었다고 생각하며, 미래와 목표도 없이 공허감과 불안감에 사로잡힌 채 자신이 현재 겪고 있는 고통을 이해하지 못한다. 이들은 자기 감정을 다스리지 못하는 자신을 원망하며 속으로 화를 내기도 한다. 몽상이나 잠 속으로 도피하기도 하고, 술이나 마약에 의존하거나 최후의 해결책으로 자살을 생각하기도 한다.

이처럼 감정적 고독의 상태는 견디기 힘든 고통스러운 상태로 묘사되고 행동을 위축시키는 원인으로 지목된다. 사회관계에 대한 불안감이 남들에게 다가갈 수 있는 기회와 교류의 가능성을 제한하여 사회적 고립을 강화시키고, 관계에 대한 실망감을 증폭시키는 것이다.

이러한 감정들에 덧붙여 자기 폄하라는 감정을 좀 더 면밀히 살펴볼 필요가 있다. 자기 폄하는 고독의 고통을 가중시키는 것은 물론이고, 어떤 면에서는 고독감을 '정당화' 하는 역할을 한다. "보잘것없고 매력도 없는 내게 사람들이 관심을 갖지 않는 건 당연하다. 그래서 나는 혼자인 것이다." 고독에 시달리는 사람들은 주로 관계에 대한 불만족, 무력감, 슬픔 등의 감정에 휩싸여 자신이 무가치한 존재라는 느낌을 갖는다.

한편, 앞에서 묘사한 감정 상태들이 상당히 심각한 고독의 상태에서 출현한다는 점을 지적하고 넘어가야겠다. 이 감정들은 모든 사람에게 항상 같은 강도로 나타나지 않는다. 바이스도 고독의 성격에 따라 감정의 강도가 크게 달라질 수 있다고 지적했다. 사회적 고독은 주로 권태감이나 사회적으로 배제되었다는 감정을 불러일으키고, 정서적 고독은 버림받았다는 생각이나 불안감을 부추긴다.

생각

지금까지 나온 다양한 연구 결과들은 고독한 사람들이 자신과 타인에게 품는 생각과 믿음이 그들의 고독한 상태를 지속시키는 원인이 된다는 사실을 보여 준다.

- 그들은 주변에서 일어나는 사건들을 잘못된 관점으로 해석하고, 타인들을 위협적이고 배타적이며 거리감 있는 존재로 바라

본다. 다양한 연구 결과에 따르면, 이들은 꼭 사회불안증 증세를 보이진 않더라도 사회적 관계에 비관적이고 부정적인 태도를 갖고 있다. 거절당할지 모른다는 두려움 때문에 새로운 관계를 맺지 못하는 것이다. 이들이 사회적 관계에 대해 품는 부정적인 편견은, 자신에 대한 부정적인 생각들이 선택적으로 투사된 결과인 경우가 많다.

▶ 고독한 상태에 있는 사람들에게서 자주 발견되는 신념: 남들에게 거절당할 것이라는 믿음.

■ 그들은 자기중심적인 생각에 빠져 있기 때문에 타인과 원활한 관계를 맺지 못하고 남의 말에 귀 기울이지 못한다. 그들은 혼자 집에 틀어박혀 주변 사람들보다는 자신에 대한 생각에 몰두한다. 현재 상황에 처하게 된 원인, 자신이 한 일 혹은 하지 말았어야 한 일, 남들에게 비칠 자신의 이미지 등을 생각하는 것이다. 반면, 타인들에 대해선 거의 생각하지 않는다.

■ 고독의 또 다른 인식 유형은 잘못된 자기평가에서 비롯된다. 고독한 상태에 있는 사람들은 자신이 매력도 없고 무가치하고 어리석으며 불필요한 존재라고 느끼며, 다른 사람들에게 어떤 중요한 도움도 주지 못할 것이라고 생각한다. 이런 생각 때문에 사회적 접촉을 회피한다. 좌절감이 너무 큰 나머지, 남들에

▶고독한 사람들이 자주 하는 생각

나는 아무에게도 흥미를 일으키지 못한다.

나는 누구에게도 중요한 존재가 아니다.

나는 결국 혼자로 남을 것이다.

나는 아무것도 바꾸지 못한다. 나는 상황 속에 갇혀 있다.

나는 사랑받을 자격이 없다.

나는 거절당할 것이다.

나는 아무 가치도 없는 존재다.

내겐 스스로 상황을 헤쳐 나갈 능력이 없다.

나는 매력이 없다.

나는 사회 부적응자이다.

내가 남들에게 해 줄 수 있는 것은 아무것도 없다.

남들에게 무슨 말을 해야 할지 잘 모르겠다.

남들을 불편하게 만들까 봐 두렵다.

사람마다 자기 인생이 있고 자기만의 문제가 있는 법이다.

사람들은 이기적이다.

사람들은 문제가 많은 사람을 좋아하지 않는다.

사람들은 고독한 사람을 무서워한다.

아무도 날 사랑하지 않는다.

사람들이 이기적이고 거리감 있게 느껴진다.

이 세상에 사랑은 존재하지 않는다.

뭘 하든지 간에 결국 사람은 혼자이다.

나는 혼자 있는 것을 잘 견디지 못한다.

고독을 견딜 수가 없다.

고독이 무섭다.

인생이 무의미하다.

인생은 헛수고의 연속이다.

게 우스꽝스럽게 비치거나 배척당할까 봐 자신의 감정을 고백하거나 표현하기를 주저한다. 이처럼 자신에 대한 부당한 평가는 고독의 원인이자 결과이다.

■ 고독한 상태에 있는 사람들은 자신이 고독에서 벗어날 수 없다고 느끼며, 자기에게는 상황을 바꿀 능력이나 수단이 없다고 생각한다. 이는 고독에 직면한 사람이 자신의 상황을 돌이킬 수 없다고 단정 짓고 무력감에 빠져드는 이유를 일부 설명해 준다. 호로위츠L. Horowitz와 앤더슨C. Anderson은 '학습된 무력감' 이라는 개념으로 이런 인식 유형을 설명했다. 계속되는 실패가 가져오는 부정적 결과로서, 학습된 무력감은 노력을 포기하게끔 만든다. 자신의 노력이 어떤 변화도 가져오지 못하는 걸 보고는 자기에게는 상황을 바꿀 힘이 없다고 여기는 것이다. 그 결과, 의욕을 잃고 모든 노력을 포기하게 된다. 어떤 이들은 자신이 인간관계를 잘 맺지 못해서 고독해졌다고 생각한다. 그 고독은 자신의 성격에서 비롯된 것이기 때문에 피할 수 없다고 믿는다. 일부 사람들은 심지어 자신이 '혼자 살도록 운명 지워진 사람' 이라는 생각에 사로잡혀 고독을 지나가는 단계가 아닌 절대적인 상황으로 받아들이기도 한다.

이 내용들은 일시적인 고독과 만성적인 고독의 차이를 어느 정도 설명해 준다. 자신이 혼자 살도록 운명 지어졌다는 믿음은 사람들과 관계를 맺고자 하는 의욕 자체를 사라지게 하여 고독한 상태를 유지시키는 원인으로 작용한다. 예를 들어, 사랑하는 사람과 이별한 사람은 친구들에게 도움을 청하지도 않고 새로운 관계를 맺어 봤자 부질없는 일이라는 생각에 혼자 머무는 편을 택한다. 이러한 태도는 결과적으로 고독의 상태를 더욱 연장시키는 것이다.

■ 고독한 사람들이 보이는 또 다른 특징은, 자기 삶을 스스로 통제할 수 없다고 여기는 것이다. 그들은 자신의 인생이 외부 요소에 의존하고 있으며, 자신은 그것을 바꿀 수단이나 힘이 없다고 믿는다. 인생에 대한 통제력을 상실했다는 느낌은 '통제 소재' 개념으로 설명할 수 있다. 1966년 로터J. Rotter가 창안한 이 개념은 사건들에 대한 통제력과 관련한 생각이나 믿음의 유형

> ▶지나친 기대는 금물
>
> 고독한 사람들은 자주 자신의 힘으로는 고독한 상태에서 벗어날 수 없다고 생각하고는 다른 사람들이 전폭적인 도움을 주기를 바란다. 그래서 다른 사람들이 자신의 고통스러운 상황에 관심을 기울여 주지 않는다고 여기고 그들을 이기주의적이라고 비난한다. 상대방이 이런 의존 관계를 거부할 경우에는 정서적 협박이라는 방법을 써서 자신의 고독감을 더 강화하는 결과를 초래하고, 급기야 관계를 단절시키기까지 한다.

을 정의하는 데 사용된다. 우리 삶에서 일어나는 여러 사건은 운, 우연, 운명, 신, 타인 같은 외부적 요인(외적 통제 소재)들에 의존하거나, 내부적 요인 또는 개인적 성격, 역량, 능력, 자신감, 개인의 여유 등(내적 통제 소재)에 의존한다.

짐작할 수 있듯이 만성적인 고독에 시달리는 사람들은 대부분 외부적 통제 소재를 갖기 때문에, 자신을 고독에서 벗어나게 할 방법이 외부에 있다고 믿는 경향이 있다. 그래서 우연한 환경적 변화만을 기다릴 뿐 직접 변화를 찾아 나서지 않는다. 이들은 이런 상황에 죄책감을 느끼며, 부정적 원인을 자신의 내부에서 찾는 태도를 취한다. 실패의 원인은 자신의 내부에서, 성공의 원인은 외부에서 찾는 것이다.

| 부적절한 반응들 |

고독한 사람들은 이런 식으로 고독에 대해 수동적인 자세를 취하며 변화를 도모할 전략을 거의 세우지 않거나 단념한다. 자신은 전화를 하지 않으면서 다른 사람이 전화를 걸어 주기만을 기다리는 식이다.

이들은 다른 사람에게 문제를 해결해 달라고 요구하거나 자기 문제를 다른 사람 탓으로 돌리기도 하며, 그들에게 무조건적인 도움을 강요하기도 한다. 이러한 태도는 상대방에게 거부감을 일으키게 되고, 필연적으로 관계의 긴장을 유발시켜 갈등을 낳게 된다.

그렇다면 사람들은 스트레스와 혐오감을 주는 상황에 처했을 때 어떻게 상황에 적응하고 감정을 다스릴까?

혼자 불안에 빠진 사람은 몽상에 잠기거나 울거나 모든 의욕을 잃고 하루 종일 침대에 엎드려 있을 수 있다. 그러나 이와 반대로 내일 해야 할 일을 생각하거나 긴장을 풀고 휴식을 취하거나 친구에게 전화를 걸 수도 있다. 이 가운데 어떤 태도를 취하느냐에 따라 고독이 가져오는 감정 상태는 다른 방식으로 체험된다.

스트레스를 받는 상황에 직면하여 상황에 대처('to cope')하는 방식은 다양하다. 그 사람의 사고방식과 경험, 성격, 상황에 따라 얼마든지 달라질 수 있다. 이른바 '대처coping' 전략을 채택하게 되는 것이다. 이 전략은 심리적 프로세스(문제 상황에 대한 판단, 어떤 조치를 취할 것인지에 대한 자문 등)일수도 있고, 정서적 프로세스(감정의 표출 또는 은폐) 또는 행동 프로세스(도움 요청, 신체적 활동 등)일 수도 있다.

대처 전략은 스트레스를 주는 환경이나 위협적이라고 여겨지는 상황 변수들이 일으킨 문제를 통제하거나, 최소화하거나, 견디기 위한 방법이다. 라자루스R. S. Lazarus에 따르면, 이러한 대처 전략에는 두 가지 기능이 있다. 스트레스의 원인이 되는 문제를 해결하는 기능과 그에 따른 감정적 반응을 제어하는 기능이다. 라자루스는 더 나아가 두 가지 대처 전략을 제시한다. 하나는 문제 상황에 초점을 맞추는 전략이고, 다른 하나는 자신의 감정에 초점을 맞추는 전략이다.

문제에 초점을 맞추는 전략

이 전략은 상황의 심각성을 완화시키거나 대응력을 높이는 데 그 목적이 있다. 이 전략은 문제 해결(정보 수집, 행동 계획 수립)과 상황 대처(문제를 해결하려는 노력과 직접적인 행동) 두 가지 요소로 구성된다.

감정에 초점을 맞추는 전략

이 전략은 특정 상황이 일으킨 감정을 다스리는 데 그 목적이 있다. 감정은 다양한 방식으로 제어될 수 있다.(감정적, 생리적, 인지적, 행동적) 감정들은 다양한 반응을 불러일으킨다. 향정신성 물질을 복용하거나(술, 담배, 마약), 기분전환 활동을 하거나(신체 활동, 독서, TV 시청 등), 자신을 탓하거나(자책), 감정을 표출하거나(분노, 염려 등), 상황을 바라보는 시각을 바꾸는 식으로 감정을 다스릴 수도 있다.

문제에 초점을 맞추는 대처 전략은 그 상황을 통제할 수 있을 때만 실질적인 효과를 발휘한다. 통제 불가능한 상황을 바꿔 보려는 반복된 시도는 불필요할 뿐 아니라 사람을 지치게 한다. 때론 잠시 다른 데 관심을 돌리는 감정적 전략(기분 전환)이 더 유용할 수도 있다.(이 전략은 상황에 대해 어떠한 행동도 취하지 않음으로서 자존감을 지켜 주고 비참한 기분에 사로잡히지 않게 해 준다.) 따라서 좋은 전략과 나쁜 전략이 따로 있는 것이 아니다. 스트레스적인 상황을 제어하거나 정신적·신체적 평온을 유지할 수 있게 하는 전략이 곧 효과적인(혹은 적절한) 전략이다.

연구자들에 따르면, 적극적 대처와 회피적 대처, 또는 문제 중심

▶기본적인 대처 전략*

1. **신앙적인 태도** : 신이나 개인, 단체에 의지하는 태도
2. **도움 요청** : 자신을 위로해 줄 수 있는 사람, 문제를 해결해 줄 수 있는 사람에게 도움을 요청
3. **합리적인 행동** : 문제를 해결하고자 '합리적인' 행동을 취하는 태도(계획 수립, 정보 수집 등)
4. **적대적인 상황에 맞서는 태도** : 문제의 우선순위를 정하고 새로운 관점을 채택. 이미 같은 상황을 경험한 사람들을 모델로 삼아 행동에 나서는 태도
5. **감정 표출** : 특정 상황을 기회로 삼아 감정을 외부로 표출하는 것
6. **자기 적응**self-adaptation : 새로운 행동 기술을 습득. 타협 시도
7. **유머** : 재미있는 방식으로 상황을 상대적으로 바라보는 태도
8. **억제** : 경솔한 판단이나 성급한 결정을 자제하는 태도. '열린' 시각으로 상황을 두고 보는 태도
9. **대체** : 욕구불만 상황을 벗어나 다른 곳에서 만족을 찾는 태도
10. **긍정적 사고** : 상황의 긍정적인 측면을 생각하는 태도. 다른 사람들의 관점을 이해하려고 노력하는 것
11. **투지** : 같은 행동을 계속 반복하는 태도. 때로는 점점 더 많은 에너지가 필요
12. **관념화** : 추상적이고 논리적인 방식으로 문제를 분석하는 태도
13. **진정** : 안정제, 술, 이완 요법, 명상으로 마음을 진정시키는 방법
14. **회피** : 스트레스가 생길 만한 상황을 피하는 태도
15. **사회적 비교** : 자기보다 더 심각한 상황에 처한 사람들과 비교하면서 스스로 위로하는 태도
16. **기분 전환** : 다른 일을 생각하거나 다른 활동을 하는 태도

17. **숙명론**：앞으로 생길 일을 기다리는 태도. 어떤 상황을 불가피한 것 혹은 운명이라고 생각하고 받아들이는 것
18. **타인에 대한 비난**：자신이 처한 상황과 관련하여 다른 사람을 비난하는 태도
19. **적극적 망각**：머릿속에서 고민을 떨쳐 내고 그 문제를 더 이상 생각하지 않으려고 애쓰거나 잊으려는 태도
20. **내향內向**：사람들에게서 벗어나 혼자서 문제를 해결하려는 태도
21. **꿈속으로의 도피**：어려움을 잊고자 상상 속으로 도피하거나 비현실적 관점으로 문제를 바라보는 태도
22. **수동성**：시급한 문제를 앞두고 결정과 행동을 계속 미루는 태도. 잠 속으로 도피하는 것
23. **감정 고립**：감정을 억제하거나 무관심을 가장하는 태도
24. **비현실주의**：문제가 사라지거나 저절로 해결되기를 기대하는 태도
25. **자책**：상황을 모두 자기 탓으로 돌리고 죄책감을 느끼는 태도. 자신을 정당화하려고 함
26. **적대적 반응**：화를 내거나 타인을 공격하는 태도
27. **우유부단**：결정을 내리지 못하고 고민만 하는 태도

*J. Van Rillar, *La Gestion de soi*(자기 다스리기), Sprimont, Mardaga, 1992, p. 74-75에서 인용

대처와 감정 중심 대처를 어떻게 구분하여 적용하는지에 따라 다른 결론이 나올 수 있다. 예를 들어, 혼자 집에 머물며 자신의 고독한 상태를 성찰하고 고민하는 것은 회피적·수동적 태도에 해당되지만, 상황을 변화시키고자 자신을 다른 시각으로 돌아본다는 측면에서 문제 중심 전략으로 볼 수도 있다.

한편, 이러한 연구들은 다음과 같은 이중적 사고를 내포한다. 상황의 성격에 따라 더 효과적이거나 덜 효과적인 전략이 존재하는데, 고독의 상태에서 빨리 벗어나고 싶다면 사회적 도움을 요청하는 것이 가장 좋은 방법이다.

고독에 대한 대처 전략은 앞서 살펴본 스트레스적 상황에 대한 대처 전략과 매우 비슷하다. 그러나 고독에 시달리는 사람은 다른 상황에 처한 사람들보다 부적절한 전략을 채택할 가능성이 더 높으며, 그 결과 고독한 상황을 오히려 강화시켜 더 큰 고통을 받게 되는 경우가 많다.

좋은 대처 전략과 나쁜 대처 전략이 따로 있는 건 아니지만, 이 표의 첫 10개 전략은 대부분의 스트레스적 상황에 효과적으로 사용할 수 있다. 그러나 마지막 10개 전략(특히 21~27번)은 힘겨운 상황을 긍정적인 방향으로 바꾸는 데는 별 효과가 없다.

고독에 대처하는 전략의 세 가지 유형

■ 건설적이고 긍정적인 태도

이 전략은 신체적 활동(스포츠, 체조, 요가 등)이나 수작업(공작, 요리, 청소, 바느질), 지적 활동(독서, 자기 성찰) 등을 활용한다.

이 전략은 마음을 비우고 생각을 다른 곳으로 돌리는 데 유용하다. 혼자 있는 상태에서 머릿속을 괴롭히는 생각(대부분 자동적인 생각들)에 몰두하는 대신, 몸을 움직이는 것을 택하는 것이다. 그렇다고 해서 생각에서 도피하려는 전략이라고 간단히 정의해서는 안 된다. 행동을 한다는 것은 자신의 계획을 실현하고 자신에게 즐거움을 주는 일들을 수행함으로써 존재감과 자기실현의 느낌을 갖는 것이다. 고독의 순간을 이용해 예전에는 시간이 부족해서 하지 못했던 일들(독서, 음악 감상, DVD 감상)을 한다든가, 자신을 가꾼다든가(목욕, 이완 요법), 예전부터 하고 싶었던 일들을 하거나, 그도 아니면 청소나 집 정리처럼 단순히 유용하고 필요한 일상적인 일들을 할 수도 있을 것이다.

적극적인 태도란, 목표를 설정하고 미래를 설계하며 주변 환경과 교류하고 목표를 이루고자 자신의 능력을 이용할 줄 아는 태도를 말한다. 이처럼 행동 속에서 발휘되는 힘들이 우리의 생각을 바꾸고, 고독한 상태에서 느끼던 무력하거나 무능하다는 기분에서 벗어날 수 있게 해 준다. 그렇게 목표를 달성하고 나면 만족감과 충족감을 얻을 수도 있다.

적극적인 태도는 또한 비록 그 자체로는 별로 흥미롭지 않은 것일지라도 모든 행동은 나름대로 중요하다는 사실을 받아들이는 태도이다. 고독에 시달리는 사람들은 자주 간단한 일조차 하지 않고 가만히 있으려고 한다. 그리고 특별하고 흥미로운, 뭔가 중요하고 가치 있는 일만을 찾는다. 그러나 구두를 닦고, 창고를 정리하고, 새로 산 가전제품의 설명서를 읽는 행위도 나름대로 중요하다. 이런 행위들을 통해 때로 다시 기운을 되찾고, 그 뒤에 좀 더 '가치 있는' 활동을 시도할 수 있게 된다.

건설적이고 긍정적인 태도는 자신의 상황을 성찰하고, 고독감에만 사로잡히지 않고 상황을 변화시킬 행동을 시도하는 태도이다. 예를 들어, 인터넷으로 자료를 수집한다거나 딴 생각이 들지 않도록 빡빡하게 스케줄을 짠다거나 심리상담을 받아볼 수도 있다. 고독을 다스리는데 도움이 되는 일상의 일은 수없이 많다. 독서, 글쓰기, 일, 공작, 그림 그리기, 요리, 음악 감상, 집 정리, 외출, 산책, 스포츠, 영화 관람…….

전문가들도 이런 일상적인 활동을 권한다. 해로운 생각에만 몰두하지 않고 문제 해결에 좀 더 접근할 수 있고, 존재감을 잃지 않게 해 주기 때문이다. 이렇게 사소한 일상을 적극적으로 활용하는 사람들은 고독감을 오래 느끼지 않으며, 그 고통도 약하게 느끼는 편이다. 이런 활동을 꼭 다른 사람과 함께 해야 하는 것은 아니다. 독서, 목욕, 명상, 공작 등은 모두 혼자서 할 수 있는 일들이다.

행동은 다음과 같은 기능을 한다. 생각을 바꾼다, 자신이 살아 있으며 필요한 존재라고 느낀다, 자기를 실현한다, 자기 성찰을 통해 발전해 나간다……. 행동은 그저 시간이 지나기만을 초조하게 기다리는 태도에서 벗어나게 해 주며 현재의 시간에 의미를 부여해 준다.

■ 감정 표출과 관계 속에서 도움 받기(적극적 대처)

이 유형은 서로 구별되면서 동시에 연관되는 두 가지 개념을 포함한다. 우선, 자신을 드러내고 느낀 바를 표현하면, 내적인 고민을 다른 사람들과 나눌 수 있는 가능성이 생겨 상호 이해와 공감의 관계를 형성할 수 있다. 다른 한편으로 사회 속에 편입되어 사회적 활동에 참여하고, 누군가와 수다를 떨거나, 대화를 나누거나 혹은 정보, 조언, 도움을 얻고자 먼저 연락을 하는 등의 행위들이 있다.

기회나 수단은 얼마든지 있다. 편지나 이메일을 쓰거나, 전화를 걸거나, 직접 방문하거나, 누군가를 집에 초대할 수도 있다. 심지어 길을 걷다가 낯선 사람과 대화를 나눌 수도 있다. 어떤 기회라도 만들어서 감정을 표출하면 타인과 교류하고 친밀한 관계를 맺을 수 있으며, 기존의 관계를 확장하고 더 강화할 수 있다. 때로는 자신의 감정을 이야기하는 것만으로도 고민에서 해방되거나 안도감을 느낀다. 심리 치료도 결국 이 원리에 기초한 것이다. 자신이 느끼는 감정을 말로 표현하는 것, 자신의 고통을 명명함으로써 그것을 이해하고 정의하는 행위는 감정적 부담을 덜어 주고 마음을 진정시켜 준다. 관계적 도움에 기초한 이 전략은 사회적·정서적 교류를 활성화시켜 고독한 상태에서 벗어나는 매우 유용한 전략이다.

한편, 일부 전문가들은 인간이 본래부터 자연환경에서 혼자서 생존할 수 없는 존재이므로 고독감이야말로 타인에게 먼저 다가가 관계를 맺게끔 하는 원동력이라고 주장한다. 인간은 자신을 보호하고자 타인과 접촉을 시도한다는 것이다. 이러한 피드백feed-back 메커니즘은 사회적 관계에서 고립된 개인을 적절한 사회적 관계 속으로 복귀하도록 자극한다.

그러나 내가 아무리 원한다고 해도 내가 원하는 관계가 언제나 존재하는 건 아니다. 주변 사람들이 항상 내 문제에 관심을 가져 주는 것도 아니며, 만족스러운 방식으로 나의 욕구를 충족시켜 주지도 못한다. 고독한 사람들은 특정 사람에게 집착하는 경향을 보인다. 바로 이런 이유들 때문에 사회적 관계망을 확장하는 게 중요하다. 충분한 사회적 관계를 맺고 있으면서도 고독감에 시달리고 있다면, 현재의 관계들이 기대에 부응하지 못하거나 만족스럽지 못한 것일 수 있다. 따라서 새로운 관계를 맺는 것을 주저하지 말고, 또한 고독에 시달리는 순간에 친한 친구에게만 집착하는 것도 자제해야 한다. 때로는 가벼운 관계가 마음을 편하게 해 주고 큰 위로가 될 수 있다.

이러한 조절 전략은 다소 가벼운 관계를 맺거나 단지 외출하는 즐거움을 위해 외출하는 등 인간관계에 대한 기대감을 낮출 것을 제안한다. 여기서 핵심은, 타인이 실제로 해 줄 수 있는 것 이상을 기대하지 말고 편견 없이 타인을 받아들이는 것이다.

■ 생각 곱씹기, 수동적·회피적 태도(수동적 대처)

이 유형의 태도는 일반적으로 고독한 상황에 직면한 사람이 그 고통에서 빠져나오지 못하고 오히려 고독감을 더 강하게 느끼게끔 만든다.

생각을 곱씹는 태도란, 불안한 생각에 집착하여 자신이 고독해진 원인을 찾거나 현재의 불행이나 부정적인 미래에 대한 생각에 사로잡히는 태도를 말한다. 고독한 사람은 침대에 누워서 또는 의자에 앉아 양손에 얼굴을 파묻은 채 부질없이 현재의 상황까지 이르게 된 원인을 찾거나 자신의 비참한 상태를 설명해 줄 단서를 찾고자 과거의 기억들을 반복하여 떠올린다. 그들은 머릿속으로 자신의 삶을 새로 짜맞추어 본다. 모든 조건이 달랐다면 자신이 할 수도 있었을 일들을 떠올리며 지금과는 다른 삶을 꿈꾸는 것이다. 이런 성찰이 처음에는 상황을 이해하고 받아들일 수 있게끔 해 주기도 하지만, 그것이 실질적인 행동으로 발전하지 못하면 이내 본래의 효용을 상실하게 된다.

누군가와의 이별을 끊임없이 되새기거나, 자신을 사로잡고 있는 공허감에 대해 생각하거나, 이별 뒤 마음을 다스리지 못하는 자신을 탓하거나, 곁에 아무도 없이 평생 혼자 살아야 할지도 모른다는 두려움에 휩싸이거나……. 이런 태도는 상황을 전혀 변화시키지 못하며, 마음을 진정시키거나 일상생활을 영위하는 데 도움이 되지 않는다. 특히 이별한 그 사람만이 자신을 행복하게 해 주고 자신에게 도움과 구원을 줄 수 있는 사람이었다고 생각하는 것은 죄책감에 더해 무력감을 불러일으킨다.

이처럼 생각을 곱씹기만 하는 태도는 쉽사리 행동으로 발전하지 못한다. 고독한 사람들 가운데 상당수는 실제로 아무것도 하지 않는다. 비활동적인 생활과 변화를 기다리기만 하는 수동적인 태도는 자신이 어쩔 수 없다고 믿는 주변 환경에 더 의존하게 만든다. 그리고 그토록 기다리던 도움이 외부에서 주어지지 않을 경우, 내면의 고통은 사회 혹은 타인들에 대한 적개심으로 바뀐다. 실제로 사회에 복수할 계획을 세우거나 폭력적으로 변하는 사람도 있다. 전형적인 사회 부적응자가 만들어지는 것이다.

수동적·회피적 대처 유형에 속하는 다른 전략들을 살펴보자. 대

> ▶**우울증인가 고독감인가?**
>
> 만성적 고독감과 우울증 사이에는 자기 속으로의 유폐, 자기 효용감 상실,
> 무력감, 의욕 상실, 공허감, 슬픔, 자살에 대한 상상 등 공통점이 많지만, 둘
> 을 같은 상태로 볼 수는 없다. 그렇다면 이 두 상태를 어떻게 구별할 것인
> 가? 죄책감과 수치심, 분노 등은 고독의 상태보다는 우울증일 때 더 자주 나
> 타난다. 우울증일 때 느끼는 분노와 불만족이 개인적 삶과 관련된다면, 고
> 독감일 때는 사회적 삶과 관련되는 경우가 많다. 자율신경계 장애나 신체적
> 이상 증상들이 나타나면 주로 우울증으로 판명된다. 술에 의존하거나 다른
> 추가적인 증상이 나타날 경우, 고독한 상태에서 비롯된 우울증으로 볼 수도
> 있다.

표적으로, 즉각적인 쾌락을 통해 마음의 평온을 찾는 방법이 있다.
약물을 복용한다든지(술, 음식, 향정신성 의약품), 충동적인 욕구를 만족
시키는 행위(섹스, 쇼핑, 게임 등)를 하는 것이다. 이러한 행위들은 상당
히 빠른 속도로 중독에 빠져들게 만들며, 점차 사회적 관계를 소원
하게 만든다.

　타인에게 도움을 청하지 못하는 태도

　고독감을 극복하고자 혼자서 이런저런 방법을 써 봐도 소용이 없
을 때, 그럴 때는 어떻게 해야 할까? 어떤 방식이 마음에 평온을 가
져다주지 못할 때 그것을 바꿀 줄 아는 능력이 더 중요하다. 이를

제2부—고독의 심리학 | **125**

위해서는 '외부에 도움을 요청하는' 전략이 필요하다. 혼자서 노력해 봐도 고독감이 사라지지 않는다면 타인에게 감정을 표출하고 도움을 요청하는 전략이 필요한 시점으로 볼 수 있다.

이는 인간관계의 폭이 넓은 사람도 고독감에 시달리는 이유를 설명해 준다. 이런 사람들은, 어떤 문제가 생겨도 누군가에게 도움을 요청하기보다는 혼자서 문제를 해결한다. 그러면서 상상적인 희망에 만족해 버리거나 현실적인 요소들을 고려하여 변화를 가져올 행동에 나서지 않으면서 자신이 원하는 방향으로 상황이 나아지기만을 기다린다. 결국 사회관계의 결핍 때문이 아니라, 힘든 상황에서 남에게 도움을 요청할 줄 모르는 태도 때문에 고독감에 빠지는 것이다.

왜 고독한 사람들은 남에게 도움을 요청하지 않는 걸까? 여러 가지 설명이 가능하다.

우선, 이들은 누군가에게 속내를 털어놓는 것이 상황을 다른 시각으로 바라볼 수 있게 하고 해결책을 찾는 데도 도움이 될 수 있다

▶**고독감에 시달리는 사람에게서 자주 나타나는 습성**

─사람들에게 다가가지 못한다. 어려운 상황에 처했을 때 남들에게 도움을 요청하지 못한다.
─문제가 생겼을 때 문제에 직접 맞서기보다는 그것이 저절로 해결되기를 바란다.

는 사실을 깨닫지 못한다. 무엇보다, 자신의 감정을 표현하는 것만으로도 해방감을 느낄 수 있다는 사실을 모른다.

다음으로, 이들은 자신의 속마음을 드러내는 것이 새로운 관계를 만들거나 더 돈독하게 하고 때로는 관계를 개선시킨다는 사실을 인식하지 못한다. 난처한 기분 때문에, 남들을 귀찮게 하거나 방해하지 않으려고, 거절당할지도 모른다는 두려움에 도움을 요청하지 못한다. 이런 식으로 자신의 주위에 도움을 줄 수 있는 사람들이 있다는 사실을 실감하지 못하는 것이다.

마지막으로, 이들은 자신의 감정을 어떻게 표현해야 할지 모른다. 드물게, 실제로 사회적·정서적 고립 상태에 빠져 있는 사람들이 있다. 대화를 나눌 사람이 정말로 아무도 없는 경우이다. 이런 경우는 매우 드물지만, 방법이 없는 것은 아니다. 인터넷 같은 다양한 의사소통 수단과 단체들이 있다. 이를 활용하면 언제라도 전문

▶도움을 요청하지 못하게 가로막는 요인들

—사회 불안증
—사회적 역량 결핍
—도움에 대한 과소평가
—자신의 감정 상태를 파악하는 능력 부족
—자기 평가절하
—사회적 고립

가와 대화를 나눌 수 있다. 결국 이 경우에도 관건은 자신을 표현하고 남에게 도움을 요청할 줄 아는 태도이다.

지금까지 살펴본 것처럼 특정한 사건이나 사회적·정서적 고립 상태가 그 자체로 고독감을 일으키는 것은 아니다. 만성적인 고독감에 시달리는 사람은 자기 생각 속으로 도피한 채 다른 사람들에게 먼저 손을 내밀지 못하며, 사회적 역량의 결핍으로 고통 받는다. 그렇다면 고독에 잘 적응하지 못하고 고독감에서 헤어나지 못하도록 만드는 성격장애 같은 것이 따로 있을까?

상대적으로 고독해지기 쉬운 성격

심리적 장애 증상은 그 자체로 이미 고립될 만한 요소를 포함하고 있다. 심리적 장애를 겪는 사람은 남들에게 두려움을 주며 사회적으로 기피 대상이 된다. 심지어 가까운 사람들에게 거부당하는 경우도 많다. 그렇게 되면 정상적인 생활이 불가능해지고 사회에 적응하기도 힘들어진다. 직업을 구하지 못하거나, 다니던 직장에서 쫓겨나기도 한다. 단지 장애가 있다는 사실만으로 남들과의 관계가 복잡해지고 이성 관계도 불안해지며, 자기 자신과의 관계도 힘들어진다. 이런 모든 요인들이 고독감을 더욱 깊어지게 한다.

인격장애는 고독감을 강화하는가?

기질(선천적)과 성격(후천적)이 합쳐져 한 사람의 인격을 만든다. 이 인격적 특성은 다양한 상황에서 각 개인이 취하는 행동의 전체 합으로 정의할 수 있다. 이런 한 개인의 태도는 일정한 경향을 보이며 일정한 맥락에서 그 사람이 어떤 생각을 하고 어떻게 행동할지를 예측할 수 있게 한다. 우리는 살면서 수많은 사건을 겪고 그때마다 조금씩 다른 전략을 사용한다. 그러나 인격장애를 겪는 사람들은 보통 사람들보다 유연하지 못하기 때문에 특정한 전략만을 고집하는 경향이 있다.

여기서 드는 의문은, 인격장애가 고독감의 원인이 되는가 하는 것이다. 사실상, 모든 종류의 인격장애는 정도의 차이는 있지만 사회적 관계를 방해하는 요소가 된다. 그러나 인격장애 중에는, 사회적 고립을 자초하거나 사회적 관계를 거부하게 만드는 장애가 있는가 하면 고독감을 견디지 못하게 만드는 장애도 있다.

편집증적paranoid 또는 분열증적schizoid 성격 또는 회피적인 성격의 사람은 남에게 잘 다가가지 못한다. 반면에, 자기애나 반사회적 경향이 강하거나 분열형 인격장애schizotypal가 있는 사람 또는 단순히 집착과 충동 성향이 있는 사람은 타인들에게 거부감을 불러일으키고 거리감을 만들어 낸다. 그리고 히스테리성 인격장애 또는 경계선 인격장애borderline가 있거나 의존적인 경향이 큰 사람은 고독한 상태를 못 견뎌 한다.

다음 표는 인격 장애가 사회적·정서적 관계에 미치는 영향을 좀

■ 인격장애의 종류와 특성

인격	태도	생각이나 믿음	결과
편집증적	남들을 불신하고 경계한다. 다른 사람의 의도를 악의적이라고 해석한다. 사람들이 권위적이며 쉽게 화를 낸다고 생각한다.	나는 약하다. 다른 사람들을 신뢰할 수가 없다. 내게 친절한 사람은 뭔가 숨기고 있는 것이다. 항상 경계심을 늦추지 말아야 한다. 다른 사람에게 속내를 털어놓는 건 경솔한 짓이다.	속마음을 털어놓지 않는다. 해석한다. 질투심을 드러낸다. 남을 신뢰하지 않는다. 사람들을 두렵게 하거나 사람들에게 거부감을 불러일으킨다.
분열증적	사회적 관계에서 소원해진다. 다양한 감정 표현을 억제한다.	내겐 나만의 공간이 필요하다. 나는 남들과 다르다. 관계는 골칫거리를 만든다. 나는 사회 부적응자이다. 사람들이 함께 행복해 하는 게 이해가 안 간다.	남들에게 무관심한 척 한다. 무언가를 함께할 사람을 찾지 않으며 혼자 하는 활동을 좋아한다. 사람들과 떨어져 자기 속에 틀어박힌다. 정서적 고독감을 느낀다.
의존적	남들에게 보살핌을 받고자 복종하거나 '집착' 하는 태도를 보인다.	나는 나약하고 무기력하며 모든 일을 혼자서 해 나가지 못한다. 사람들에게 버림받는 것만큼 끔찍한 일은 없다. 나를 보살펴 주는 사람에게 해를 끼치는 일을 해서는 안 된다. 언제라도 날 도우러 달려 줄 사람이 있는지 궁금하다. 무언가 결정을 내릴 때 다른 사람들의 도움이 필요하다. 사람들은 내가 보잘것없다고 생각한다.	결정을 내리기가 힘들다. 항상 남의 도움을 구한다. 갈등 상황을 회피한다. 무기력감에 사로잡히고 고독을 두려워한다.
반사회적	타인의 권리를 무시하거나 침해한다. 사회적 규칙을 존중하지 않는다. 타인에게 공감하지 못한다.	나는 내가 하고 싶은 일을 할 권리가 있다. 사람은 본래 남에게 이용당하게 되어 있다. 이 사회는 강한 자만이 살아 남는 정글이다. 남에게 먼저 이용당하고 싶지 않으면 내가 먼저 그들을 이용해야 한다. 남이 나를 어떻게 생각하는지 따위는 관심 없다.	충동적이고 무책임한 행동을 한다. 죄책감을 느끼지 않는다. 쉽게 흥분한다. 남들에게 걱정과 불신감을 준다.
분열형 장애	가까운 사람하고만 잘 지낸다. 뒤틀린 인식과 지각, 엉뚱한 행동을 보인다.	나만의 관점을 취해야 한다. 그 누구의 영향도 받아서는 안 된다. 나는 일정 정도의 권력이 있다. 사람들과 관계 맺는 게 두렵다. 내 생각을 있는 그대로 말하면 사람들은 내 말을 믿지 않을 것이다.	이상한 믿음, 특이한 지각 방식을 갖는다. 사회적 관계를 회피함으로써 주변화된다. 자신이 이해받지 못한다고 느낀다.

나르시시스트	환상에 사로잡히고 과장된 행동을 한다. 남들에게 존경받고 싶어 한다. 남들에게 공감하는 능력이 부족하다.	나는 특별한 존재다. 나는 특권을 누릴 자격이 있다. 다른 사람들에게 적용되는 규칙에 연연할 필요가 없다. 타인들이 내 욕구를 만족시켜 주어야 한다. 그들은 별 가치가 없는 존재들이다.	모든 것이 자기 소관이라고 생각하며 남들을 조종하려 든다. 타인의 욕구를 존중하지 않는다. 공격적이다. 남들에게 불신과 거부감을 불러일으킨다.
히스테리적	지나치게 감정적으로 반응하며 남들에게 관심을 받고 싶어 한다.	남들에게 좋은 인상만 보여 줘야 한다. 남들이 내게 관심을 가져 줘야 나는 행복해질 수 있다. 내가 그들의 관심의 중심에 있어야 한다. 내가 다른 사람들을 즐겁게 해 주면 그들은 내 약점을 알아채지 못할 것이다. 나는 혼자서 삶을 꾸려 갈 수 없다.	매력적으로 보이고 싶어 한다. 암시에 걸리기 쉽다. 피상적인 관계에 만족한다. 자기중심적이다. 고독을 두려워한다.
회피적	사회적 관계를 회피한다. 자신의 위치에 만족하지 못한다. 남들의 부정적인 평가에 지나치게 민감하게 반응한다.	나는 사회적으로 부적합하고 환영받지 못하는 존재다. 사람들은 기본적으로 비판적이며 무관심하고 나를 배척하거나 모욕을 주는 존재다. 내게 접근하는 사람들도 '본래의 나'를 알게 되면 떠나 버릴 것이다. 남들보다 열등한 존재로 비치는 건 견딜 수 없다. 무슨 수를 써서라도 불편하거나 위험한 상황을 피해야 한다.	사회적 활동을 회피한다. 거절당하는 것이 두려워 남들과 관계 맺는 것을 주저한다. 사회적으로 고립되고 사회적 고독감에 시달린다.
경계선 장애	현저하게 충동적인 성향을 보인다. 인간관계, 자신에 대한 이미지, 정서 상태가 불안정하다.	아무도 나를 이해하지 못한다. 실제의 나를 알게 되면 나를 좋아할 사람은 아무도 없다. 의지할 사람이 없다. 나는 항상 혼자일 것이다. 나는 참을 수 없을 만큼 고통스럽다.	정서적으로 불안하고 충동적이다. 버림받을지도 모른다는 두려움, 만성적인 공허감, 내적 고독감에 시달린다.
집착 · 강박적	질서, 완벽, 통제에 집착한다.	실수를 해서는 안 된다. 의지할 사람은 나 자신뿐이다. 다른 사람들은 무책임한 경향이 있다. 모든 것을 완벽하게 처리하는 것이 중요하다. 내 모든 감정을 철저하게 통제해야 한다. 남들도 내 방식을 따라야 한다.	완벽주의자이며 세부적인 것에 집착한다. 모든 일을 혼자서 처리하고 통제하려고 한다. 감정을 잘 표현하지 않는다. 정서적 고독감에 사로잡힌다.

더 자세히 살펴보고자 인격장애의 특성을 종류별로 정리한 것이다.

모든 종류의 인격장애가 고독감의 잠재적 원인이 된다고 할 때,

▶고독감에 시달리는 사람들에게서 나타나는 공통된 특성

─**소통 능력** : 자신을 잘 드러내지 않는다. 사회적인 위험을 회피한다. 수줍음을 탄다. 단도직입적이지 못하다. 사회적 역량이 부족하다. 자신의 어려움을 숨긴다. 사회적 관계에 비관적인 태도를 보인다. 자신의 감정을 잘 표현하지 않는다. 비현실적인 사회적 위치를 꿈꾼다.

─**자신과의 관계** : 자의식이 강하다. 자기중심적인 생각을 많이 한다. 자신을 폄하한다. 남들보다 실력이 부족하다고 느낀다. 내적인 공허감이나 무기력한 기분에 사로잡히며 스스로 무용한 존재라고 생각한다. 자신이 남들보다 덜 똑똑하며 덜 매력적이라고 생각한다. 부정적인 결과의 원인을 자신에게서 찾는다. 자신감이 없다.

─**타인과의 관계** : 남들에게 거절당하거나 사랑 받지 못하거나 관심을 끌지 못할까 봐 두려워한다. 다른 사람들을 타산적이고 이기적이며 냉담하고 적대적이며 위협적이라고 생각한다. 인간관계에 문제가 생겼을 때 쉽게 해결하지 못한다.

─**행동력** : 끈기가 부족하다. 행동하기보다는 꿈을 꾸거나 미래에 대한 환상에 사로잡히는 경향을 보인다. 할 일을 뒤로 미룬다. 무력감에 사로잡혀 상황이 돌이킬 수 없게 되었다고 생각한다. 문제 상황에 대한 생각을 회피하고 잊어버리려고 한다.

어떤 특정한 인격적 특성이 고독감을 불러일으키는지를 밝히는 것은 간단한 일이 아니다. 따라서 고독감에 시달리는 사람들에게 나타나는 공통적인 인격적 특성을 살펴보는 것도 좋은 방법일 것이다. 많은 연구자들이 고독에 시달리는 사람들에게서 나타나는 공통된 문제행동이나 잘못된 믿음을 밝혀내어 상당히 체계적인 목록을 작성했다.

이에 따르면 만성적 고독에 시달리는 사람들은 자신감이 없고, 사회적 관계를 불편해 하며 문제 상황에 직면했을 때 행동을 하기보다는 비현실적인 기대감에 의존하는 경향이 있다.

이 연구 결과를 통해, 우리는 한 개인의 인격을 구성하는 여러 요소 가운데 특히 고독감을 불러일으킬 만한 특징들을 파악하여 미리 대처할 수 있는 가능성을 탐색해 볼 수도 있다. 다음 표는 인격을 정의하는 다섯 가지 요소, 즉 내향성/외향성, 호감, 개방성, 정서적 안정/불안정, 성실성의 특성을 정리한 것이다. 이 표에 따르면, 내향적인 사람은 자신을 고립시키거나 자기 안에 유폐되기가 쉽고, 정서적으로 불안한 사람은 주변 환경에 지나치게 민감하게 반응한다. 개방성이 부족한 사람은 폭넓고 깊은 인간관계를 맺지 못한다. 주변에 무관심하고 자신의 쾌락만을 쫓는 사람은 쉽게 의욕을 상실하고 수동적이 되기 쉽다. 타인에게 호감을 주지 못하는 사람은 거절을 당하거나 배척당하기 쉽다. 이처럼 인격적 요소가 한 극으로 치우치면 인간관계에 문제가 발생하고 고독한 상태에 빠지기 쉽다.

■ 인격을 구성하는 5가지 요소

인격 요소	부정적 극단	긍정적 극단
외향성	지나치게 조용하고 조심스럽다. 부정적이다. 침울하다.	말이 많고, 자신감 있는 긍정적인 태도를 보인다. 사교적이고 의욕적이다.
호감	남을 경계하고 차갑고 비사교적인 태도를 보인다. 이기적이다.	타인에게 공감할 줄 알고 관대하다. 사람들에게 호감을 준다.
성실성	경솔하고 무질서하다. 쾌락만을 쫓는다. 무책임하다.	정돈되어 있고, 엄격하다. 효과적이다. 자기 규율을 지킨다. 신뢰를 준다.
정서적 안정성	감정적이고 불안해 한다. 충동적이고 신경질적이다.	안정적이다. 침착하다. 사려 깊다.
개방성	현실적이다. 조그만 이익에 집착한다. 보수적이고 진부하다. 독단적이다.	독창적이다. 상상력과 예술적 감각이 있다. 새로운 것에 대한 호기심이 강하다.

몇 년 전부터 사회적 의존성sociotropy과 자율성autonomy을 대립시켜서 보는 연구가 진행되고 있다. 사회적 의존성은 타인에게 관심을 갖고 그들과의 관계에 의지함으로써 만족을 얻는 경향을 말한다. 사회적으로 의존적인 사람은 친분 관계, 공유, 공감, 정서적 교류를 중요시하며, 일반적인 의미의 사회적 관계에서 기쁨을 느낀다. 반대로, 자율적인 사람은 독립, 이동성, 자유, 자신의 선택, 개인적 목표 실현, 자기 발전 등을 중요시한다. 자율성보다 사회적 의존성이 강한 사람은 혼자서 시간을 보내는 것을 힘들어 하며, 그 시간이 공허하고 지루하다고 생각한다. 이들은 가능한 한 고독한 순간을 갖지 않으려 노력한다. 다른 사람들에게 관심을 집중한 채, 자기

만의 관심 사항이나 활동을 거의 만들지 않으며 대부분의 시간을 가족이나 친구와 함께 보낸다. 사회적 의존성 개념은 '자율적'인 사람의 상당수가 고독의 순간을 즐기는 반면, '사회적 의존성'이 강한 사람들이 이별의 감정이나 사회적 고립에 더 강하게 영향을 받는다는 사실을 이해할 수 있게 한다.

07

고독을 바라보는 다른 시각

앞에서 고독감이 타인과의 관계가 만족스럽지 못하거나 기대에 미치지 못할 때 생길 수 있는 자연스러운 감정이라는 사실을 살펴 봤다. 이런 감정은 우리에게 스트레스를 주고, 그 결과 부정적인 감정을 불러일으켜 부정적으로 반응하게 만든다. 그러나 한편으로 자신이 사람들과 관계를 맺는 방식을 돌아보게 만드는 기회가 될 수도 있다. 이렇게 고독은 때로 동기를 부여하는 역할도 한다. 고독감 덕분에 새로운 사회적 관계를 맺거나 자기 성찰을 할 수도 있고, 창의적인 생각을 하거나 자신의 새로운 모습을 발견할 수도 있다. 고독감은 다른 사람들과 평화로운 관계를 맺을 수 있도록 도와주기도 한다. 그러나 감정적 부담이 지나치거나 사회적으로 불안한 상황에 있거나 사회적 역량이 부족할 경우, 고독은 이런 긍정적 역할보다는 상황에 적합하지 않은 태도를 취하게 만든다.

▶고독감은 만족스러운 삶에 필요한 사회적·정서적 관계를 회복하거나 새로 맺게 도와준다.

고독감이 주는 고통은 본질적으로 사회적인 삶을 추구하도록 만들어진 인간의 자연적 특성과 관련이 있으며, 각 개인이 겪은 일들, 특히 유년기의 경험과 관련이 있다. 그러나 고독감을 적절하게 활용하거나 받아들이지 못하면, 무기력한 기분에 빠져 고독을 내적 불안의 원인이라고 생각하게 된다.

| 감정에 치우친 생각 |

보통 자신이 혼자라고 느끼는 순간, 고독감에 내재된 부정적인 감정들이 자동적으로 동시에 밀려든다. 이 감정들은 개인의 고통스러운 경험으로 구축된 이미지들과 혼동되어, 고독을 견디기 힘든 시련 같은 것으로 여기게 만든다. 특히 버림 받은 적이 있거나 고통스러운 이별을 경험한 사람은 고독을 매우 고통스러워한다. 다시금 혼자가 되었다는 생각에 자신의 자연스러운 생체적 반응을 고독이 일으킨 위험 상태로 해석하는 것이다. 불안감이나 우울함은 자신이 혼자가 되었다는 사실을 인식할 때 나타나는 자연스러운 반응임에도 불구하고, 자신이 위험에 처해 있다거나 다른 사람에게 버림 받고 거절당했다고 믿는 것이다. 그리고 자신이 느끼는 부정적인 감정이 바로 그 증거라고 생각한다.

혼자가 되었을 때 마음이 불편해지는 것은 자연스러운 일이다. 그렇다고 해서 내가 의존적이고 나약한 존재이며 남들에게 버림 받았다고 생각할 필요는 없다. 자신이 삶 속에 혼자 버려졌다고 느끼는 것은, 자기 자신과 대면하는 능력이 부족해서라기보다는 고독감이 불러일으키는 자연스러운 감정을 다스릴 줄 모르기 때문이다. 이 감정들은 때로 병적인 상태로 나타나며 고독의 상태를 더욱 견디지 못하게 만든다.

또한 자신이 정말로 혼자라고 생각하기 때문에 해결책이 있음에도 불구하고 도움을 요청하거나 행동에 나서지 못한다. 아무리 물리적으로 고립된 사람일지라도 대화를 나눌 사람은 어딘가 존재하기 마련이다. 그러나 고독에 시달리는 사람은 자신이 아무 도움도 받을 수 없는 처지에 있기 때문에 고통을 받는다고 생각하고는 주변에 존재하는 도움의 가능성을 보지 못한다. "나는 혼자가 되었기 때문에 고통 받고 있다." 그러나 사실은 고독에서 비롯된 감정들을 견디지 못하기 때문에 고통스러워하는 것이다. 단순하게 말해서 혼자가 되었을 때 느끼는 불편한 감정은 사람들에게 다가가야 한다는 사실을 일깨워 준다. 그러나 이런 상태가 자신이 사람들에게 거부당하고 누구에게도 도움을 요청할 수 없는 상황 때문에 생겼다고 믿는 데서 문제가 생겨난다.

▶ 혼자이기 때문에 고독감에 시달리는 것이 아니라, 고독감에 시달리기 때문에 혼자라고 느끼는 것이다.

고독감을 불러일으키는 세 가지 장애 요소

지금까지 살펴본 내용을 바탕으로 고독의 상태에서 생겨나는 대표적인 세 가지 감정을 정리해 볼 수 있다. 고독감에 내재된 이러한 감정들이 나타나는 과정은 사회적 맥락과 자신에 대한 인식, 스트레스를 주는 요인들에 영향을 받는다.

■ 불안감

양적 혹은 질적 차원에서 일어난 인간관계의 변화, 자기 자신과의 관계 변화는 누구에게나 스트레스를 주는 상황이다. 병에 걸리거나 사고를 당하는 경우가 대표적인 사례이다. 이러한 상황은 불안감과 불편함, 위험에 대한 두려움을 불러일으킨다. 물론 외부적 스트레스 요인들(사회적 고립, 가까운 사람의 죽음, 연인과의 이별, 언어적·신체적 위협 등)이나 내부적 스트레스 요인들(고통, 장애, 불안, 비관적 생각 등)이 객관적으로 위험한 상황을 만들 수도 있다. 그러나 가장 중요한 것은 내가 그 상황을 어떻게 이해하고 해석하는지이다. 때로는 환경이 조금만 변화해도(분리, 고요함, 대립 등) 불안이나 쇠약 증세가 생길 수 있다. 이러한 감정은 특히 감정에 쉽게 동요되는 경계선 장애나 늘 위험 가능성을 염려하는 성격에서 두드러진다.

▋ 자신이 무능력하다는 느낌

이 느낌은 자신을 책임지고 상황을 해결할 능력이 부족하거나 스스로 자신을 보호할 수 없다고 믿을 때 찾아온다. 기본적으로 자존감 또는 자신감이 부족하고, 외부적인 요소에 휘둘려 자신의 능력을 의심하고 긍정적인 해결책이 될 수 있는 구체적이고 분명한 계획을 세우지 못한다. 단호하고 끈기 있는 자세가 결여된 상태로, 노력이 필요한 모든 전략을 포기하게 된다. 의욕이 없으니 어떤 시도를 하더라도 결국 실패할 거라고 믿는 것이다. 부정적인 사고가 행동을 억제하여 상황에 대한 대응 능력을 약화시키고, 완전한 의욕 상실로 인한 고통과 무기력감에 사로잡히게 만든다. 그 결과, 생각이나 몽상, 상상적인 기대 속으로 도피하기도 한다. 자신이 무능력하다는 느낌은 상황과 관련된 욕구불만과 불안감을 만들어 낸다. 이러한 감정 상태는 의존적이거나 자신감이 부족한 성격, 우울증을 겪는 사람들에게서 자주 나타난다.

▋ 고립감

누구도 자신에게 구원이 될 수 없으며 도움을 줄 수 없다는 믿음이 고립감을 불러일으킨다. 실제 사회적·정서적 고립 상태에 빠져 있어서 사람들과 접촉하기 어려운 경우도 있지만, 사교력의 부족으로 다른 사람에게 방해가 되거나 우스꽝스러워지는 게 두려워 도움을 요청하지 못하는 경우도 있다. 만성적인 고독에 시달리는 사람들은 자연스럽게 고립감과 무소속감, 자신이 버림받았다는 느낌에 사로잡힌다. 회피적 성향의 사람들은 자신이 거절당할 것이며 부정적인 평가를 받을 것이라고 믿고 사회적 관계를 피한다. 주변에서 도움을 받을 수 있는 가능성이 있고, 그 도움이 얼마나 중요한지를 깨닫지 못하고 스스로 고립감을 자초한다. 이런 태도는 자기 속으로 도피하고 사회적 관계를 단절하는 방향으로 상황을 이끌며, 스트레스적 상황에 대한 불안감을 강화시킨다.

지식을 어떻게 실천할 것인가

고독은 그 자체로 나쁜 것이 아니며 영원히 계속되지도 않는다. 고독에 대한 생각 역시 변화한다. 고독감은 모든 사람이 공유하는 감정이다. 우리는 삶이 우리에게 강요하는 수많은 이별을 통해 고독감을 경험한다. 자신의 자율성과 정체성을 구축하려면 필연적으로 고독을 대면해야 한다. 문제는 고독 그 자체가 아니라, 고독한 상황을 견디기 힘들어 하거나 지나치게 예민하게 받아들이는 태도에서 오는 것이다.

앞에서 언급했듯이 현재의 고독 상태는 유아기 때의 기억을 다시 불러일으킨다. 고독했던 어린 시절, 다정하지 않았거나 냉담했던, 혹은 곁에 있어 주지 않았던 주변 사람들에 대한 기억이 다시 떠올라 마음을 무겁게 한다. 그러나 잊지 말자. 그런 기억은 정도의 차이는 있어도 누구에게나 있다는 사실을.

지금까지 살펴본 내용은 고독을 잘 다스릴 수 있는 방법을 찾는데 매우 중요하다. 이 내용을 이해하는 것만으로 고독을 다른 시각으로 바라볼 수 있는 가능성이 열린다. 다른 시각은 변화에 필요한 구체적인 계획을 수립할 수 있는 출발점이 된다. 이 책의 3부에서는 그런 시도를 해 볼 것이다.

고독을 다스리는 기본적인 방법은 다음과 같다.

- 부정적인 감정을 불러일으키는 상황을 정확하게 정의함으로써 지나치게 스트레스를 주는 상황을 피하거나 미리 예측할 수 있다.
- 사교력을 길러 사회적 교류를 늘리고, 힘든 상황에 직면했을 때 도움을 요청하며, 자기 만의 고립 상태에서 벗어난다.
- 소극적이고 수동적인 태도, 무기력감을 벗어 버리고 계획과 행동을 실천에 옮긴다.
- 자신이 어떤 감정 상태에 있는지를 정확하게 파악하여 자신을 더 잘 이해하고 고독에 대한 두려움에서 벗어난다. 자신과의 조화를 모색하며 살아간다.
- 자신감을 키우고 자신을 있는 그대로 받아들이고 사랑한다. 자신에 대한 신념, 자신에게는 능력과 집념이 있다는 생각을 발전시킨다.

3부에서는 사교력을 키우고 자신의 감정을 더 잘 이해하는 방향으로 고독이 주는 고통에서 벗어나는 방법을 구체적으로 살펴볼 것이다. 물론 이 책에서 제공하는 내용이 충분하지 않을 수도 있다. 심리적 고통에서 벗어나려면 좀 더 따뜻하고 주의 깊은 보살핌을 받아야 하는 사람들도 있다. 그런 경우, 전문가에게 도움을 요청할 것을 권한다. 앞에서도 언급했듯이, 만성적인 고독에 시달리는 사람들이 보이는 공통된 특징은 매우 유용할 수도 있는 도움을 요청하지 못하는 것이다. 남에게 도움을 요청할 줄 아는 태도가 무엇보다 중요하다.

제3부

나를 발견하고 나 자신으로
살아가는 즐거움

고독에 대한 두려움을 극복하고 싶다면, 고독의 순간을 스스로 선
택하여 고독을 다스리는 법을 배워야 한다.

08
문제 상황 파악하기

고독에 시달리는 사람들은 고독한 상황에 직면하면 강한 불안감에 휩싸여 곧바로 부정적인 생각을 하는 경향이 있다. 이들에게 고독은 곧 버림 받은 기분, 지루함, 공허함, 자신이 불필요한 존재라는 생각, 절망감 등을 뜻한다. 이런 기분이 든다면 고독을 제대로 견디지 못하는 것이다. 고독이 일으키는 불안 속에서 과거의 고통스러운 기억이 되살아나서 두려움이 더욱 강화되기도 한다.

더 이상 고독을 피할 수 없을 때는 현실을 받아들이고 일상을 다른 방식으로 조직해야 한다. 그렇게 하지 않으면 불안과 불만족, 의심 같은 감정들이 우리의 판단 능력과 현실 감각을 흐리게 만든다. 따라서 혼자 할 일 없는 상태로 고독감에 시달리지 않도록 일상을 관리하는 법을 배워야 한다. 무엇보다, 혼자 있는 시간을 너무 길게 갖지 않도록 하고 감당할 수 없을 정도의 고통을 일으키는 상황을 피해야 한다. 각 상황의 특징이나 지속 기간은 사람에 따라 다르게 나타날 수 있다.

|어떤 상황에서 혼자라고 느끼는가|

최근에 고독감으로 고통 받은 순간이 있다면 그 상황을 표로 정리해 보자. 자신의 문제점을 정확하게 파악하고, 내가 어떤 상황에 고통을 받는지 더 잘 이해할 수 있다. 이런 문제 상황들이 얼마나 자주 발생하는지 정확히 파악하면 자신에 대한 좀 더 객관적인 시각을 확보할 수 있다.

고독한 순간이 드물게 찾아온다고 해도 그것이 감정적으로 매우 힘겹게 경험될 경우, 사람들은 그 순간에 중요한 의미를 부여하고 실제와는 다르게 그것이 만성적인 현상인 양 받아들이게 된다. 이럴 때 다음 페이지의 내용처럼 표를 만들어 보면 나의 상황을 좀 더 정확하고 객관적으로 바라볼 수 있다.

다음으로는 각각의 상황에 자신이 느끼는 불편함을 양적으로 표시해 보자. 각 상황에서 생겨나는 감정 상태와 불만은 상황의 성격과 그것을 어떻게 받아들이는지에 따라 차츰 변하게 된다. 예를 들

혼자일 때	다른 사람들과 함께 있을 때
직업적인 상황인가? 개인적인 상황인가?	직장 동료? 친구? 가족?
시간적으로 언제인가? 아침? 저녁? 휴가? 공휴일?	그들과 어떤 관계를 맺고 있는가? 그들을 어떻게 생각하는가?
누군가와의 관계 단절에서 비롯됐는가? 사랑하는 사람과의 이별? 중독성 물질을 복용했는가? 자신의 행동에 대한 수치심 때문인가?	누군가와 다투고 난 뒤인가? 누군가에게 비난을 들었는가? 소속감을 느끼지 못하는가? 특별한 행동을 하게 되는가? 중독성 물질을 복용하는가?
미리 예상한 상황인가? 돌발적인 상황인가? 이런 경우가 자주 있는가? 드물게 생기는가?	전에 같은 상황이 발생한 적이 있는가? 같은 사람과의 관계에서 생긴 것인가? 다른 사람과의 관계에서 생긴 것인가? 누구와? 언제? 어디서?
이 상황이 얼마나 오래 지속될 것이라고 생각하는가?	관계 속에서 발생한 일시적인 문제인가? 반복적으로 발생하는가? 돌이킬 수 없는 문제인가?
이 문제들로 인해 정확히 어떤 결과들이 발생하는가? 심각한 결과인가? 돌이킬 수 없는 결과인가?	어떤 결과들이 발생하는가? 자신의 태도에 남들은 어떤 반응을 보이는가?
일반적으로 어떻게 대응하는가? 적절한 대응이라고 생각하는가? 그런 대응 방식이 도움이 되는가? 자신이 어떻게 대응하기를 바라는가?	어떤 방식으로 대응하는가? 적절한 방식이라고 생각하는가? 문제 해결에 도움이 되는가? 자신이 어떻게 대응하기를 바라는가?

어, 얼마나 긴 시간을 혼자서 보내야 하는지도 중요한 요소가 될 수 있다. 처음에는 약간의 불편함이나 불만 정도로 시작된 감정 상태가 시간이 지나면서 강한 불안감이나 고통으로 발전하기도 한다. 그러나 우리는 자주 각 상황의 미묘한 차이를 깨닫지 못하고 똑같은 방식으로 대응한다. 자신의 욕구불만 상태를 양적으로 정확히

파악하면, 지나치게 과민반응을 보이거나 아무것도 하지 않는 식의 극단적인 대응을 피할 수 있다.

좀 더 쉬운 이해를 위해 세 가지 상황을 각각 다른 색깔로 구분해 보자. 녹색은 그 상황을 통제할 수 있는 안전한 상태를 뜻한다. 오렌지색은 상황에 적응하고 상황을 극복하려는 노력이 필요한 상태로, 감정을 통제할 수는 있지만 새로운 전략이나 적응 방식이 필요하다. 이런 대책을 세우지 못하면 녹색 상황에서 금세 적색 상황으로 넘어갈 가능성이 크다. 선택의 여지가 거의 없다고 생각하고는 상황에 몸을 맡겨 버리는 것이다. 상황이 오렌지색에서 끝나는 경우가 거의 없는 이유가 바로 이 때문이다. 적색 상황은 위험 상황으로, 감당하기에 버거운 상황이다. 불안감에 압도되어 상황을 해결할 엄두조차 내지 못한다. 이처럼 감정을 통제하지 못하는 상황이 되면 남에게 도움을 요청하는 수밖에 없다.

자신이 작성한 표로 되돌아가 각 상황의 심각한 정도를 녹색, 오렌지색, 적색으로 표시해 보자.

여기서 적색 상황은 나뿐만이 아니라 모든 사람에게 똑같이 위험하다는 사실을 인식하는 것이 중요하다. 고독에 익숙한 사람이든 고독감으로 고통 받는 사람이든지 간에 이 상황을 견디는 것은 똑같이 힘들다. 다만 전자의 경우, 적색 상황은 예외적 상황에 속한다. 왜냐하면 그런 상황을 피하는 나름의 전략이 있기 때문이다. 이 전략에는 예방 전략도 포함된다. 여유있게 상황을 잘 관찰하면 적색 상황

▶다음 중 어떤 때 특히 고독한가?

―저녁

―주말

―휴가

―공휴일

―연말연시

―생일

―각종 기념일 : 기일忌日, 사랑하는 사람과 이별한 날 등……

에 미리 대비할 수 있다. 고독을 견디기 힘들어 하는 사람이 고독을 잘 다스리는 사람보다 적색 상황을 더 자주 겪는 것은, 일상을 계획적으로 조직하고 적절한 방식으로 시간을 보내는 법을 모르기 때문이다. 예기치 못한 고독 상태에 직면해 지루함을 느끼거나 고민에 빠지게 되는 것이다.

혼자일 때 무엇을 하는가

앞에서 살펴보았듯이, 아무것도 하지 않은 채 자신의 불행을 곱씹으며 상황이 저절로 해결되기만을 기다리는 태도는 고독감을 더욱 견디기 힘들게 만든다. 이처럼 수동적인 태도는 주변 환경에 의존하게 만들어 오직 환경의 변화만이 이 상태를 개선시켜 줄 거라는 희망을 품게 만든다. 그러나 이런 식의 기다림은 불안과 초조함만을 일으킬 뿐이다.

고독에 시달리는 순간에 우리에게 필요한 일은, 고독을 위로해 줄 누군가를 애타게 찾는 것이 아니라 아무것도 하지 않고 상황을 방관만 하는 태도에서 벗어나는 것이다. 그렇다고 항상 바쁘게 무슨 일이든지 해야 한다는 뜻은 아니다. 단지 아무 생각도 하지 않으려고 무작정 무언가를 할 수는 없다. 과도하게 활동적인 사람이 되라는 것이 아니라, 계획적으로 일상을 조직하고 힘든 상황에 직면하거나 지나치게 감정적이 될 때 할 만한 활동을 미리 준비해 두어야 한다는 말이다.

▶**혼자가 되었을 때 나는?**

—자리에 눕는다. 잔다. 아무 생각도 하지 않거나 상상이 이끄는 대로 이것저것 떠올린다.

—먹는다. 술을 마신다. 간식을 먹는다.

—TV를 켠다. 인터넷 서핑을 한다. 비디오 게임을 한다.

—별 이유 없이 집 안을 서성거린다.

—과거에 대해, 혹은 현재 겪고 있는 문제들에 대해, 지금 혼자라는 사실에 대해 생각한다.

—**충동적으로 돈을 쓴다.**

—누군가가 전화해 주기를 기다리거나, 뭔가 동기를 부여해 줄 일이 생기길 기대한다.

피해야 할 행동

다시 표로 돌아가 이번엔 혼자 있을 때 주로 뭘 하는지를 적어 보자. 그 각각의 행동의 성격이나 강도가 고독감의 상태에 따라 어떻게 변화하는지를 관찰해 보라. 일반적으로 당황할수록 또는 상황에 대처하는 방식이 덜 적극적이고 계획적일수록 준비나 생각이 필요하지 않은 행동들이 나오게 된다. 고독감의 강도가 커질수록 더 자동적인 반응이 나오는 것이다.

이런 반응들은 대부분 반복적이고 반사적인 행동들로서 별다른 가치를 만들어 내지 않는다. 단지 시간을 때우는 게 목적일 뿐이다. 따라서 즉흥적인 활동이나 창조, 상상을 즐길 수 있는 가능성은 그만큼 줄어들게 된다. 미리 무언가를 하기로 계획했거나 머릿속으로 진행 중인 계획 같은 것이 있다면 이런 식으로 시간을 보낼 일은 없을 것이다. 작성한 표를 찬찬히 살펴보면, 미리 시간을 들여 계획을 짜 놓았더라면 피할 수 있었을 상황이 상당히 많다는 것을 알게 될 것이다. 더욱이 반복적으로 일어나는 상황들은 충분히 예견할 수 있다.

행동이 반복적일수록 그것이 발생하는 방식이 자동적이 된다는 사실을 알아야 한다. 일정한 상황에서 같은 행동이 반복되면, 비슷한 상황이 생길 때마다 반사적으로 같은 행동을 한다는 뜻이다. 이처럼 반복적 행동을 하게 되는 방식은 흡연자나 거식증 환자, 도박 중독자들이 갖는 '습관'을 일부 설명해 준다. 이들은 비슷한 상황이 생길 때마다 같은 문제 행동을 반복하게 된다. 카지노의 내부가 대부분 비슷하게 배치되어 있어 고객들이 무의식적으로 같은 방식의 행동을 하게 되는 것과 같은 이치다. 고독에 시달리는 사람들도 이와 비슷한 방식으로 상황에 반응한다. 집에 혼자 있을 때 별 생각 없이 반사적으로 냉장고 속 음식을 모두 뒤져서 먹어 버린 뒤 잠이 드는 습관이 있다면 이와 같은 경우에 해당된다고 할 수 있다. 이런 반사적인 행동이나 습관을 고치는 데는 많은 노력이 필요하다.

바로 그렇기 때문에 어떤 상황이 닥친 뒤에 행동을 바꾸려고 하기보다는 일상을 다른 방식으로 조직하여 '적색' 상황에 이르지 않도록 하는 것이 중요하다. '빈' 시간들을 채우기 위해 새로운 활동을 고안하는 것보다는 평소의 습관을 조금 바꿔 보려고 노력하는 것이 좋다. 예를 들어, 토요일 저녁을 혼자 보내는 것이 힘들다면 친구들을 만나는 시간을 토요일 오후에서 저녁으로 바꾼다든지, 일요일 아침에 DVD를 보던 습관을 토요일 저녁으로 바꾸면 된다.

다시 자신의 '문제 상황' 표로 돌아가 '적색' 상황을 미리 피할 수 있도록 일상의 스케줄을 조정해 보자.

| 몇 가지 유용한 방법 |

미리 친구들에게 연락하라

토요일 낮에 친구들에게 전화를 걸어 저녁에 시간이 있는지를 묻는다면 거절당할 확률이 매우 높다. 만약 인간관계가 넓지 않다면 다른 대안이 있는가? 쉬는 날 뭔가 특별한 일이 없을까 하고 기대해 봤자 대부분 실망스럽기 마련이다. 만약 흥미로운 일을 찾지 못했을 경우에 대안은 있는가? 고독을 견디지 못하는 것이 문제일 수도 있지만, 더 중요한 문제는 미리 준비하지 않는 태도에 있다. 충분히 계획하지 않으면 피할 수 있었을 불편한 상황에 반복적으로 맞닥뜨리게 된다.

다른 사람들이 알아서 문제를 해결해 주기를 바라지 말라

모임에 초대되어 갔는데 아는 사람도 별로 없고 낯선 사람들에게 먼저 말을 붙이기가 두려워서 혼자 우두커니 있어야 하는 경우, 모임에 온 것 자체를 후회하게 된다. 이럴 때 당신을 초대한 사람에게 미리 모임의 성격을 물어 보거나, 모임엔 가고 싶지만 수줍음을 많이 타서 그러니 다른 사람들을 좀 소개해 줄 수 있느냐고 부탁했다면 훨씬 나았을 것이다. 미리 준비하지 못했다면 그 자리에서 부탁할 수도 있다. 그러는 편이 그냥 집으로 돌아가 버리거나 누군가가 먼저 다가오기를 기다리는 것보다 낫다.

실현 가능한 구체적인 목표를 설정하고 실천하라

애인이 갑작스럽게 이별을 선언하면 당연히 버림 받았다는 감정에 휩싸이게 된다. 그러나 자신의 처지를 한탄하거나, 떠난 애인이 다시 돌아올지도 모른다고 기대해 봤자 달라지는 것은 아무것도 없다. 이럴 땐 자기 속에 틀어박혀 있지 말고 다른 방식으로 행동해 보자. 과거에 비슷한 일이 없었는지 점검해 보고, 그럴 때 어떻게 했는지 기억해 보는 것도 좋다. 혼자 글을 쓰거나 친한 사람들을 만나 속내를 털어놓는 것도 도움이 된다. 친구들을 집에 초대하거나 헤어진 애인을 직접 만나 솔직한 대화를 나눠 보는 것도 방법이 될 수 있다.

자신이 원하는 방식대로 하라

혼자서 여행을 떠날 생각이라면, 친구들에게 함께 가자고 제안하거나 좀 멀리 떠나 본다면 어떨까? 클럽 여행을 통해 새로운 사람들을 만나는 기회를 갖거나, 먼 곳에 사는 가족을 방문할 수도 있다. 멋진 휴가를 계획하고 즐기는 것은 모두 자신이 하기에 달렸다.

내면의 평화를 위해 자신의 한계를 인정하라

만약 갖은 노력에도 불구하고 고독한 상태를 벗어날 수 없다면, 자신이 모든 걸 통제할 수 없으며 모든 일이 자신에게만 달려 있는 게 아니라는 사실을 그대로 받아들이는 편이 훨씬 낫다. 누구나 한계는 있다. 어떤 부분은 나의 능력으로 해결할 수도 있지만, 능력 밖의 일은 어쩔 수 없다. 욕망을 실현할 줄 아는 것도 필요하지만, 동시에 그것이 불가능할 때 그 사실을 받아들이는 자세도 필요하다. 능력 이상으로 목표를 높게 잡았을 수도 있는 것이다. 물론, 아무 노력도 해 보지 않고 포기한다면 당연히 자신에 대한 실망감에 사로잡히게 될 것이다.

지금까지 자신의 문제 상황을 표로 작성하고, '적색' 상황에 대

> **▶자신의 문제를 살펴보기에 앞서**
>
> 1. 문제 상황을 목록으로 정리하고 정의한다.
> 2. 감정 상태의 강도를 표시한다.(녹색, 오렌지색, 적색)
> 3. 혼자 있을 때 어떤 일을 하는지 기록해 본다.
> 4. '적색' 상황에 직면했을 때 할 수 있을 만한 활동을 생각해 본다.

비해 평소 하던 활동들의 순서를 바꾸는 등의 방법을 살펴보았다. 이제부터는 아무것도 하지 않는 시간을 줄이고 자유 시간을 좀 더 효과적으로 활용하여 일상을 조직하는 방법을 살펴보자.

09
자기관리

고독은 때로 고통과 두려움을 안겨 준다. 고독에 직면하여 인생이 무의미하다고 느끼거나, 상황을 해결할 수단도 없고 상황이 더 나아질 것이라는 희망도 없이 고통을 감내해야 하는 경우도 있다. 아니면 혼자 있는 시간에 자신을 가꾼다든지 자신의 진정한 욕구에 귀를 기울이지 않고, 고민에 사로잡히거나 혼자라는 생각에 시달리는 경우도 많다. 이렇게 혼자라는 생각에 시달리지 않으려면 대응 방식을 바꾸어야 한다. 앞에서 말했듯이, 고독감은 누구에게나 근본적으로 달갑지 않은 감정이다. 우리가 다양한 방식으로 거기에서 벗어나려고 하는 이유도 그 때문이다. 그러나 가장 나쁜 태도는 아무것도 하지 않으면서 상황이 저절로 나아지기만을 기다리는 것이다.

좀 더 계획적으로, 활동 위주의 생활을 꾸리는 것만으로 상당수의 문제들을 해결할 수 있다. 앞에서 살펴보았듯이 아무것도 하지 않는 시간을 줄이려면 시간을 조직하고 관리하는 법을 배워야 한다. 만약 직장에 다닌다면 자유 시간은 퇴근 후 저녁 시간, 주말, 휴가 등으로 제한될 것이다. 반대로, 직업이 없는 상태라면 매일 매일이 비슷하게 느껴지고, 극단적인 경우 일주일 내내 아무 할 일이 없을 수도 있다. 그렇다면 더더욱 계획적으로 일상을 조직하여 자신을 둘러싼 사회적·정서적 환경에 적응할 수 있는 삶의 리듬을 유지해야 한다. 그러지 않으면 매우 급속히 사회적으로 주변화될 위험이 있으며, 낮 시간을 침대 속에서 보내다가 낮밤이 뒤바뀔 수도 있다. 활동을 계획할 때는 자신에게 만족감과 충족감을 가져다주고, 그에 대한 진정한 욕구가 있는 활동을 찾아서 하는 것이 좋다. 단순히 고독감에서 벗어나고자 시간을 때우는 것이 아니라, 자기를 실현하고 그 속에서 행복감을 느끼는 것이 활동의 목적이 되어야 한다.

| 다이어리를 이용해 계획을 세워라 |

왜 계획을 세워야 하는가?

미리 계획을 세우면 일상의 활동들을 좀 더 잘 조직할 수 있다. 일상을 계획적으로 조직하면 많은 이점을 누릴 수 있다.

할 일을 미리 생각하는 습관을 들이면 자연스럽게 시간을 계획적으로 보낼 수 있게 되고, 그만큼 미래가 덜 불확실하고 예측 가능한 것이 된다. 미래는 더 이상 영원히 계속되는 고정된 무엇이 아니라, 크고 작은 만족감을 주는 순간들이 차례로 이어진 결과임을 인식해야 한다.

계획을 세우면 무언가를 스스로 선택할 수 있는 여유가 생겨나 목표를 달성하는 데 필요한 준비를 하거나, 자발적인 욕구에 맞춰 시간을 조직하여 좀 더 활기차고 의미 있는 일상생활을 할 수 있다. 이런 식으로 매일의 일상이 흥미로워지면, 이렇게 얻게 된 힘으로 계획한 일을 추진할 용기를 얻게 되고 자신감도 키울 수 있다. 내일 할 일이 있으면 오늘 좀 지루한 것은 견딜 수 있다. 앞에서 언급했듯이, 고독의 기간이 미리 정해져 있다는 사실을 알면 그 순간이 덜 고통스럽게 느껴지는 것이다.

그리고 문제가 생겨서 그것을 해결하는 것보다 문제를 미리 예방하는 것이 더 현명하다. '적색' 상황이 일단 일어나고 나면 견디기 힘든 그 상황을 평온한 마음으로 받아들일 수 있는 해결책을 갑자기 찾아내기가 쉽지 않다. 사전에 계획을 세우면 이런 상황에 이르기 전에 미리 피할 수 있는 가능성이 생긴다. 미리 상황에 대비하면 힘든 상황이 닥쳤을 때 당황하지 않고 해결책을 찾을 수 있다. 상황을 더 힘들게 만드는 평소의 행동 습관 말고, 일종의 대안이 되는 '플랜 B'를 실행할 수도 있다.

그러려면 먼저, 여유 시간은 오롯이 자기 자신을 위한 것이라고 생각해야 한다. 그리고 그 시간을 어떻게 보낼지를 생각해 보라. 그런 시간을 어떻게 사용해야 할지 몰라 불안감이 들 수도 있다. 그러나 조금씩 배워 나가다 보면 그런 시간을 이용해 즐거움과 자기만족을 찾을 수 있다. 자신감을 갖자.

▶고독감이 밀려드는 순간에 할 일을 생각해 보라. 글을 읽는다든지 인터넷으로 정보를 검색한다든지 이 책을 끝까지 읽는다든지, 아니면 운동을 할 수도 있다.

다이어리를 자주 점검하라. 계획해야 할 일이라든가 필요한 시간, 앞으로 해야 할 일과 남은 시간 등을 쉽게 파악할 수 있다. 앞으로 다가올 날들을 분명하게 인식할수록 고독의 순간이 덜 부담스러워진다. 시간이 흐른다는 느낌을 더 분명하게 감지할 수 있기 때문이다.

매일 아침에 몇 분만 시간을 내어 그날 할 일을 검토하라. 그리고 저녁에는 그날 실제로 한 일을 표시한다. 낮 동안에도 틈틈이 다이어리에 기입된 사항들을 참고하라.

진정으로 자기실현을 바란다면 시간대별로 세운 계획대로 할 일을 하고, 남은 여가 시간을 자신을 위해 알차게 보내는 것이 가장 좋은 방법이다.

| 의무적인 일에서 벗어나라 |

의무적인 일이란 무엇인가? ─────────

여기서 의무적인 일이란, 집안일이라든가 미루어 두었던 일들, 행정 서류 정리 등 반드시 해야 하지만 재미는 없는 일들을 말한다. 그래서 이런 일들을 자주 뒤로 미룬다. 이런 일들을 처리하는 데에는 노력이 필요하고, 그 대가로 즐거움을 얻을 수 있는 것도 아니다. 그러나 귀찮아서 뒤로 미루면 문제가 생긴다. 고지서들을 정리하고, 관공서 일들을 처리하고, 장을 보고, 가족의 대소사를 치르는 등 우리는 매일 매일 해야 할 일들에 치여 산다. 다이어리에 이런 자질구레한 일상을 조금만 정리해 두어도 그 일들이 훨씬 간단하게 느껴질 것이다.

개인적 약속, 매일 처리해야 할 일들, 빵을 사고 보험금 환급 신청서를 부치고 배관공에게 전화를 하는 등의 작지만 잊으면 안 되는 일들을 다이어리에 모두 기록하자.

일단 기록하고 나면, 혹시 잊은 것은 없나, 예정보다 늦어진 일은 없나, 하는 걱정에서 벗어날 수 있다.

일상을 미리 계획하는 습관을 들이면 복잡하게 생각하지 않고도 많은 일을 바로 처리할 수 있게 되어 더 즐겁고 유익한 일들을 생각할 마음의 여유가 생긴다. 이처럼 일상적으로 해야 할 일들을 그때그때 처리하면, 스트레스도 적게 받고 남은 시간을 즐거움과 자기를 실현하는 활동에 할애할 수 있다.

다음에 나오는 목록을 참고하여 할 일들을 기록해 보자.

▶귀찮아도 해야 할 일들

―새로운 주소로 신분증 갱신하기, 여권 만들기.
―백신 접종, 건강 검진, 의료보험증 관리, 보험금 환급 신청.
―집세, 관리비, 세금, 각종 요금, 벌금 납부하기. 인터넷 홈페이지에 등록하
여 자동이체 신청. 각종 증명서를 바뀐 주소로 갱신하기.
―각종 서류 확인, 정리, 분류. 집세 영수증, 전기요금 영수증, 월급 명세서,
주민세·토지세 등 세금 납부서, 은행 서류, 관리비 영수증, 전자제품 보증
서와 사용설명서, 휴대폰 계약서, 인터넷 비밀번호 등 많은 서류를 찾기 쉬
운 곳에 정리하기. 친구에게 부탁해도 금세 찾아서 갖다 줄 수 있을 만큼
눈에 잘 띄게 정리한다. 어떻게 정리해야 할지 잘 모르겠다면 주변 사람들
에게 방법을 물어 보라. 철을 하거나 정리 파일에 넣거나 정리 상자를 이용
하는 등 여러 방법 가운데서 가장 마음에 드는 걸 고르면 된다.
―자동차 점검. 오일 점검, 타이어 압력과 상태 점검, 브레이크 점검, 세정액
보충, 차 내부와 외부 세차, 자동차보험 갱신, 전조등 점검, 지하철 정기권
과 기차 할인권 갱신.
―여름·겨울 옷 정리. 크기, 사용 빈도, 종류에 따라 분류한다. 지금 입는 옷
들만 남기고 모두 정리한다. 최근 일 년 동안 한 번도 입지 않은 옷은 안 입
는 옷이라고 보면 된다. 정말 마음에 드는 옷이 아니라면 가지고 있을 필요
가 없다.
―아이들 방 정리. 장난감 정리.
―장학금, 급식 등 아이들 학교 서류, 과외 활동 등록, 학용품 정리, 과외 활
동용 복장 점검.
―스포츠 활동, 극장 회원 등록, 오페라 관람, 잡지 구독.
―일상적인 집안일 : 장보기, 세제 구입, 다림질, 세탁소에 옷 맡기고 찾아오
기, 구두 닦기, 집 청소, 마루나 오래된 가구 니스 칠하기, 커튼 빨기, 화초
물 주기, 각종 쿠폰 관리하기, 전구 갈아 끼우기, 새는 수도꼭지 고치기, 막
힌 싱크대 뚫기 등.
―사람 초대하기, 생일 축하, 파티, 선물 사기, 카드 보내기, 이메일 답장하기,
사람들 안부 묻기, 빌린 물건 돌려주기 등.

해야 할 일들을 기록하는 습관을 들이자. 처음에는 귀찮고 시간 낭비처럼 느껴질 것이다. 그러나 기록하는 시간 역시 자신을 위한 시간임을 잊지 말라. 다이어리에 기록하는 시간 자체가 자신을 위한 시간이다. 자신을 위해 그만한 시간을 들인다는 것은 일종의 호사이다. 즐거움을 얻고 자신을 보살피는 일에도 배움이 필요하다.

고독에 시달리는 사람들은 자유 시간을 어떻게 사용해야 할지 잘 모른다. 그 시간을 뭔가 특별한 일을 하며 보내고 싶어 하기 때문이다. 그러나 마음이 평화로운 사람들은 간단한 활동으로도 충분히 만족감을 느끼기 때문에 특별한 일을 해야 한다는 압박을 받지 않는다.

다이어리에 어쩔 수 없이 해야 하는 의무 사항만 기록할 필요는 없다. 뒤에서 다시 살펴보겠지만, 의무 사항이 아닌 즐겁고 유익한 일, 자신이 원하고 꿈꾸고 바라는 일도 틈 나는 대로 기록해 두면 좋다.

| 오늘 할 일을 내일로 미루지 말라 |

"다 끝내지 못한 일들이 쌓여 있는 것만큼 사람을 피곤하게 만드는 건 없다." —윌리엄 제임스

정해진 시간 안에 할 일을 끝내지 못하거나, 개인적인 일들이 꼬여 버리거나, 그도 아니면 아무것도 하지 못하게 되는 가장 큰 이유는 오늘 할 일을 내일로 미루는 습관 때문이다. 심리학에서는 이것

을 '지연행동procrastination'이라고 부른다. 오늘 할 일을 내일로 미루는 습관은 누구나 가질 수 있는 일반적인 성향이다. 그러나 고독에 시달리는 사람이 이런 습관을 가지고 있으면, 무력감과 죄책감 등 더 큰 고통을 느낄 수 있다. 또한 이 습관은 행동치료요법이 실패하는 원인이 되기도 한다. 행동치료요법에서는 규칙적인 행동을 반복하는 것이 중요한데, 할 일을 자꾸 뒤로 미루다 보니 치료가 안 되는 것이다. 다이어리에 기록하는 습관을 들이겠다고 생각해 놓고선 다이어리를 사러 가는 일조차 차일피일 미루는 식이다.

그렇다면 우리의 삶을 방해하는 이런 습관에서 어떻게 벗어날 수 있을까?

▶**지연행동의 주요 원인들**

─우울증적 행동

─완벽주의

─환경을 통제하려는 경향

─주위 산만, 하나의 대상에 집중하지 못하는 성향

─자신감 부족

─성공에 대한 불확실성

─강한 자극만을 찾는 경향

구체적인 목표를 세워라

'모든 길은 로마로 통한다'는 속담이 있다. 그러나 꼭 그런 것만은 아니다. 어디로 가야 할지 모르면, 길은 우리를 아무 곳으로도 데려가 주지 않는다. 나의 일상을 방해하는 요소가 무엇인지, 내가 바라는 것이 무엇인지 어렴풋하게만 알고 있기 때문에 아무것도 변화시키지 못한다. 어디서부터 시작해야 할지, 어느 방향으로 가야 할지 모르는 것이다.

앞에서 살펴봤듯이, 어떤 사람은 혼자 집에 틀어박힌 채 자신이 고독한 이유를 생각하거나 과거에 한 일을 후회하면서 시간을 보낸다. 또 어떤 사람은 이런 지경에까지 이르지 않으려면 과거에 어떻게 해야 했을지만을 생각하거나 대책 없이 더 나은 미래를 꿈꾸기도 한다. 꿈만 꾸는 행위는 생각을 잠시 딴 데로 돌리게 해 줄 뿐, 실천이 뒤따르지 않으면 아무것도 해결해 주지 않는다. '행복해지고 싶다' '성숙한 삶을 살고 싶다' '행복감을 느껴보고 싶다' '고통이 멈추었으면 좋겠다' '사랑에 빠지고 싶다' '삶을 바꾸고 싶다'는 식의 바람은 너무 막연하고 애매해서 구체적으로 실현하기가 힘들다. 행동에 나서기 전에 우선 목표를 분명하게 설정해야 한다. 구체적인 목표 목록을 작성해 보자. 다음의 예를 참고하라.

■ 나를 위한 시간 갖기:수영장 회원 등록, 그만두었던 기타 레슨 다시 받기.

■사회적 관계 확장하기 : 사람들과 자주 접촉하기(이웃과 대화하기, 옛
날 친구에게 연락하기, 모든 초대에 응하기), 기존 관계 관리하기(매일 친구
목록에서 한 명씩 골라 전화하기).

■남들과의 관계에서 좀 더 당당해지기(다른 사람에게 빌려 준 DVD 돌려
받기, 재봉이 잘못된 셔츠를 상점에 가서 새 것으로 교환하기, 동료들 일정만 고려하
지 말고 내 일정에 맞춰 휴가 기간 잡기).

수단을 마련하라

목록이 완성되면 목표를 달성하는 시간을 넉넉히 잡아야 한다.
습관을 바꾸려면 조바심을 내지 말고 자신의 리듬에 맞춰 차근차근
해 나가는 것이 중요하다. 모든 걸 한꺼번에 하려고 해서는 안 된
다. 짧은 기간에 모든 걸 이루겠다는 욕심을 버리고 현실적인 실현
계획을 세워라. 계획을 실현하는 데 지장을 줄 만한 것들이 있는지,
어떻게 그런 장애들을 피해 갈 수 있을지 생각해 보라. 필요하다면
주변 사람이나 전문가에게 도움을 요청하라. 이 책이 제시하는 방
법을 응용해 보는 것도 좋다.

실현 가능한 계획을 세우라

고독한 사람들은 자주 상상에 마음을 빼앗기거나 엄청난 일을 실
현하겠다는 꿈을 꾼다. 그러나 처음에는 간단한 일부터 시작해서
점차 복잡한 일로 진행해 나가야 한다. 도시는 하루 아침에 세워지

지 않는다. 하찮은 일이란 없다. 무언가를 완수함으로써 얻는 만족감이 무엇보다 중요하다.

10분만 시도해 보라

자신에게 이렇게 말해 보라. "일단 10분만 해보자. 마음에 안 들면 안 하면 그만이다." 그만두게 되더라도 일단 시도했다는 데서 만족감을 느끼고 편한 마음으로 원래 하던 일로 돌아갈 수 있다. 적극적인 성향을 가진 사람은 어떤 일을 그만두더라도 쉽게 다른 일을 찾을 수 있다. 주의력을 요하고 여러 가지 부속 활동이 필요한 작업, 예컨대 정리정돈, 잃어버린 번호 찾기, 외출해서 물건 구입하기 등이 시작하기에 적당한 일들이다. 간단한 일부터 시작하면 다음 단계로 진행하기가 쉽다.

한 번에 한 가지 일만 하라

한 번에 한 가지 일만 하고 일하는 동안 집중하라. 주위가 산만하면 일이 잘 진행되지 않는다. 더욱이 여러 가지 일들을 동시에 펼쳐 놓으면 어느 것을 해야 할지, 무슨 일부터 먼저 시작해야 할지 몰라 우왕좌왕할 수 있다. 그러면 그 일을 하는 데 평소보다 시간이 더 많이 걸릴 수도 있고 다른 일을 하느라 정말로 하고 싶은 일을 하지 못할 수도 있다. 그럴 경우, 미리 일의 우선순위를 정해 놓고 차근차근 순서대로 일을 쉽게 진행할 수 있을 것이다.

하기 싫은 일부터 하라

역설적이게도, 지연행동을 고치는 가장 효과적인 방법은 제일 귀찮고, 재미없고, 하찮은 일부터 먼저 하는 것이다. 하고 싶지 않은 일을 끝내고 나면 귀찮은 일에서 벗어났다는 안도감에 마음이 편해진다. 귀찮은 일을 할 때 음악을 듣거나 라디오나 TV를 켜 두는 것도 좋은 방법이다. 혹은 친한 사람과 대화를 나누면서 일을 하거나 그들에게 일을 도와달라고 부탁할 수도 있다. 일을 마무리한 뒤 함께 일을 마친 것을 조촐하게 축하해 보라. 자신에게 관대해지고 작은 보상을 베풀 수 있는 좋은 방법이다.

▶**자신에게 보상을 베푸는 법**

- 영화나 연극을 보러 간다.
- 향수나 화장품을 산다.
- 외식을 한다.
- 자신이 제일 좋아하는 일을 한다.
- 책을 산다.
- 음악을 듣는다.
- 마사지를 받으러 간다.
- 목욕을 한다.
- 좋아하는 사람을 만나러 간다.
- 반나절 정도 휴식을 취한다.

중요한 정보들을 분류하여 수첩에 기록하라

왜 수첩인가?

다이어리는 매일 매일의 일정을 정리하는 데 유용하고, 수첩은 자기 생각을 기록하는 데 맞춤이다. 우리는 매일 엄청난 양의 정보를 얻고 수많은 생각을 하지만 그것들을 모두 기억하는 것은 불가능하다. 수첩이 그 역할을 대신 해 줄 수 있다. 흥미로운 정보를 얻으면 곧바로 수첩에 기록하라. 크로아티아에 있는 괜찮은 술집을 알게 되었다면 그 주소를 적어 놓아라. 누군가가 괜찮은 영화를 추천해 줬다면 그 제목을 적어 둔다. 길을 걷다가 우연히 괜찮아 보이는 레스토랑을 발견했다면 명함을 달라고 해서 주소를 기입해 놓아라.

이처럼 잊기 쉬운 정보를 기록하는 것 외에도 평소에 하고 싶었지만 하지 못했던 일들을 적어 보는 것도 좋다. 머릿속에 어떤 생각이 떠오르면 수첩에 적어라. 조금만 구체적인 관심을 가지면, 매우 쉽고 간단하게 할 수 있는데도 뒤로 미루거나 잊어버려서 하지 못했던 일들을 할 수 있다. 이런 작은 일도 때로 큰 즐거움을 준다. 스포츠 클럽에 등록한다거나 규칙적으로 영화관에 가고 잡지나 책을 읽는 것, 새로운 식당을 발견하고 뜨개질을 하거나 집을 꾸미는 일, 저녁 식사에 친구들을 초대하고 연날리기를 하는 것까지 할 수 있는 일이 무수히 많다.

관심 사항을 우선순위별로 정리하라

"글쎄, 생각을 좀 해 봐야 할 것 같은데." "그럴 수 있다면 참 좋을 것 같아." "그러고는 싶지만……." "정말 하고 싶은데……." "시간만 있었더라면……." "한 번 해보고는 싶은데……."

이런 생각이 머릿속에 떠오르면 바로 수첩에 기록해 두라. 그러고 나서 어떤 부분이 관심과 의욕을 불러일으키는지, 실현 가능한 일인지, 어떻게 실현할 수 있을지 검토해 보라. 생각하는 데 필요한 시간과 실행하는 데 필요한 시간을 안배하라. 주변 사람들에게 조언을 구하는 걸 주저하지 말라.

당신이 해 보고 싶은 일이 사회적·정서적 관계와 관련된 것일 수도 있고 주택 문제나 건강 문제, 휴가 등과 관련된 것일 수도 있다. 어떤 주제라도 상관없다. 오랫동안 연락하지 않았던 사람과 다시 연락을 하는 일일 수도 있고, 집을 정리하거나 다시 칠하는 일,

---

▶생각을 상세히 기록하고 검토하는 데서 오는 이점

―좋은 계획을 놓치지 않고 실행에 옮길 수 있다.

―자기 자신을 더 잘 알게 된다.

―혼자 있을 때 창의력을 발휘할 수 있다.

―자신의 욕구를 파악할 수 있다.

―일상에 방해가 되는 생각들이 자동적으로 떠오르는 걸 막을 수 있다.

그릇과 접시를 바꾸거나 미용실에 가는 일일 수도 있다.

생각들이 떠올랐을 때 곧바로 수첩에 적는 게 무엇보다 중요하다. 가장 의욕이 넘치고 자발적인 순간이기 때문이다. 시간이 흐르고 나면 그런 기분이 약해지기 마련이다. 혹은 그런 생각이 떠오른 맥락에서 벗어나고 나면 나중에 생각해 보기로 해 놓고서는 완전히 잊어버리기 십상이다. 혼자 있을 때 이전에 메모해 둔 긍정적인 생각들을 살펴보는 것도 유쾌한 일일 것이다. 고독한 기분이나 생각에 빠진 뒤에 허둥지둥 할 일을 찾는 것보다 훨씬 낫다.

기록하는 습관은 자신의 사소한 생각, 고통스러운 기억, 걱정 등을 찬찬히 검토할 수 있게 해 준다. 검토가 끝나면 행동에 나설 수도 있다. 감정이나 고통의 정도에 따라, 혼자 실행하거나 혹은 가까운 사람이나 전문가 등과 함께 할 수도 있다. 이에 대해서는 뒤에서 더 자세히 살펴볼 것이다.

| 여가 시간을 계획적으로 보내라 |

하루 중 중요한 시간을 아무것도 하지 않고 보내지 말라. 그렇게 시간을 보내고 나면 계획을 세우고 무언가를 했다면 피할 수 있었을 불필요한 거북함을 느끼게 될 것이다. 여가 시간을 미리 계획해서 정말 하고 싶었던 일을 하는 게 중요하다.

마음에 드는 활동을 찾으려면 우선 자신의 경험에서 할 일을 찾는 것이 좋다. 어렸을 때부터 꿈꿔 온 일이지만 아직 해 보지 못한 것, 하다가 어쩔 수 없이 중도에 그만두어야 했던 것(춤, 음악, 미술, 공예 등)이 있는지 생각해 보라. 주변 사람들에게 조언을 구하거나 문화 센터 같은 곳을 알아보는 것도 좋은 방법이다. 또한 같은 지역에 거주하는 사람들끼리 일상의 활동을 공유할 수 있게 도와주는 인터넷 사이트도 있다.

이제 실행에 옮기는 일만 남았다. 다이어리에 할 일을 적어 보자. 가능한 한 다른 사람들과 함께 할 수 있는 일이 좋다. 너무 욕심 내지 말고 서로 다른 영역의 서너 가지 활동을 택하라. 지적 활동(중국 어 배우기) 하나, 신체 활동(조깅) 하나, 사회 활동(친구들 초대하기) 하나 식으로 선택하면 된다.

지금까지 얘기한 것을 다시 정리해 보면, 우선 고독해지는 순간이 언제인지를 파악한 뒤, 평소 습관을 조정하여 혼자 있는 시간과 아무것도 하지 않는 시간을 줄여라. 다음으로는 오늘 해야 할 의무적인 일들을 모두 오늘 끝내고, 그래서 생긴 여유 시간을 정말로 하고 싶은 일에 투자하라. 마지막으로 불만족스러운 일을 메모하는 습관을 들여 하지 못한 일들을 할 수 있는 방법을 찾아보라.

이제, 오랫동안 마음속에만 담아 두었던 일들, 개인적인 욕구들을 실현할 행동에 나설 차례다. 이런 과정을 통해 자신의 삶을 스스로 관리할 수 있고 자기를 실현할 수 있다는 자신감을 가질 수 있다.

이런 활동은 우리에게 즐거움과 충만감, 내적 만족감을 준다. 삶에서 기쁨을 얻고 행복감을 느끼려면 단지 고민거리나 문제가 없는 것만으로는 부족하다. 문제가 해결되는 데서 오는 행복감도 있지만,

▶취미 목록을 만들어 보자

─예술 활동
그림, 조각, 사진, 영화, 춤, 노래, 악기, 가구 제작, 연극……

─수작업
정원 손질, 요리 혹은 와인 강좌, 공작, 바느질, 수예, 가구 수리, 집 장식, 손으로 하는 묘기……

─지적 활동
학회 참석, 외국어 공부 등 중단한 공부 다시 시작하기, 체스, 테마 카페 탐방(문학, 글쓰기, 철학 등), 일기나 소설 쓰기, 성경책 읽기, 시 읽기, 두 뇌 게임, 낱말 맞추기……

─스포츠 활동
팀 스포츠, 하이킹, 롤러스케이트, 사이클, 등산, 체조, 체육관에 놀러 가 기, 무술, 자동차 트랙 경주, 패러슈팅, 패러글라이딩, 스크루 다이빙……

─여행
크루즈 여행, 사파리 여행, 유럽 주요 도시 여행하기, 테마 여행, 숙소 교 환, 폐쇄된 공장 같은 특별한 장소 방문하기, 댐 · 공항 · 항구 방문, 하룻 밤 호텔에서 지내기……

─자원 활동
자원봉사, 정치활동, 구호단체 회원 가입하기, 종교단체 활동, 교도소 · 병 원 방문하기, 아이 학교 활동을 돕거나 가르치기, 아이들에게 읽는 법 가 르치기, 구호단체 소속으로 외국으로 떠나기……

─사회 활동
예전에 알고 지내던 사람들이나 학교 동창들과 연락하기, 집에 사람들 초 대하기, 소원해진 가족과 만나기, 먼 곳에 사는 지인 방문하기, 인터넷 사 이트를 통해 인간관계 넓히기, 미팅 사이트 이용하여 친구 사귀기, 친구들 을 서로 소개해 주기, 카드 게임 · 체스 · 배드민턴 클럽 등에 가입하 기……

즐겁고 유익한 활동이 제공하는 기쁨도 있다. 인간의 행복은 불행의 부재에서 오는 것이 아니라 기쁨을 느낄 수 있는 능력에서 온다.

| 어쩔 수 없는 상황을 만들지 말라 |

미리 계획을 세워도 예기치 않은 일이 생기거나 약속이 취소되어 갑자기 혼자서 할 일이 없이 지내게 될 수도 있다. 이럴 땐 실망감과 소외감뿐 아니라 할 일이 없는 데서 오는 불안감에 사로잡힐 수 있다. 이런 상황에 대비하여 아무 생각 없이 할 수 있는 일들을 마련해 두면 좋다.

이런 반사적인 '응급' 활동은, 혼자가 되거나 할 일이 없을 때를 대비해 미리 생각해 두어야 한다. 가능한 한 별 노력을 들이지 않고 쉽게 할 수 있는 일이 좋다. 아주 재미있거나 흥미로운 일일 필요는 없다. 자연스럽게 실행에 옮길 수 있는 일이면 된다. 이런 활동들은 혼자가 되었을 때 습관적으로 하게 되는 행동의 대체물로서, 홀로 고독감에 사로잡히지 않도록 돕는다.

이런 활동을 하는 게 무슨 의미가 있는지 묻거나 깊이 생각할 필요는 없다. 집 안에서 할 수도 있고 밖에서 할 수도 있다. 서너 개의 활동만 미리 준비하면 된다. 긴장을 풀어 주는 활동(목욕, 체조, 음악 감상)이나 유용한 일(정리, 편지 쓰기)을 하거나, 수작업(뜨개질, 모형 만들기, 퍼즐)을 할 수도 있고, 사회적 활동(친구나 가족에게 전화하기, 클럽 가기)을 할 수도 있다.

어쩔 수 없는 상황에 당황하지 않도록 자기만의 응급 활동 목록을 작성해 보자.

▶**응급 활동**

　—**긴장 늦추기**：체조, 목욕, 샤워, 이완 운동, 조깅, 음악 감상, DVD 감상, 악기 연주, 노래하기
　—**유용한 활동**：정리, 빨래와 다림질, 구두 닦기, 고지서 정리하기, 편지 쓰기, 장보기, 사고 싶었던 물건 사기
　—**수작업**：공작, 모형 만들기, 퍼즐, 그림, 뜨개질, 수예, 자수, 바느질
　—**지적 활동**：잡지나 신문 읽기, 소설이나 만화 읽기, 일기 쓰기
　—**사회적 활동**：친구나 동료 만나기, 인터넷 채팅, 스포츠 클럽 가기, 쇼핑하기

▶**나의 응급 활동 목록**

예상치 못한 경우가 생기면 여기에 적은 활동을 하라.

1. ....

2. ....

3. ....

4. ....

일상을 새롭게 조직하고 할 일들을 미리 정해 놓는 등 여러 가지 노력을 기울였는데도 고독한 상황에서 극심한 불안감에 사로잡힌다면 어떻게 해야 할까? '적색' 상황에 처했을 때 빠져나올 방법은 없을까? 간단한 작업으로 큰 성과를 거둘 수 있는 방법을 하나 소개한다.

먼저 A4 용지 한 장을 4등분한다. 그 다음 각 등분을 반으로 접어 자르면 신용카드만 한 크기가 되어 지갑 속에 넣고 다닐 수 있다. 첫 번째 종이에는 혼자 있는 시간에 자부심과 즐거움, 만족감을 느꼈던 경험을 세 가지 적는다. 앞에서 예로 든 활동 목록을 참고해도 좋다.

두 번째 종이에는 언제 어디서든 쉽게 할 수 있는 '응급' 활동을 세 가지 적는다.

세 번째 종이에는 가장 사랑하는 사람 세 명을 골라 당신에게 위로가 될 만한 문장을 하나씩 적어 달라고 부탁한다. 그 상대가 아이라면 그림을 그려 달라고 해도 좋다. 당신이 원할 때 언제라도 달려와 줄 수 있는 사람이 아니어도 상관없다.

마지막 종이에는 당신의 문제를 잘 아는, 가장 가까운 사람 세 명의 연락처를 적어 두라. 이들은 당신이 불안감에 사로잡힐 때 언제라도 달려와 줄 수 있는 사람이어야 한다. 적당한 사람이 없으면 병원 응급 서비스나 상담 서비스센터의 연락처나, 쉽게 연락할 수 있는 주치의의 연락처를 적어 놓아도 된다.

심각한 상황이 아니더라도 평소에 이 '카드'를 사용하는 연습을 꾸준히 해서 '응급처치 과정'에 익숙해지도록 하자.

생존카드 사용법

1. 1분 정도 천천히 복식호흡을 한다.
2. 첫 번째 카드를 보며 세 가지 긍정적인 기억에 마음을 집중한다. 눈을 감고 각각의 경험을 떠올려 본다. 각 경험을 떠올리는 사이마다 복식호흡을 한다. 시각적이면서 동시에 신체적인 감각으로 당시 느꼈던 기분 좋은 상태를 떠올린다. 온 몸을 기억 속에 맡긴다. 당신은 그때 자신을 어떻게 생각했는가. 좋았던 기억을 되새김하며 눈을 감고 천천히 호흡을 한다. 그때의 생각들을 속으로 천천히 되풀이한다.
3. 복식호흡을 연속으로 3회 정도 한다.
4. 두 번째 카드에 적힌 활동 가운데 하나를 골라 실행에 옮긴다. 효과가 없으면 두 번째 활동을 해 보고, 그래도 소용이 없으면 세 번째 활동을 실행한다. 활동을 바꾸는 사이에 10분 정도 휴식을 취한다. 그래도 불편함이 사라지지 않으면 냉수를 한 잔 마신 다음, 10여 분간 휴식을 취하고 다음 단계로 넘어간다.
5. 복식호흡을 연속으로 3회 정도 한다.
6. 세 번째 카드를 본다. 당신에게 관심과 애정을 주는 세 사람을 떠올려 본다. 그들이 써 준 애정 어린 글귀와 그림을 보며 무슨

일이 닥쳐도 그들이 곁에 있어 줄 것이라고 믿으며 그들과 함께 있을 때 느꼈던 충족감과 편안함을 떠올려 본다. 가까운 곳에 그 카드를 놓아 두고 용기와 힘을 되찾도록 노력해 본다. 그렇게 해도 고통이 줄어들지 않는다면 다음 단계로 넘어 간다.

7. 복식호흡을 연속으로 3회 정도 한다.
8. 네 번째 카드에 적힌 연락처로 전화한다. 상대에게 당신이 겪는 혼란과 위급 상황을 알린다.

고통의 정도에 상관없이 각 과정의 순서를 지키는 것이 중요하다. 이 카드를 항상 지니고 다녀라. 카드가 있다는 사실만으로도 혼자라는 느낌이 덜해지고 기운이 솟을 것이다.

▶**복식호흡 하는 방법**

편한 자세로 눕거나 앉는다.
3초간 코로 숨을 들이마신다. 이때 가슴이 아니라 배가 부풀어야 한다.
숨을 멈춘 상태에서 3초 정도 기다린다.
부풀었던 배를 수축시키면서 천천히 입으로 숨을 내쉰다. 6~9초 정도 지속한다. (숨을 내쉬는 시간이 들이마시는 시간보다 2~3배 정도 길어야 한다.)
이 과정을 3회 정도 반복한다.

| 고독감에서 벗어나는 방법 |

원치 않은 고독의 순간에 밀려드는 무기력감이나 운명론적인 생각들과 맞서 싸우는 방법은 행동밖에 없다. 고독감은 일종의 신호이다. 주변 사람들과 관계를 좀 더 돈독히 하고 만족스러운 사회적·정서적 관계를 맺으라는 신호 말이다. 배가 고프면 음식을 찾고 목이 마르면 물을 찾듯이, 고독감은 불만족스러운 관계를 채워 줄 '정서적 영양'을 취하도록 만든다. 그리고 혼자가 되었을 때 기존의 인간관계를 이용해 이 영양을 취하는 것이 가장 효과적인 방법이다.

주소록을 꺼내 놓고 당신이 가장 편안하게 느끼고 믿을 수 있으며 말이 잘 통하는 사람을 골라 전화를 건다. 그 사람의 안부를 묻거나 그 사람이 하는 말을 경청한다. 자신이 요즘 뭘 하면서 지내는지 이야기해도 좋고 그냥 수다를 떨어도 좋다. 그다지 중요하지 않거나 피상적인 얘기라도 상관없다. 상대방의 흥미를 끄는 게 목적이 아니라, 평소 아끼던 사람과 대화를 나누며 시간을 보내기 위함이기 때문이다.

그냥 알고 지내는 사람에게 연락을 하는 것도 좋은 방법이다. 별로 친하지 않았던 사람에 대해 더 잘 알게 될 수도 있고, 그 결과 더 깊은 관계를 맺을 수도 있다. 전화보다 상대에게 덜 방해가 되는 인터넷을 이용하는 것도 괜찮다. 싸이월드, 트위터, 포털사이트의 카페, 블로그, 페이스북 등 유용한 인터넷 커뮤니티가 많다.

▶인터넷을 이용한 고독 탈출?

많은 사람들이 고독에서 벗어날 목적으로 인터넷을 이용한다. 인터넷게임, 채팅, 토론방, 지식 검색 등은 고독을 다스릴 수 있는 좋은 방법이다. 그러나 혼자 몇 시간이고 컴퓨터 앞에만 앉아 있거나, 익명으로 대화를 주고받는 것, 아무런 대화 없이 게임에만 몰두하는 행위는 오히려 고립감을 부추길 수 있다. 인터넷은 유용한 의사소통 수단으로서 관계를 확장할 수 있게 해 주지만, 동시에 가상 세계에 갇혀 현실과 유리되게도 만든다. 따라서 인터넷에 지나치게 의존하지 않도록 거리를 유지해야 한다.

고독자들에게 유용한 사이트들
―친구들과 관계를 유지하거나 자신의 프로필을 이용해 관계망을 형성할
　수 있는 사이트 : 싸이월드, 페이스북
―새로운 사람들을 만나고 관심 사항이나 여가 활동을 공유할 수 있는 사
　이트 : 각종 포털사이트의 카페
―연락이 끊긴 사람들이나 친구를 찾아 주는 사이트
―독신자들이 친구나 애인을 만날 수 있는 사이트

　집 밖으로 나가 발길 닿는 대로 산책을 하는 것도 좋다. 도중에 카페에 들러 커피를 마실 수도 있고, 헌책방 주인과 얘기를 나눌 수도 있다. 골동품 가게에 들어가 쓸 만한 물건을 찾아보거나 가게 주인과 잡담을 주고받아도 괜찮다. 낯선 사람과의 얘기치 않은 만남

이 때로는 큰 위로가 될 수 있다.

사회적인 만남이 부담스럽거나, 사람들에게 거절당할까 봐 두려워서 혹은 방해가 되고 싶지 않아서 관계 자체를 피하는 사람도 많다. 이제 두려움을 이겨내고 사회적인 역량을 키울 수 있는 의사소통 기술들을 익혀 볼 차례이다.

10
원만한 대인 관계 맺기

| 심리적 억제 상태 극복하기 |

"어려워서 시도를 안 하는 것이 아니다. 시도를 안 하기 때문에 어려운 것이다." —세네카

자기실현을 방해하는 심리적 장애들은 대부분 자동적으로 떠오르는 생각들이 만들어 내는 잘못된 개인적 신념에서 비롯된다. 그러나 우리는 심리적 세계의 일부분인 이 신념들을 잘 의식하지 못한다. 이 신념들은 나 자신의 역사, 삶의 경험뿐 아니라 기질과도 관련이 있기 때문에 그것을 비판적으로 바라보는 건 쉬운 일이 아니다.

> ▶**사회불안증의 원인이 되는 자동적 생각들**
>
> —사람들 앞에서 얼굴을 붉히는 건 약한 모습을 보이는 것이다.
> —언제, 어디서든 감정을 통제할 수 있어야 한다.
> —말을 더듬으면 놀림감이 될 것이다.
> —말을 할 땐 사람들의 흥미를 끌 수 있어야 한다.
> —내가 아무 말도 하지 않으면 상대방이 불편해 할 것이다.
> —침묵은 뭔가 불편하다는 증거다.
> —누군가의 질문에 제대로 대답하지 못하면 내가 바보 같고 어리석으며 실력 없는 사람처럼 느껴진다.
> —나의 감정을 다른 사람에게 드러내서는 안 된다.
> —대화를 나눌 땐 항상 편안한 모습만 보여야 한다.

이 신념들은 우리가 살면서 내리는 무수한 선택에 영향을 미치며, 어떤 상황을 해석할 때 일종의 편견으로 작용한다. 이처럼 우리는 외부의 현실 자체보다 내부적 경험을 바탕으로 판단을 내리는 경우가 많다. 사회적 억제 상태 역시 이런 과정에서 생겨나는 것이다.

사회불안증

사회적 억제 상태를 만들어 내는 원인으로는 어떤 것이 있을까? 같은 문제 상황이라도 그 원인은 매우 다양하다. 이 원인들은 마치 반사작용처럼 자동적으로 떠오르는 생각들을 통해 작용한다. 최초의 원인이 사라진 지 한참이 지나고 나서도 이러한 반사작용은 계속된다. 사람들 앞에서 혹은 특정한 상황에서 느끼는 불편함이나 불안감은, 사회불안증에 속하는 다양한 장애에서 비롯되는 경우가 많다. 임상적인 형태에 따라 사회불안증의 기본 특징들을 정리하면 다음 표와 같다.

■ 사회불안증의 다양한 형태들

	긴장	수줍음	사회공포증	회피적 성격
상황	개인적 역량	사회적	사회적	사회적
이전 감정	지나친 걱정	거북함	공포	거북함
집착 대상	자신의 역량	타인들	자기 자신	타인들
불안을 일으키는 생각	제대로 해낼 수 있을까?	사람들이 날 받아줄까?	모욕당하거나 거절당하지는 않을까?	비난을 듣거나 미움을 받지는 않을까?
이후 감정	안도감	실망	수치심	버림받았다는 생각
전략	적응	적응	회피	회피
상태	정상	정상	장애	장애

사회불안증의 주요 특징

사회불안증을 겪는 사람들은 각자의 장애에서 비롯된 특정한 심리적 징후를 보인다.

■ 과장된 자의식

사회불안증 환자는 과장된 자의식을 갖고 있는 경우가 많다. 보통 사람이라면 별 생각 없이 지나쳤을 신체적 증상, 평소와는 다른 말투, 잘못 발음된 단어, 잘못 선택한 단어 등에 집착하기도 한다. 지나치게 예민한 상태에서 끊임 없이 자신을 돌아보고 자신이 남들에게 어떻게 보일지를 염려한다. 대화를 나눌 때 대화 주제보다 자신의 이미지에 더 신경을 쓰기도 한다. 또한 사람들과 만날 때 만남의 성격에 맞는 행동 방식이 따로 존재한다고 믿고, 만남 그 자체에는 관심을 두지 않은 채 그 방식에 따라서만 행동해야 한다는 강박관념에 사로잡힌다.

■ 잘못된 자기평가

사회불안증 환자는 자신이 흥미로운 존재가 아니라고 믿기 때문에 남들의 관심을 끌려면 뭔가 예외적인 면모를 갖추어야 한다고 생각한다. 남들에게 좀 더 가치 있는 존재로 보이고 싶어서 특이한 대화 주제를 찾으려고 하고 완벽한 태도를 보이려고 한다. 누군가 질문을 던지면 적절한 대답만을 찾으려고 애쓴다. 이런 상황에서 일어나는 특정한 신체적 반응 때문에 감정을 들키기라도 하면 문제가 심각해진다. 몸이 떨린다거나, 얼굴이 붉어진다거나, 땀을 흘린다거나, 목소리가 갑자기 변한다거나 하면 모든 것이 엉망이 된다. 상대방이 변화를 눈치 채고 그 사실을 지적이라도 하게 되면 갑자기 대화가 끊기고 침묵이 흐르게 된다. 사회불안증 환자는 자신이 우스꽝스럽고 재미없는 사람이라고 느낀다. 어색한 상황을 상대가 지루함을 느끼고 있는 증거라고 여기는 것이다. 상대방의 지적을 가볍게 받아넘기지 못하고 자신의 나약함을 자책하며 놀림감이 되었다고 괴로워한다. 자신에 대해 부정적인 이미지를 가지고 있기 때문에 그 믿음을 강화시키는 정보들만 골라서 취하는 것이다. 실상 사람들은 그에게 별 기대를 품고 있지 않다는 사실을 인식하지 못한 채 멋진 인상을 주지 못했다며 자책한다.

■ 타인에 대한 두려움

사회불안증을 겪는 사람은 매우 민감해서 남들에게 부정적인 평가를 받을까 봐 염려한다. 이는 자존감 부족 때문만은 아니다. 사람들이 지나치게 비판적이고 남을 놀리는 걸 좋아하며 기대가 큰 까닭에 나를 있는 그대로 받아들이거나 평가하지 못한다고 생각하는 것이다. 그러나 실제로는 그 정도로 남에게 비판을 들은 적이 없는 경우가 많다. 주변 사람들이 그런 식으로 단정적으로 판단한 적도 없고 격렬하게 비난한 적도 없다. 그러나 믿음은 실제 사실보다 강력하다. 역설적이게도 사회불안증을 겪는 사람들은 다른 사람들의 생각을 염두에 두지 않는다. 남들의 생각은 그를 위해서만 존재하는 것이다! 다른 이들이 그들 자신으로 존재할 가능성을 부정한다. 미리부터 상대방의 반응은 물론이고 상대가 자신을 어떻게 평가할지, 만남이 어떻게 진행될지를 모두 알고 있다고 믿는다. 이러한 잘못된 믿음이 실제 사실을 압도한다.

■ 교류에서 얻는 즐거움의 부재

사회불안증 환자에게는 모든 만남이 시련이자 시험이다. 만남이 끝나는 순간 최종 선고가 내려질 것이다. 완벽하지 못하면 버림받는다. 그러니 빈틈없이 행동하려고 애쓰느라 대화를 즐기거나 상대방에게 흥미를 느낄 겨를이 없다. 인간관계를 잘못 이해하고 있는 것이다. 인간관계에서 가장 중요한 것은 대화를 하는 방식이나 대화의 주제가 아니다. 대화란 서로 교류하고, 함께 시간을 보내고, 새로운 사람을 만나고, 남에게 자신을 드러내 보여 주고, 관계를 유지해 나가는 수단일 뿐이다. 그런데 자신의 이미지에만 신경을 쓰다 보면 함께 어울리는 분위기에 참여할 수 없게 된다. 이처럼 불안 속에서 자기중심주의에 빠져 있는 사람은 만남 자체를 즐길 수 없다. 산에 오르는 사람이 현기증 때문에 경치를 제대로 감상하지 못하는 것과 마찬가지다.

■ 사회적 상황 회피

사회불안증 환자는 사람들과 어울리는 것이 불편하거나 두려워서, 남들에게 비난을 듣거나 배척당할지도 모른다는 걱정에, 혹은 자신이 흥미로운 존재가 아니라는 믿음 때문에 사회적 상황들을 회피한다. 그 결과, 장애는 심화되고 더 심각한 고독감에 사로잡히게 된다. 이처럼 사회적 관계를 피하게 되면 그만큼 사회적 역량을 발전시킬 수 있는 기회도 줄어들기 마련이다. 사회적 관계도 연습을 통해 훈련되는 것이다. 사회적 역량이 부족하면 사회적 불안이 커지고, 다시금 사회적 관계를 피하게 되는 악순환이 계속된다. 일단 걱정스러운 상황을 모면하면, 문제를 사전에 차단했다고 믿지만 여전히 자신의 불안이 어디서 비롯되는지는 알지 못한다. 이런 이유로 불안장애를 겪는 사람들은 자신이 실제로는 일어나지도 않은 위험 상황을 모면했다고 믿는다. 자신의 환상을 사실이라고 믿기 때문에 공포심을 버리지 못하는 것이다. 결국 회피하는 태도는 현실과 상상을 구별하지 못하게끔 만든다.

타인에 대한 두려움 버리기

부정적인 편견을 버려라

낯선 사람들은 당신을 심판하거나 괴롭히는 존재가 아니다. 사람들이 당신에게 말을 걸고, 당신이 하는 말을 듣고, 제안을 하거나 초대를 하는 것은 당신과 좋은 시간을 보내고 당신을 더 잘 알고 싶어서이다. 당신에 대해 판단하거나 당신을 비판하려는 것이 아니다. 자신의 문제점을 숨기려고만 하지 말고 걱정거리나 인간관계에서 느끼는 어려움 등을 주변 사람들에게 털어놓고 대화를 나누어라. 그러면 사람들은 당신을 도와주려 할 것이다. 만약 무관심한 태도를 보인다면 차갑고 냉정한 사람이라고 비판하기 전에 어떻게 하면 그 사람에게 다가갈 수 있을지를 먼저 생각해 보라.

유연한 태도를 가져라

다른 사람들을 알아가기 위해서는 충분한 시간을 투자해야 한다. 손님을 맞듯이 마음을 열고 호의적으로 사람들을 대하라. 대화를 한다는 것은 상대방을 초대하는 것과 같다. 상대방이 하고 싶은 말을 할 수 있도록 해 주어라. 그의 말을 경청하고 이해하려고 노력하라. 상대방이 자기 자신을 있는 그대로 보여 줄 수 있는 관계 속에서만 진정한 만남이 가능하다. 편견에 의거한 성급한 판단은 금물이다. 자신의 염려가 얼마나 근거 없는 것이었는지를 깨닫게 될 것이다.

자기 자신이 되는 것을 두려워하지 말라

상대방이 탐탁지 않게 여기더라도 당신 자신을 있는 그대로 드러내라. 그 편이 불편을 감수하며 상대방을 기쁘게 하는 것보다 낫다. 중요한 건 '완벽한' 관계를 맺는 것이 아니라 '진실한' 관계를 맺는 것이다. 물론 상대방을 배려하고 있다는 표시로서 예절 같은 관습적인 인간관계의 방식들을 존중할 필요는 있다. 그러나 상대방이 싫어할까 두려워 자신의 성격을 감추거나, 긍정적인 이미지를 심어주려고 실제와 다른 모습을 보일 필요는 없다. 그러면 상대방은 언젠가는 당신에게 실망하게 될 것이다. 당신은 그저 당신일 뿐이다. 이 사람이 좋아하는 당신의 성격을 저 사람은 싫어할 수도 있다. 모든 사람이 당신을 좋아해야 한다는 생각을 버려라. 사람들이 각자 원하는 방식으로 당신을 좋아할 수 있도록 내버려 두라. 인간관계를 만들어 가는 데에는 시간이 걸리기 마련이며 첫 만남이 어려울 수 있다는 사실을 받아들여라. 인내심을 가지고 기다려라.

자신의 신체적 증상이나 불안을 상대적으로 받아들여라

누구나 사회불안증 증세를 보일 수 있다. 불안 상태는 얼굴이 붉어진다든지 심장 박동이 빨라진다든지 땀이 흐르거나 손이 떨리는 등의 신체적 증상으로 드러나는 경우가 많다. 달갑지 않은 이런 현상들은 누구나 겪는 정상적인 반사작용일 뿐이다. 자신의 의도나 의지와는 무관하게 어쩔 수 없이 겪는 현상인 것이다. 그런데 사회불안증을 겪는 사람과 그렇지 않은 사람은 이에 대해 다른 반응을 보인다.

전자는 신체적 반응에 과민반응을 보이는 반면, 후자는 상대적으로 무관심하다. 불안장애를 겪는 사람은 자신의 약점이 드러났다고 생각하고, 그것이 안 좋은 이미지로 비쳐졌을까 봐 두려워하는 것이다. 보통 사람들은 특정한 상황에 대한 반응일 뿐이라고 생각하고 그것을 자신의 가치와 연관시키지 않는다. 그러나 누구나 살면서 경험하는 것을 사회불안증 환자는 견디지 못한다. 얼굴이 붉어져서 불편함을 느끼는 것이 아니라, 이미 불편함을 느끼고 있기 때문에 얼굴이 붉어지는 걸 견디지 못한다.

만약 이런 신체적 증상 때문에 고민하고 있다면, 생각보다 사람들이 그런 변화를 잘 눈치 채지 못한다는 사실을 알아야 한다. 그런 현상에 과민하게 반응해 불편함을 느끼는 게 문제인 것이다. 당신이 실제 느끼는 감정과 상대방이 그것을 인지하는 것 사이에는 간극이 존재한다. 상대방은 당신을 관찰하는 것보다 당신과 얘기를 나누는 데 더 관심이 있다. 당신의 신체적 반응에는 그다지 관심이 없다. 설사 당신의 신체적 반응에 관심이 있다 해도, 사람들은 자신의 경험을 바탕으로 그것을 다른 방식으로 해석할 것이다. 그래도 사람들에게 부정적인 이미지나 실망감을 준 것 같아 걱정스럽다면 그냥 툭 터놓고 대화를 나눠 보라. 불안함을 들켰다는 생각에 집착할 필요는 없다. 신체적 증상을 있는 그대로 받아들이면 그에 따른 불안감도 줄어들 것이고, 그러면 그런 증상도 약해질 것이다.

타인의 시선을 너무 의식하지 말라

타인의 시선을 너무 의식하지 말라. 누군가 나에게 피해를 입히거나 특별한 의도를 내비치지 않는 이상, 우리는 그 사람에 대해 판단하지 않는다. 어떤 이의 태도가 특별히 거슬리지 않는 한, 굳이 부정적인 판단을 내리지 않는다. 어떤 사람이 당신에 대해 부정적인 생각을 가지고 있다면, 분명히 예전에 당신의 어떤 태도가 그 사람을 불쾌하게 만들었을 확률이 높다. 물론 나의 얼굴이 붉어지거나 손이 떨리거나 심장 박동이 빨라진다고 해서 다른 사람이 기분 나쁠 이유는 없다.

앞에서 언급했듯이, 자동적으로 떠오르는 생각들은 성찰이나 지적 사고에 의한 것이 아니라 '지적' 두뇌 활동에서 파생되는 단순한 반사작용에 불과한 경우가 많다. 당신이 떨고 있으면 상대방은 '이 사람이 떨고 있네.' 라고 생각할 것이다. 그러고는 '왜 떨고 있을까?' 하고 궁금해 할 수도 있다. '이 사람이 지금 떠는 건 뭔가 불편한 게 있어서일 거야. 그러니까……' 라는 식으로 생각하지 않는다는 말이다. 어쩌면 당신에게 직접 물어 볼지도 모른다. "왜 이렇게 떨어요?" 그러면 사실대로 대답하면 그만이다. "이유는 잘 모르겠지만, 가끔 이유 없이 이렇게 몸이 떨릴 때가 있어요. 이런 습관이 저도 싫어요. 낯선 사람을 만나면 수줍음 때문에 떨리기도 하고 너무 긴장을 해서 그런 것 같아요." 어쩌면 상대방이 그 말을 듣고 별 생각 없이 웃음을 터뜨릴 수도 있다. 그럴 때 상대가 나를 놀리고 있다거나 우습게 본다고 생각하지 말고 왜 웃는지 물어 보라. 그 사람의 대답을 함께 토론할 수 있는 주제로 받아들이면 된다. 만약 그 사람이 "당신 얼굴이 빨개지는 걸 보고 그냥 웃음이 나왔어요." 라고 말한다면 이렇게 대꾸하라. "네, 알아요. 제가 얼굴이 자주 빨개지는 편이거든요. 그런데 그게 재밌어요?"

당신이 그것을 대수롭지 않게 여길수록 더 자유롭게 그것에 대해 얘기를 나눌 수 있다. 그런 신체적 증상을 부정적인 것으로 여기고 그로 인해 겪었던 고통스러운 기억 때문에 사람들과 그에 대해 얘기하기를 꺼리고 숨기려고만 하는 것이다. 그런 증상이 사실은 스트레스에 대한 반사작용이라는 사실을 기억하라. 걱정을 하면 할수록 이런 반응들은 오히려 더 자주 나타난다. 그리고 당신의 한계를 인정하고 당신의 의지로 어쩔 수 없는 것까지 통제하려는 생각을 버려라. 그보다 당신이 실제로 바꿀 수 있는 것이 무엇인지를 생각하라. 주의 깊고 호의적인 태도로 상대를 이해하려는 태도를 갖는 것이 무엇보다 중요하다. 자신이 어쩌지 못하는 감정적 반응이 겉으로 드러나느냐 마느냐는 별로 의미가 없다.

사람들에게 어려움을 털어놓아라

주변 사람들에게 당신이 겪는 어려움에 대해 이야기하라고 권하는 까닭은, 그 어려움을 있는 그대로 직시하고 당신 자신을 드러내기 위함이다. 사회불안 증세가 어떻게 당신을 괴롭히고 인간관계에 방해가 되는지, 얼마나 거기에서 벗어나고 싶은지를 이야기하라. 이를 통해 오히려 인간관계가 수월해지고 잘 할 수 있을까 하는 걱정에서 벗어남으로써 좀 더 진실한 관계를 맺을 수 있게 된다.

직장 동료와 친구, 가족 중 각각 남자 한 명과 여자 한 명씩을 선택하라. 그럼 모두 여섯 명이 된다. 가능한 한 너그럽고, 이해심 많고, 신뢰할 수 있고, 인간관계가 원만한 사람을 고른다. 그 사람들에게 차례로 전화를 걸어 인간관계에서 느끼는 힘든 점을 얘기해 보라. 자신을 깎아내리거나 불평하는 태도는 삼가는 게 좋다. 있는 그대로 사실만을 말하되 당신 스스로 자신을 부정적으로 판단해서는 안 된다. 당신이 가진 성격적 장애, 그 장애가 드러나는 방식, 그것이 어떤 면에서 인간관계에 방해가 되고 당신을 불편하게 만드는지 등을 설명하라. 만약 상대방이 당신을 이해하고 당신의 말에 공감을 표시하면, 그에게 나중에 그런 문제가 생겼을 때 충고나 조언을 해 줄 수 있는지 물어 보라. 그 사람이 그러겠다고 하면 진심으로 감사하다고 말하라. 당장 내일부터 당신은 스트레스를 받는 상황에서 더 이상 혼자가 아니다.

|내면적 담화 바꾸기|

머릿속에 자동적으로 떠오르는 생각들을 없애려면 먼저 그 생각들의 정체를 파악해야 한다. 사회적 상황 속에 있을 때마다 떠오르는 반사적인 생각과 신체적 감각을 기록해 보라. 아론 베크Aaron Beck가 개발한 목록이 도움이 될 것이다. 기록을 계속하다 보면 신체적 반응의 강도나 성격에 따라 반복적으로 일정한 생각에 사로잡힌다는 사실을 알게 될 것이다. 이런 생각은 상황이 바뀌어도 달라지지 않는다. 다시 말해, 이런 자동적인 생각들은 외부의 현실에서 오는 것이 아니라 내부적 심리 상태에서 기인하는 것이다.

이 생각들은 당신의 감정적 상태에는 부합할지 몰라도 실제 상황과는 동떨어진 경우가 많다. 심지어는 확신이 들었는데도 그 판단이 현실과 정반대일 때도 있다. 큰 굉음에 깜짝 놀라 순간적으로 큰 사고가 난 게 틀림없다고 생각했는데, 알고 보니 누군가 장난을 친 것이거나 폭주족들이 오토바이를 타고 지나가는 소리일 수 있는 것

문제 상황	나의 감정	자동적 생각	대안적 생각

이다. 당신의 생각은 이론적 가정일 뿐, 절대적 진리가 아니라는 사실을 명심하라. 추호의 의심도 없이 확신한다 해도 마찬가지다. 정치 토론이나 종교, 사형제도에 관한 논쟁에 귀 기울여 보라. 사람들은 모두 각자 자기만의 의견이 있으며 그것을 진실이라고 믿는다.

우리로 하여금 잘못된 해석을 하게끔 만드는 인지적 왜곡은, 아래 표에 정리한 것처럼 다양한 심리적 과정을 통해 작동한다.

어떻게 하면 비판적인 성찰 없이 자동적으로 개입하는 생각들과 적당히 거리를 유지할 수 있을까?

자신의 감정 상태를 파악하라

때로는 격한 감정 상태가 신체적 증상으로 표출되기도 한다. 심

▶대표적인 인지적 왜곡

—**자의적 추론**: 증거나 현실적 논리 없이 결론을 이끌어 내는 것.

—**과도한 일반화**: 개별적인 예를 일반적인 현상으로 여기는 것.

—**선택적 추상화**: 맥락을 염두에 두지 않고 작은 부분 하나에만 신경을 쓰는 것.

—**개인화**: 부정적 사건과 자신을 과도하게 연관 짓는 것. 부정적인 결과가 발생하면 그것을 자기 탓으로 돌리는 것.

—**최소화, 최대화**: 자신의 생각에 반하는 정보는 중요하게 여기지 않고, 자신의 생각을 확인해 주는 정보만 과장해서 받아들이는 것.

장 박동이 빨라지고 숨이 가빠지거나, 손발이 떨리고 위나 장이 경련을 일키거나, 근육이 굳어지고 신경이 곤두서기도 한다. 이 모든 증상은 신경계가 지나치게 흥분하여 일어나는 반응이다.

자동적인 생각을 파악하라

앞에 열거한 신체적 반응이 나타나며 동시에 몰려드는 생각들이 바로 자동적인 생각이다. 이는 마치 어떤 상황에 대한 정보를 두 가지 방식으로 받아들이는 것과 같다. 한쪽은 몸으로, 다른 쪽은 인지 작용을 통해 받아들이는 셈이다. 마음이 동요하는 상황과 맞닥뜨리면, 그 순간 자동적으로 떠오르는 생각들을 기록해 두라. 이 생각들은 저절로 떠오른 것이지 지적인 사고 과정의 결과가 아니다. 이 생각들은 사고의 결과가 아니라 반사작용에 불과하며, 온전히 나의 감정 상태에 의존한다. 이런 자동적인 생각들은 진실처럼 보이기 때문에 구별하기가 쉽지 않다.

자신의 신념을 비판적으로 바라보라

자동적인 생각들이 무엇인지 파악하고 나면 그 생각들이 유효한 것인지 검토해 본다. 이 생각들은 어떤 진실을 담고 있는가? 그것이 옳다고 믿을 수 있는 근거는 무엇인가? 불안감에 사로잡혀 있지 않았다면 이런 생각들이 떠올랐을까? 다른 사람도 같은 생각을 하고 있을까? 그 생각이 옳다는 근거와 옳지 않다는 근거는 각각 무엇인가? 각 질문에 답한 뒤 상황이 어떤 결과에 이르렀는지를 살펴보라.

결과가 심각한가? 되돌이킬 수 없는 상태에 이르렀는가? 자동적인 생각들이 얼마나 중요한 역할을 했는가? 내게 도움이 되었는가? 내 기분을 좋게 해 주는가? 이 생각들은 내가 발전하고 자신감을 가지는 데 도움이 되는가? 나는 왜 이 생각들이 옳다고 믿는 것일까?

당신은 이 생각들이 그 자체로 옳기 때문에 그것을 믿는 게 아니라, 당신의 감정 상태에 부합하기 때문에 옳다고 믿는 것이다.

대안적인 생각들을 찾아보라

자동적으로 떠오르는 생각에만 의존하지 말고 다른 식의 설명이 가능한지 생각해보자. 이 새로운 생각들은 사실에 입각해야 하고 현실적인 것이어야 한다. 그래야 지금까지 별 도움이 안 됐던 자동적인 생각들을 대체할 수 있다. 이 방법은 자기 세뇌나 에밀 쿠에 Emile Coué의 자기암시요법 같은 것과는 다르다. 대안적인 생각은 두 가지 방법으로 쉽게 찾을 수 있다.

첫 번째 방법은 육체적 재중심화이다. 자기 자신에서 벗어나 자신이 대화 상대자나 친구 등 다른 사람이라고 상상한다. 그들이 내 처지였다면 어떤 생각을 했을지, 혹은 반대로 내가 상대방이라면 내가 한 행동을 보고 어떤 기분이 들었을지 생각해 본다.

두 번째 방법은 시간적 재중심화이다. 현재의 상황을 시간적으로 멀리 떨어뜨려 놓고 바라보는 방법이다. 가령 10년 뒤에 지금의 상황을 돌이켜 본다면 어떻게 기억할지 자문해 보는 것이다. 이런 방법을 통해 좀 더 유연하고 덜 경직된 생각들을 얻을 수 있다. 그렇게 발견한 생각들은 노트에 적어 두고 기억하자.

대안적인 생각들을 정착시켜라

이제 자동적 생각들을 방금 발견한 대안적 생각들로 대체하면 된다. 이 작업이 잘 이루어지면 좀 더 편안한 인간관계를 맺을 수 있게 될 것이다. 우선 노트에 적어 놓은 대안적 생각들을 자주 들여다보면서 그 내용이 몸에 배도록 만들어라. 특히 문제 상황에 진입하기 전에 노트를 참고하는 것이 좋다. 처음에는 이 생각들이 익숙하지 않아서 평소 습관적으로 하던 생각들과 충돌을 일으킬 수 있다. 의식적으로 새로운 생각들을 여러 차례 반복해서 떠올리는 노력이 필요하다.

| 두려움에 맞서기 |

두려움 때문에 행동에 제약을 받아서는 안 된다. 불안한 마음 상태로 미래를, 사람들과의 관계를 생각하면 최악의 시나리오를 떠올리게 되며, 한 가지 생각을 떨쳐 버리면 또 다른 생각이 밀려오는 식이 되어 버린다. 이렇게 되면 애써 익힌 수단들을 제대로 사용할수조차 없게 된다. 불안을 일으키는 상황을 무작정 피하려 하지 말고, 불안에서 해방되었을 때 무엇을 할 것인지를 생각하라. 불안감에서 완전히 벗어나면 당장 내일 뭘 하고 싶은가? 그 일을 실현하는데 필요한 수단을 강구하라. 불안을 극복하려면 그것을 길들여야 한다. 불안한 상황에 직면하는 연습을 통해 불안을 극복하는 법을 배워야 한다.

물론 지나치게 공포스런 상황은 피하는 것이 좋다. 중간에 좌절하여 포기할 수도 있기 때문이다. 불안을 극복하는 과정은 아이가 스키 타는 법을 배우는 것과 비슷하다. 아이는 활강하기, 정지하기, 회전하기, 회전하며 멈추기, 회전하며 활강하기 등 여러 단계를 학습하며 넘어질지도 모른다는 두려움을 극복해 나간다. 아이는 각 단계를 익히면서 자신감을 갖게 되고, 스키를 타고 미끄러지는 행위 속에 이미 위험이 내재되어 있다는 사실과 연습을 통해 그 위험을 줄일 수 있다는 것을 알게 된다.

인간관계에 대한 두려움 역시 이런 식으로 단계적으로 극복할 수 있다. 단계적으로 불안을 주는 상황들을 극복하는 자신만의 프로그램을 만들어 보자. 이 책 뒤에 실린 〈부록〉에 사람들이 가장 자주 부딪히는 문제 상황들과 그것을 극복하는 프로그램을 예시해 놓았다. 이를 바탕으로 자신에게 맞는 프로그램을 짜면 된다.

11
사회적 능력 향상시키기

고독에 시달리는 사람들은, 사회적 능력의 결핍으로 다른 사람들과 교류하거나 관계를 유지해 나가는 데 어려움을 겪는다. 이러한 어려움은 자기 속으로 유폐되어 사회적 관계의 위험을 회피하는 심리적 억제 상태를 만들어 내며, 남들에게 방해가 되거나 배척당할지도 모른다는 두려움을 불러일으킨다. 그러다 보면 점차 고립 상태에 빠져 도움이나 위로를 줄 수 있는 주변 사람들에게도 다가가지 못하게 된다.

그렇다면 사회적 능력을 어떻게 향상시킬 수 있을까? 사회적 능력은 서로 상대를 존중하면서 의견을 교환하고 소통할 수 있는 능력이다. 사회적 능력을 향상시키면 자신을 더 잘 이해할 수 있을 뿐 아니라, 다른 사람을 이해하고 수용하는 능력도 키울 수 있다. 사회적 능력은 네 가지 영역으로 나뉜다.

- '연락 취하기', '대화하기' 같은 기본적 사교력.
- 자신의 욕망을 표현하고 권리를 주장하는 자기주장 능력.
- 긍정적이거나 부정적인 내면의 상태를 다른 사람과 공유할 수 있는 감정 표현 능력.
- 타인의 권리, 욕망, 감정 등에 관심을 기울일 수 있는 공감 능력.

각각의 사회적 능력은 무작위로 선택하여 사용하는 것이 아니다. 일단 상황적 맥락(상황)과 감정적 맥락(내면적 상태)에 따라 무언가(목표)를 얻겠다고 결심하는 과정이 필요하다. 일단 목표가 정해지면 그 목표에 다다를 수 있는 여러 수단을 모색해야 한다. 그중에는 좀 더 효과적인 수단도 있을 것이고 덜 효과적인 수단도 있을 것이다. 하나의 수단을 선택하기 전에 각 수단이 가지는 잠재적인 효과와 그것이 만들어 낼 결과를 예상해 보는 것이 중요하다.

예를 들어, 혼자 있는 사람(상황)이 지루함을 느낀다(감정)고 가정해 보자. 만약 그가 지루한 상태에서 벗어나게 해 줄 만한 일이 생기기를 기다리기로 마음먹었다면(목표) 그 사람은 아무것도 하지 않을 것이다. 그러나 그 결과, 지루함과 고독감이 강화될 것이다. 반대로, 고독감에서 벗어나고자 누군가와 얘기를 나누어야겠다고 결심했다면 친구에게 전화를 걸거나 소모임 등에 가입할 것이다. (수단)

그 결과, 그 사람은 고독감과 지루함에서 벗어날 수 있을 것이다.

주어진 상황에 적합한 목표와 수단을 설정하는 것이 중요하다. 적절하지 못한 목표와 수단을 선택하면, 문제가 지속될 뿐 아니라 더 심각해질 수도 있다. 사회적 능력을 적절하게 선택하고 적용하면 문제 상황에 좀 더 효과적으로 대처할 수 있다.

사회적 역량을 구성하는 네 개의 영역을 자세히 살펴보자.

대화하기

대화를 나누는 데는 여러 가지 능력이 필요하다. 가장 먼저 누군가에게 다가가는 능력, 곧 대화를 시작하는 능력이 필요하다. 모든 관계는 첫 접촉에서 시작된다. 그러나 관계의 맥락에 따라 그 방식은 각각 다를 수 있다. 대화를 시작한다는 것은 관계 속에 내포되어 있는 위험을 감수하고, 경우에 따라서는 상대방에게 거절당할 수도 있다는 사실을 받아들이는 것이다.

일단 대화를 시작한 다음에는 수다를 떨거나 의견을 교환하며 대화를 이어 간다. 관계의 친밀도나 대화의 목표에 따라서 대화의 방향은 달라질 것이다. 대화를 계속해 나가는 능력은 상대방에게 관심을 가지고 자기 자신을 드러냄으로써 관계를 구축해 나가는 능력이다.

대화 시작하기

누군가와 대화를 시작하는 것은 고독감에서 벗어나기 위해서일 수도 있고 전달해야 할 말이 있어서일 수도 있다. 전자의 경우, 대화의 목적이 상대방을 알고 말을 주고받는 것 자체에서 즐거움을 얻는 데 있으므로 덜 형식적인 대화가 될 것이다. 이와 달리, 후자는 목표가 직접적이고 전달해야 할 메시지도 분명하다. 무언가를 요구하거나 비판하거나 칭찬하는 경우가 여기에 해당된다. 이때 필요한 기술들은 '자기주장 하기' 부분에서 다시 살펴보고, 여기에서는 낯선 사람과 덜 형식적인 대화를 주고받는 방법을 살펴보자.

쉽게 대화를 시작하는 능력을 갖게 되면 고독감에서 벗어날 수 있을 뿐 아니라, 새로운 인간관계도 수월하게 맺게 된다. 지금 친한 친구들도 한때는 낯선 사람이었다는 사실을 기억하라.

첫 접촉은 관계를 맺는 첫 단계일 뿐이다. 아무런 성과도 없이 끝나 버릴 수도 있고 진정한 우정의 출발점이 될 수도 있다. 말할 기분이 아닌 사람에게 다가갔다면 접근 방법이 아무리 멋지다고 해도 결과가 좋을 리 없다. 대화를 시작한다는 것은 서로 알고 지내자고 제안을 하는 것과 같다. 그러나 상대방이 혼자 있고 싶어 한다면 그 사람의 선택을 존중해 주어야 한다. 수줍음을 많이 타는 사람들은 대화를 하다가 갑자기 입을 다물어 버리기도 한다. 상대방에게 관심이 없어서라기보다는 더 이상 무슨 말을 해야 할지 몰라서이다. 걱정거리가 있는 사람은 대화를 하자는 제의에 차갑게 반응할 수도 있다. 그 사람은 단지 대화를 할 여유가 없을 뿐이다.

이때 명심하라. 내가 모든 사람의 마음에 들 수는 없다. 나와 대화를 하고 싶지 않은 사람도 있을 수 있다. 나에게서 문제점을 찾으

▶첫 접촉을 방해하는 요소들

─무슨 말을 해야 할지 모르는 데서 오는 두려움

─우스꽝스럽게 보일 것 같은 두려움

─거절당할지도 모른다는 두려움

─관계를 맺고 싶은 욕망의 부재

─혼자서 다 알아서 하겠다는 생각

─타인에 대한 불신

려 하지 말고 그냥 그 사실을 받아들여라. 별일 아니다. 말이 잘 통하고 호의를 베풀 수 있는 편한 친구 몇 명이면 충분하다. 나와 관계를 맺고자 하는 사람들에게 에너지를 집중하라. 나와 관계 맺기를 거부하는 사람과 친해지려고 애쓸 필요는 없다.

축구 선수가 차는 슛이 매번 골인이 되지 않듯이, 당신의 시도가 매번 성공할 수는 없다. 당신뿐만 아니라 모든 사람이 그렇다. 언제나 실패할 가능성은 있다. 그러지 않고 남이 먼저 다가와 주기만을 기다리면 수동적으로 관계에 끌려가게 된다. 당신에게 먼저 접근하는 사람들하고만 관계를 맺다 보면 정작 당신이 정말로 관심 있는 사람들과 친해지지 못할 수 있다.

다음의 몇 가지 기본 원칙을 지키면 실패 확률을 줄일 수 있다.

우선 말을 걸고 싶은 사람을 쳐다본다. 눈빛으로 본인의 의도를 전달하는 것이다. 눈빛으로 첫 접촉이 이루어진다. 미소를 띠고 호의적인 표정으로 상대를 바라보아 관심과 호감을 표시한다. 그리고 상대방이 정신이 없거나 바쁜 시간을 피해서 대화를 시도한다. 먼저 자신을 소개한다. 상황이 허락된다면 일단 주위를 끈 뒤에 정식으로 소개를 해도 좋다. 예를 들어, 카페에서 만났다면 "안녕하세요, 혼자 왔는데 괜찮으시다면 여기 앉아도 될까요?", 스포츠클럽이라면 "안녕하세요, 새로 오신 분 같은데 혹시 전에 뵌 적이 있나요?"

이렇게 얘기를 건네고 나서 상대방의 반응을 살핀다. 그가 미소를 짓고 있는가? 당신의 질문에 대답하는가? 당신을 바라보는가? 그도 당신에게 질문을 던지는가? 그렇지 않다면 상대방이 당신과의 대화를 반기지 않는다는 사실을 받아들여라. 만약 그 사람이 긍정적인 반응을 보인다면 그대로 대화를 발전시키면 된다.

대화 계속하기

첫 만남에서는 상대를 아는 데 필요한 사소한 얘기들을 주고받는다. 기아로 고통받는 어린이나 최신 원자력 기술 같은, 무거운 주제로 대화를 시작할 필요는 없다. 아무리 흥미로운 주제라도 이런 맥락에서는 재미없는 얘기일 뿐이다. 욕심을 버리고 상대방이 쉽게 반응할 수 있는 주제를 골라 얘기를 시작하라. 서로 대화를 주고받으며 편안한 기분을 느낄 수 있으면 된다. 별로 의미가 없는 가벼운 질문을 던져도 좋다. 목적은 대화를 이어가는 데 있음을 명심하라.

첫 만남에서 함께 이야기 나누면 좋은 주제는 다음과 같다.

■ 자신에 대해 얘기하기

자기 이야기를 하는 것은 예의에 어긋난다고 생각하는 사람들이 있는데, 결코 그렇지 않다. 마음을 열고 자신을 드러내 보여 주면 상대방도 그만큼 나를 더 잘 알게 된다. 그러면 상대방도 적당한 주제를 찾아서 자기 이야기를 시작할 수 있다. 이는 곧 상대방에게 당신 자신과 당신의 삶이나 일, 여가 시간에 대한 정보를 알려 주는 것과 같다. 단, 이때 자신을 지나치게 내세우거나, 반대로 반복된 실패의 경험들을 들려주며 자신을 깎아내리거나 외롭다고 불평하는 태도는 자제하는 것이 좋다.

■ 상대방에게 관심 보이기

상대방이 하는 말에 귀를 기울이고 관심을 보여라. 자신에 대한 생각은 잊어라. 무슨 말을 해 줘야 할지, 어떤 대답을 해야 할지, 무엇을 하고 무엇을 하지 말아야 할지 같은 걱정은 뒤로 미뤄 두고 우선 상대방이 하는 말을 집중해서 들어라. 인간관계를 부담스러워하는 사람들은 자신의 모습이 상대에게 어떻게 비쳐질지 신경 쓰느라 대화에 집중하지 못한다. 상대방이 하는 말을 주의 깊게 듣지 않는 것이다. 그러면 상대방은 당신이 대화에 흥미가 없다고 해석하게 된다.

■ 상황에 대해 얘기하기

상대방과 함께 속해 있는 맥락을 살펴보라. 다른 손님, 음악, 실내장식, 식사, 건물 디자인 등을 화제로 삼아 얘기를 나눌 수 있다.

가능한 한 마음에 드는 것이나 놀라운 점을 언급하는 것이 좋다. 마음에 들지 않는 것들을 얘기하기 시작하면 대화가 부정적으로 흐를 수 있다.

■ 시사 문제에 대해 얘기하기

시사 문제도 좋은 대화 주제가 될 수 있다. 가능한 한 중립적인 시각에서 얘기할 수 있는 주제를 고르고, 극단적인 견해를 표명하는 것은 삼가는 게 좋다. 상대방을 잘 알지 못하는 상태에서 당신이 하찮게 얘기한 사건이 상대방에게 큰 고통을 줄 수도 있다는 사실을 명심하라.

몇 가지 유용한 도구들

■ 열린 질문을 던져라

상대방이 관심을 가질 만한 질문을 던져야 한다. 질문을 던질 때는 상대방의 대답 범위를 제한하는 '닫힌' 질문보다는 '열린' 질문을 던져라. 예를 들어, "이 공연 재미있었어요?" 보다는 "공연 어땠어요?"라고 묻는 편이 좋다.

■ 침묵을 두려워하지 말라

대화 중간에 침묵이 흐른다고 해서 상대방이 지루해 하거나 당신을 재미없는 사람이라고 생각한다는 뜻은 아니다. 상대의 얘기를 이해하고 그 내용을 곱씹어 보느라 침묵할 때도 있다. 무슨 말을 해야 할지 모를 때는 어색한 침묵을 깨려고 아무 말이나 던지기보다는 차라리 침묵을 지키는 편이 낫다. 잠시 침묵이 흐른 뒤에 다른 주제로 화제를 바꾸는 것도 괜찮은 방법이다.

■ 해야 할 말을 고민하지 말라

상대방에게 말을 걸기 전에 그와 무슨 얘기를 하고 싶은지 미리 생각해 보라. 그러나 일단 대화가 시작되면 그 대화에 집중하라. 상대방이 던진 말을 받아 그와 연관된 얘기들을 해 나가면 된다. 자신이 하고 싶은 말에만 너무 신경을 쓰다 보면 상대방을 배려하지 못할 뿐 아니라 대화가 종잡을 수 없게 된다. 대화에 집중하다 보면 본인의 신체적 증상에 대해서도 덜 신경을 쓰게 되어 상대방과 좀더 수월하게 소통할 수 있다.

■ 상대방의 말을 끊지 말라

상대방이 충분히 자신을 표현할 수 있도록 그의 말을 주의 깊게 경청하라. 상대방에게 말할 수 있는 여지를 준다고 해서 무조건 듣기만 하라는 말은 아니다. 양쪽이 비슷한 비율로 말을 주고받는 대화가 좋은 대화이다. 그렇다고 말을 시작할 때마다 양해를 구하는 것도 금물. 자신을 너무 낮추면 상대가 짜증스러워할 수 있다.

▌상대방에게 호감을 주라

슬픔이나 불안감을 불러일으키는 주제보다는 긍정적이고 가벼운 주제를 고르는 것이 좋다. 정치나 종교 같은 민감한 주제는 되도록 피하고, 미소를 띠고 상냥하게 대하라. 상대방의 마음을 편하게 해 주는 것이 중요하다. "어디까지 말했죠?" "무슨 얘기를 하고 있었죠?" 같은 말들은 피하라. 대화에 진지하게 참여하지 않았다는 증거밖에 안 된다.

▌무리하지 말라

우리는 대화라는 소통 수단으로 상대방을 알아 가는 즐거움을 맛본다. 때로 사소한 대화를 통해 몰랐던 사람과 조화로운 관계를 맺을 수도 있다. 그런 단계를 거치고 나면 마치 오래전부터 서로 알고 지낸 것 같은 기분이 든다. 조용한 목소리로 이런저런 생각을 두서없이 얘기하다가 함께 웃음을 터뜨리기도 하고 개인적 경험을 털어놓기도 한다. 공감하는 분위기가 빠르게 자리 잡은 경우이다. 물론 모든 상황이 이런 식으로 전개되지는 않는다.

첫 만남 때부터 상대방과 마음이 잘 통할 거라고 기대해서는 안 된다. 더욱이 상대방이 수줍음을 많이 타거나 쉽게 마음을 여는 사람이 아닐 경우, 당신이 의욕을 가지고 노력한다고 해도 별 효과가 없을 수도 있다. 모든 게 당신에게만 달린 게 아니라는 말이다. 첫 만남에서 너무 많은 걸 기대하지 말라. 이제 시작일 뿐이다. 나중에 놀라운 변화가 찾아올지 누가 알겠는가. 지레 짐작으로 자신을 탓할 필요도 없다. 인내심을 가지고 기다려라. 사람들은 저마다 다른 리듬을 가지고 있다. 새로운 사람과 편해지기까지 긴 시간이 필요한 사람도 있다. 특히 대화하는 걸 그리 좋아하지 않는 사람이라면 대화가 너무 길어질 경우 금세 지쳐 버리고 대화가 지루한 독백이 되어 버릴 수도 있다.

대화를 강요하거나 필요 이상으로 너무 오래 끌어서 상대방을 부담스럽게 해서는 안 된다. 상대방의 말을 성급하게 단정하거나 부정적인 판단을 하는 것도 좋지 않다. 이는 자신의 실망감을 표현하는 것밖에 안 된다. 기회는 이번밖에 없다는 생각으로 매달리지 말라. 5분쯤 대화하고 난 후 분위기를 살펴라. 앞에서 제시한 방법을 잘 응용한다면 순조롭고 편안한 대화를 나눌 수 있고, 더 나아가 질 높은 교류가 가능한 관계가 되어 있음을 느끼게 될 것이다. 물론 그 반대인 경우도 있다. 그럴 때는 대화를 멈출 줄도 알아야 한다.

■ 대화를 끝맺을 줄 알아야 한다

모르는 사람에게 말을 거는 것도 중요하지만 대화를 잘 끝맺는 것은 더 중요하다.

편안한 분위기에 말도 잘 통해서 대화가 한창 무르익은 순간, 피치 못할 사정으로 먼저 자리를 떠야 할 때도 있다. 그럴 때는 솔직하게 가야 한다고 말하라. 대신 대화가 즐거웠으며 함께 시간을 보내게 되어 좋았다고 분명하게 표현하라. 자리를 뜨기 전에 전화번호나 이메일 주소를 교환하고 다시 만날 것을 기약한다면 더할 나위가 없다. "오늘 함께 대화를 나눌 수 있어서 좋았습니다. 다음에 또 만날 수 있으면 좋겠습니다. 혹시 전화번호를 여쭤 봐도 될까요?" "만나 뵙게 돼서 좋았습니다. 무척 즐거웠습니다. 제가 오늘 저녁에 모임 약속이 있는데 괜찮으시다면 그분들을 소개해 드리고 싶습니다." "나중에 다시 만나서 오늘 하던 얘기를 계속 하고 싶습니다"

그러나 대화를 이어 가거나 상대방과 함께 시간을 보내기 위해 지나친 노력을 해야 하는 상황이라면 그쯤에서 멈추는 편이 낫다. 자기 자신을 믿어라. 당신이 할 수 있는 일은 다 한 것이다. 대화는 양방향으로 이루어지는 행위다. 상대방에겐 그 사람만의 리듬이 있다. 시간을 내 줘서 고맙다고 하고 작별 인사를 하라. 이렇게 말하면 된다. "함께 대화할 수 있어서 좋았습니다. 당신을 알게 되어 기쁩니다. 감사합니다. 다음에 또 뵙겠습니다."

실전에 응용하기

일주일 정도 관심을 가지고 사람들을 관찰해 보라. 사람들이 지나갈 때 문을 잡고 기다려 주고, 당신을 쳐다보는 사람이 있으면 미소를 지어라. 어렴풋이 알고 지내는 사람들에게도 인사를 건네 보라. 그 후에 어떤 변화가 일어나는지 살펴보라.

특히 사람들이 대화를 나누는 모습을 관찰해 보라. 그들이 무슨 이야기를 나누는지, 어떻게 관계를 맺는지를 보라. 수월하게 관계를 맺는 사람들이 어떤 식으로 말하고 행동하는지 유심히 살펴보고, 그들이 유쾌하고 편안한 태도로 말을 하고 있는 동안 속으로는 무슨 말을 하고 무슨 생각을 하고 있을까 상상해 보라. 그들의 방식을 익히고 그대로 따라해 보면 어떨까?

만약 그렇게 하기가 어렵다면, 그것을 어렵게 만드는 머릿속 생각들을 기록해 보고, 사교적인 사람이 그런 생각들을 가지고 행동한다면 어떻게 될지 상상해 보라. 그들의 행동은 어떻게 바뀔까? 이번엔 반대로 당신이 그런 사람이 되었다고 가정하고 모르는 사람에게 말을 거는 걸 상상해 보라. 당신은 어떻게 행동하고 무슨 말을 할 것인가? 왜 현실에서는 그렇게 하지 못할까? 그 일이 어려워 보이는 건 당신이 그렇다고 믿기 때문이지 그것이 실제로 어렵기 때문이 아니라는 사실을 기억하라.

일주일 동안 최대한 많은 사람을 만나겠다는 목표를 세워라. 상점에서 점원에게 질문을 하기도 하고, 저녁 모임에 가서 새로운 사람들을 만나고, 직장 휴게실에서 동료와 의견을 교환해 보라. 이렇게 하는 이유가 새로운 친구를 사귀는 것이 아니라 사람들에게 다가가는 법을 배우는 데 있다는 사실을 기억하라. 이런 수많은 일상적인 만남들이 비록 피상적이긴 해도 얼마나 기분 좋은 일인지를 깨닫게 될 것이다.

남들에게 쉽게 다가가지 못하도록 만드는 부정적인 편견들을 버리고 모르는 사람에게 말을 걸어 보라. 거절당하거나 우스꽝스러워 보일지도 모른다는 두려움 때문에 다른 사람들에게 다가가지 못하는 사람들이 많다. 그러나 일단 사람들에게 다가가 보면 대부분의 사람들이 새로운 사람과 만나는 일을 즐겁게 생각한다는 사실을 알고 놀라게 될 것이다.

| 공감하면서 듣기 |

공감한다는 것은, 상대방이 당신에게 자신의 문제나 감정을 고백할 때 그 사람의 처지에서 이해하려고 노력하는 것이다. 이러한 태도는 상대방을 위해 잠시 자신을 잊을 수 있어야 가능하다.

상대방을 이해하려고 노력하고 그가 해결책을 찾을 수 있도록 돕는 태도는 관계를 더욱 진실하고 돈독하게 만든다. 그렇다고 상대방의 문제를 대신 해결해 줄 수 있다는 것은 아니다. 상대방을 배려하고 그가 고통스러운 상태든 행복한 상태든 그의 감정을 이해해 주는 게 중요하다. 자기 자신을 잊고 상대방의 얘기를 들어 주는 것이 쉬운 일만은 아니다. 때로 무력감이나 질투심 때문에 불쾌한 기분에 사로잡힐 수도 있다. 그러나 공감하는 태도를 갖지 못하면 관계가 냉담해지고 친밀해지지 못하며 그만큼 서로 배려할 수 없게 된다.

어떻게 하면 공감하며 들을 수 있을까?

수동적으로 상대방이 하는 말을 듣기만 하고 아무 말도 하지 않는다면, 그것을 공감하면서 듣는 태도라고 할 수 없다. 상대의 말에 관심을 표시하고 적극적으로 반응하지 않으면 대화는 금세 지루한 독백이 되어 버린다. 공감하면서 듣는다는 것은 상대방의 말을 귀 기울여 듣는 차원을 넘어, 관심을 표현하고 대화에 적극적으로 참여하는 것을 뜻한다. 공감하면서 듣는 태도는 적극적으로 듣는 태도라고 할 수 있다.

피해야 할 행동들

―화제를 바꾼다. 관심 없다는 표정을 짓는다. 상대방이 얘기를 하는 동안 다른 곳으로 시선을 돌린다. 상대의 말을 자르거나 한숨을 쉬면 그 사람의 말을 들어 주기가 힘들다는 인상을 준다.

―상대방의 감정을 부정한다. 상대의 말이 사실이 아닌 양 단정

짓는다. "말도 안 돼." "거짓말이겠지." "믿을 수가 없어." "그럴 리가 없어." "네가 잘 못 생각한 걸 거야."

― 상대방이 한 말을 축소한다. "괜찮아, 별 일 아니야. 별것도 아닌 일로 그렇게 불평하지 마."

― 상황을 과장한다. "끔찍하다. 어쩌면 좋아?" "정말 힘들겠다. 도대체 어쩔 생각이야?"

― 판단하거나 비난한다. "다 네 잘못이야. 내가 뭐랬어? 내 말대로 했으면 이 지경까지 오지는 않았을 거야. 자기 고집대로 하더니 꼴좋다……."

하루에 한 번 이상 상대방의 말을 적극적으로 듣는 연습을 해 보라. 그리고 관계가 어떻게 변화하는지 살펴보라.

| 자기주장하기 |

자기주장은 자신이 원하는 것, 생각하는 것, 느끼는 것을 진실하고 직접적인 방식으로 표현하는 것이다. 물론 이때 상대방의 처지를 고려하고 존중하는 것도 중요하다. 타인의 권리를 무시해서도 안 되지만, 타인과 충돌하는 것이 두려워 자기주장을 포기하는 것도 좋지 않다.

이러한 태도는 타고나거나 저절로 생기는 것이 아니라 학습으로 길러진다. 이러한 태도를 갖추려면 긍정적인 의미에서 소통의 기술을 사용할 줄 알아야 하며, 타인뿐 아니라 자기 자신도 존중할 줄 알아야 한다. 다음은 자기주장을 펴는 기술들이다. 이런 기술을 적절하게 사용하는 것도 중요하지만. 이때 정직하고 진지하며 예절 바르게 행동하는 것이 무엇보다 중요하다.

일반적으로 자기주장을 하는 태도는 다음 네 가지로 나뉜다.

억제

사회불안증을 가진 사람은 자신을 표현하지 못하고, 충돌이 생길 만한 상황을 회피하며, 사람들과 거리를 두고, 남들에게 밉보이는 게 두려워 항상 예의 바르고 친절하고 배려심 있게 행동하려는 억제된 심리 상태를 보인다. 그러나 다른 사람의 기분을 맞춰 주기만 하는 태도는 본인의 정체성을 잃게 만들고, 다른 사람과 진정한 관계를 맺는 데 장애가 된다. 또한 억제된 감정이 점점 쌓이고 제대로 된 소통이 이루어지지 못하기 때문에, 자신도 모르는 사이에 점점 더 고립 상태에 빠질 수 있다.

공격

공격적인 태도의 사람들은 타인의 의견을 고려하지 않고 거기에서 생길 결과도 생각하지 않은 채 제 목표나 만족을 채우려고 남들에게 자신의 선택을 강요한다. 또한 타인의 기분을 헤아리거나 공감할 수 있는 능력이 부족한 까닭에 반복적으로 상대방을 비난하거나 비판하고, 부탁하지 않고 명령하거나 협박하는 경우가 많다. 공격적인 사람들은 대화를 나누는 대신, 상대방에게 자신의 관점을 강요한다. 상대방이 그 관점에 동의하지 않으면 상대방의 기분이나 생각은 아랑곳하지 않고 비난을 퍼붓는다. 이렇게 행동하는 사람을 좋아할 사람은 없기 때문에, 그 사람은 결국 혼자가 된다.

조작

무엇이든 조작하는 성향을 가진 사람들은 진솔하게 자신을 표현하지 못하고 자신이 원하는 것을 얻으려고 온갖 전략을 다 동원한다. 일테면, 공격적인 성향이 비겁한 방식으로 드러난 것이라고 보면 된다. 이들은 오로지 자기만족을 위해 아첨이나 칭찬, 또는 유혹을 한다. 그와 동시에 사람들을 위협하고 협박하거나 불평을 늘어놓고 없는 이야기를 지어 내기도 한다. 이 모든 행동이 오로지 자신의 욕구를 만족시키기 위한 것이다. 이들은 공감하는 능력이 부족하고 남들과 진실하고 돈독한 관계를 맺지 못한다. 그런 관계를 맺지 못하기 때문에 남들을 유혹하려고 노력하면서도 내내 고독감에 시달린다.

당당함

자기를 당당하게 주장하는 태도에는 두 가지 중요한 가치가 포함되어 있다. 자기 자신으로서 살아가려는 의지와 타인에 대한 존중이 그것이다. 당당하게 자기주장을 하는 사람은 자신의 모순을 기꺼이 인정하는 동시에, 다른 이들의 의견에 귀 기울일 줄도 안다.

이런 사람들은 솔직하게 상대의 말에 공감하며 적극적으로 반응하는 태도를 보인다. 당당하다는 것은 남의 말을 주의 깊게 경청하면서도 자신의 생각을 표현할 줄 알고, 다른 사람을 존중하면서도 자신의 권리를 지킬 줄 아는 태도다. 이런 태도를 가진 사람들은 다양한 사람들과 편안한 관계를 유지하며 사회적 만족감을 누린다.

자기주장의 기술은 다음과 같은 상황에서 유용하게 사용할 수 있다. 부탁할 일이 있을 때, 거절할 때, 비판을 하거나 비판에 응답할 때, 칭찬을 하거나 칭찬에 응답할 때, 화를 내는 사람에게 대응할 때, 자신의 부정적인 감정을 표현할 때, 갈등을 해결하거나 잘못을 사과할 때.

| 부탁하는 법 배우기 |

우리는 자기 자신을 전부 알 수도 없을 뿐더러 혼자 모든 일을 다 처리할 수도 없다. 다른 사람에게 뭔가를 물어 보거나 부탁해야 하는 상황은 누구에게나 생기기 마련이다. 부탁을 하는 것은 나를 낮추는 일도 아니며, 나의 약점을 내보이고 우스워지는 것도 아니다. 오히려 부탁은 나의 한계를 인정하고 상대방에게 신뢰를 보냄으로써 새로운 관계를 맺을 좋은 기회가 된다. 도움을 받은 사람은 다음에 꼭 도움을 주고자 할 것이기 때문이다. 또한 부탁을 한다는 것은 거절당할 수도 있는 가능성을 받아들이는 행위이다. 부탁은 명령이나 협박이 아니기 때문이다. 그러므로 부탁을 거절당했을 때 거절

당한 이유와 거절당할 때 자신이 느낀 기분을 분리해서 생각할 줄 알아야 한다. 상대방의 대답과, 상대방이 나에게 가지고 있는 생각이나 마음을 연관 지어 생각하지 말라는 말이다.

부탁을 망설이게 하는 요인들

―거절당할지도 모른다는 두려움.

―방해가 되거나 부담을 줄지도 모른다는 두려움.

―우습게 보이거나 오해를 살지도 모른다는 두려움.

―부탁하지 않아도 상대방이 알아서 해 줄 거라는 믿음이나 기대.

―혼자서 알아서 해결하겠다는 태도.

부탁하는 방법

부탁은 분명하고 명확하게 하라. 원하는 것을 분명하게 표현할수록 원하는 것을 얻을 확률이 높아진다. 문제가 되는 상황을 설명하고 부탁할 것을 말한다. 상대방의 대답을 귀 기울여 듣고, 만약 그 사람이 거절하면 그럼에도 거듭 부탁하는 이유를 설명하라. 부탁을 들어주면 감사하다는 말을 잊지 말고 함께 노력하는 자세를 보여야 한다.

피해야 할 행동들

―투정과 부탁을 혼동한다.

―다른 사람이 미안한 마음이 들어 다가오기를 기대하며 혼자서 낑낑대는 모습을 보이거나 한숨을 내쉰다.

—상대방이 알아서 자신의 부탁을 이해해 주기를 기대하며 어려
운 점들을 털어놓는다.
—이런저런 핑계를 대며 부탁을 정당화한다.
—거절당할 것이 두려워 공격적인 태도로 부탁한다.

|거절하는 법 배우기|

사람들은 상대방을 실망시키거나 그 사람이 한 부탁을 들어주지
못할까 봐 전전긍긍한다. 상대방의 마음에 들지 않거나 상처를 입
힐까 봐 걱정하는 것이다. 혹은 상대방에게 없어서는 안 될 존재가
되고 싶어 한다. 그러나 부탁을 거절하는 것이 부탁한 사람을 거절
하는 것은 아니다. 단지 그 부탁을 들어줄 수 없는 상황일 뿐이다.
좋은 관계를 맺고 있는 사이라면 설사 부탁을 거절당한 사람이 실
망했다고 해도 관계 자체가 흔들리지는 않는다. 상대방이 불만을
품을 권리가 있듯, 당신에게도 싫다고 말할 권리가 있다. 모든 사람
의 부탁을 들어줄 수는 없다. 앞에서도 말했지만, 서로 상대의 처지
와 가능성을 존중하는 관계가 균형 잡힌 관계다. 싫다고 말할 수 있
다는 것은 내가 상대방의 욕망 바깥에 존재할 수도 있다는 뜻이다.
다시 말해서, 상대와 다른 나만의 견해를 가지고 상대방이 나를 존
중하도록 만들어야 한다. 그렇다면 상대방의 기분을 언짢게 하지
않고 거절할 방법은 없을까? 거절하는 상황에서도 상대방의 기분에
공감하는 자세는 필수이다.

거절을 망설이게 하는 요소들

—상대방의 기분을 언짢게 하거나 마음 아프게 할지도 모른다는 걱정.

—갈등이 생기거나 관계가 끊어질지도 모른다는 두려움.

—상대방의 마음에 들고 좋은 인상을 남기고 싶은 욕망.

—선택의 여지가 없으니 어쩔 수 없다는 생각.

거절 의사를 표현하는 방법

상대방의 부탁을 정확히 이해하라. 상대방의 부탁을 다시 한 번 정리해 주어 오해의 소지가 없도록 한다. 거절을 할 때는 분명하게 대답해야 한다. 반드시 그 이유를 설명할 필요는 없다. 만약 상대방이 계속 고집을 피우면 반복해서 거절 의사를 밝혀라.('고장 난 음반 효과') 상대방의 말에 일리가 있다면 공감하는 태도를 보이면서 다른 대안을 제시하는 것도 좋다. 그래도 상대가 공격적인 태도로 고집을 부리면 단호한 태도를 보여야 한다. "고집 그만 부렸으면 좋겠어." "이제 그만해. 안 된다고 얘기했잖아." "내 생각이 다르다는 것을 이해해 줬으면 좋겠어."

피해야 할 행동들

—부탁을 들어주기로 해 놓고서 나중에 마음을 바꾸는 것.

—처음에 하기로 한 것과 다르게 하거나 투덜거리는 것.

—분명하게 거절하지 않고 이런저런 변명을 늘어놓는 것.

│ 비판에 반응하기 │

누군가에게 비판을 들으면 불편한 감정이 생기고, 그로 인해 상대방에게 공격적으로 반응하거나 비판을 애써 축소해서 받아들이는 것이 인지상정이다. 그러나 비판이란 가치판단이나 판결이 아니므로 무죄를 증명하듯이 항변할 필요는 없다. 다른 비판거리를 찾아내 상대방을 공격하거나 빈정거리는 것도 좋지 않다. 사람들은 나를 생각하고 나의 발전을 위해 비판을 하는것이다.

때로는 비판의 내용이 왜곡되거나 의미가 애매할 때도 있다. 그럴 땐 그 비판에 대답하기 전에 질문을 하거나 상대방의 말을 다시 정리하여 비판의 의미를 분명하게 이해해야 한다. "제가 정확하게 들은 게 맞다면, 이러저러한 점을 비판하시는 거죠? 좀 더 분명하게 말씀해 주시겠어요?"

비판에 제대로 대응하지 못하는 이유 ————————
－상대방에게 상처를 줄지도 모른다는 두려움.
－화를 내게 될지도 모른다는 두려움.
－자신에게 남을 비판할 권리가 있는지 확신하지 못함.
－무관심, 초연함.

비판에 대응하는 법 ————————
상대방의 비판이 잘못 표현되었거나 애매하면, 자세하게 설명해 달라고 요청하거나 그 내용을 요약해서 되물어라. 근거 있는 비판이라면 받아들여라. 그렇게 될 수밖에 없었던 이유를 설명하고, 비판 내용이 잘못된 것이라면 공격적이지 않은 태도로 분명하게 설명하라. 서로 말이 통할 수 있는 상황을 만들도록 노력하라.

피해야 할 행동들

— 공격적으로 반응한다. 빈정거리고 불만스러운 표정을 짓는다.
— 자신의 잘못을 인정하지 않고 모든 수단을 동원해 끝까지 자신을 정당화한다.
— 상대방을 비판하며 반격한다.
— 비판을 가치판단으로 받아들인다.
— 대답을 회피하려고 화제를 바꾼다.

| 타인을 비판하기 |

비판을 한다는 것은 타인의 특정한 상황이나 행동에 대해 자신의 의견을 밝히는 것이다. 어떤 경우에도 비판이 가치판단이 되어서는 안 된다. 비판을 하는 이유는 상대방에게 그 사람의 행동이 나에게 물질적 피해를 입히거나 부정적인 감정을 불러일으킨다는 사실을 지적하고, 그런 행동을 자제해 달라고 부탁하기 위함이다. 상대를 비난하거나 공격하는 것과는 거리가 멀다. 비판의 목적은 관계를 불편하게 만드는 부정적인 요소들을 제거하여 관계를 개선하는 데 있다.

다른 사람을 비판하기 전에 '긍정적 의심'이라는 원칙을 기억하라. 상대방의 태도가 마음에 들지 않을 때, 그가 내 기분을 상하게 하려고 일부러 그러는 것이라고 생각해서는 안 된다. 상대방의 의도를 자기 방식으로 해석하지 말라는 것이다. 상대방이 설명을 하면 그것을 이해하고 받아들일 줄도 알아야 한다.

비판을 주저하게 만드는 요인들
—상대방의 반응에 대한 두려움.
—아무 소용도 없다는 생각.
—비판과 불평이 마찬가지라는 생각.

비판하는 방법
문제 상황과 그에 따른 부정적인 결과를 설명한다. 이때, 당신은 해결책을 찾고 싶어 한다는 것을 보여 주라. 상대방의 대답을 주의 깊게 듣고, 그에 따라 다시 비판 내용을 설명하면서 합의점을 찾도록 노력한다.

▶비판은 그 당사자와 단둘이 있을 때 하는 것이 좋다. 그렇지 않으면 상대가 모욕감을 느낄 수 있다.

피해야 할 행동들

―공격적으로 상대방을 비난하는 것.

―자기 감정의 책임을 상대방한테 돌리는 것. "더 이상 견딜 수가 없어. 이건 있을 수 없는 일이야. 너한테 지쳤어. 넌 짜증 나는 사람이야……."

―불평을 하면서 일반적인 사실들을 들추어 내는 것.

―상대방을 고려하지 않고 자신의 관점만을 관철시키려는 태도.

―갑작스럽게 화를 내는 것.

―말을 하지 않고 불만을 쌓아 두다가 상관없는 일로 갑자기 폭발하는 것.

―당사자를 제쳐 놓고 다른 사람들에게 불평을 늘어놓는 것.

긍정적으로 말하기

긍정적으로 말하는 습관은 여러 가지 장점이 있다. 다른 사람들의 기운을 북돋아 주고, 긍정적이고 바람직한 태도를 격려해 주면, 칭찬을 들은 사람은 기분이 좋아질 뿐 아니라, 더 책임감을 느끼게 된다. 결코 어려운 일이 아닌데도 많은 사람들이 칭찬보다 부정적인 비판을 하기를 좋아하는 것은 안타까운 일이다.

긍정적인 말이 잘 안 나오는 이유

―그런 말은 별로 중요하지 않다는 생각.

─자신의 말이 진지하게 받아들여지지 않을지도 모른다는 염려.

─상대를 조종하거나 유혹하려 한다는 오해를 받고 싶지 않아서.

칭찬하는 법

칭찬은 간단하고 분명하고 솔직하게 하라. 주어 '나'를 사용하여 당신의 생각임을 드러내는 것이 좋다. 당신이 느끼는 바를 솔직하게 말하라. "제 생각에는 그 코트가 당신에게 참 잘 어울리는 것 같아요……." "당신이 항상 밝고 명랑해서 저는 당신과 함께 다니는 것이 너무 즐거워요……." "도와주셔서 정말 감사합니다. 이번 발표에 큰 도움이 됐어요."

피해야 할 행동들

─같은 칭찬을 반복하는 것.

─뭔가를 얻으려는 속셈으로 칭찬하는 것.

─속으로는 그렇게 생각하지 않으면서 말로만 그러는 것.

| 긍정적인 말에 반응하기 |

누군가 당신을 칭찬한다면 그것은 그 사람이 당신에게 관심이 있다는 걸 의미하며, 당신의 어떤 부분을 좋게 평가한다는 것이다. 그 사람이 좋아하는 것이 당신의 행동이나 성격, 또는 옷차림 같은 것일 수도 있다. 어쨌거나 그 사람은 당신에 대한 자신의 느낌을 표현함으로써 결국 마음을 보여 주고 자신을 드러낸 것이다. 일부러 마음을 먹어야 할 수 있는 행동이라는 말이다. 따라서 감사하다고 표현하는 것은 최소한의 예의에 해당된다. 때로 부끄럽거나 난처해서 칭찬을 거부하거나 지나치게 겸손한 태도를 보이기도 하는데, 이런 태도는 자신을 깎아내리는 것일 뿐 아니라 상대방의 생각이 잘못됐다고 말하는 것이나 다름없다.

칭찬에 반응하는 법

상대방에게 감사의 표현을 하고("감사합니다."), 자신의 느낌을 밝힌다.("기분이 아주 좋은데요.") 그 다음 자신의 의견을 표현하는 것도 좋다.("저도 이 셔츠를 무척 좋아하거든요.")

피해야 할 행동들

—상대방의 칭찬을 무시하듯이 아무런 반응도 보이지 않는 것.
—칭찬을 하찮은 것, 대수롭지 않은 것으로 받아들이는 태도.
—자신을 깎아내리면서 칭찬을 거부하는 태도.

| 화내는 사람 상대하기 |

누군가 공격적인 태도로 비난을 퍼부으면 어떻게 해야 할지 몰라 당황하게 된다. 비난을 당한 사람은 대개 상대방의 행동이 부당하며, 그 사람이 자신에게 그런 식으로 화낼 권리가 없다고 생각한다.

이런 생각은 곧잘 적절하지 않은 반응으로 표출된다. 상대방이 왜 화가 났는지를 전혀 고려하지 않기 때문이다. 이런 태도를 가진 사람은 상대방을 이해하려는 노력 없이 상대방을 비판하려고 든다. 극단적인 반응을 보이고 나서 뒤늦게 후회하는 경우도 많다.

누군가가 당신에게 화를 낸다면, 그것은 당신이 그에게 어떤 상처를 주었기 때문이다. 상대방의 말을 경청하여 그 사람이 그 이유를 설명할 기회를 주는 것이 중요하다.

화내는 사람에게 적절하게 대응하면 그로 인해 새로운 갈등이 생기거나 관계가 끊어지는 사태를 막을 수 있다.

화내는 사람에게 어떻게 반응할 것인가

침착함을 유지하며 심호흡을 하라. 상대방의 말을 경청하라. 상대방이 당신에게 모욕적인 말을 하면 반응하지 말라. 그렇다고 해서 그 모욕을 받아들이는 게 되는 건 아니다. 상대방이 말을 마치면

▶화를 내는 사람에게 보이는 방어적 태도들

―같이 화를 낸다.

―빈정거리거나 퉁명스럽게 맞받아친다.

―깔보는 태도로 약을 올린다.(조롱, 웃음)

―회피한다. (상대방의 말을 듣지 않거나 자리를 뜨는 행동)

공감하는 태도로 '상대방의 처지'에서 얘기하라. "화가 많이 난 것 같은데……."

자신의 어떤 행동이 상대방을 화나게 했는지를 이해하려고 노력하라. 차분한 음성으로 단도직입적으로 질문하는 것이 좋다. "내가 뭘 잘못해서 그렇게 화가 난 거야? 이유를 좀 설명해 주겠어?" 그러면 상대방은 당신을 비판하는 말을 꺼낼 것이다. 그 비판이 맞을 수도 있고 틀릴 수도 있다. 아니면 애매할 수도 있다. 앞에서 살펴본 '비판에 반응하는 방법'을 사용하여 적절한 반응을 보여라.

그래도 상대방이 계속 화를 내면 일단 진정시켜라. "일단 진정하는 게 좋겠다. 그렇게 소리를 지르면 네 얘기를 알아들을 수가 없잖아?" 그렇게 했는데도 상대가 계속 공격적인 태도로 나온다면 얘기를 나중으로 미루는 편이 낫다. 그 사람이 진정된 뒤에 서로 이해하고 문제의 해결책을 찾아보는 것이 좋다. "네가 화가 많이 난 건 알겠지만 계속 그런 식이면 대화를 할 수가 없잖아. 그러니까 나중에 좀 진정이 된 다음에 다시 얘기하자." 혹시 상대방이 폭력적으로 나오면 자리를 피하라. 때에 따라서는 그 사람이 자신의 생각을 곧바로 표현하지 못할 수도 있다. 그럴 땐 시간이 좀 흐른 뒤에 다시 얘기를 나누는 것이 좋다.

| 갈등 다스리기 |

서로 의견이 맞지 않거나, 비판을 하거나, 부탁을 거절하는 상황에서 양쪽이 다 만족스럽기는 어렵다. 피할 수 없는 이런 일들 때문에 관계가 냉랭해지거나 긴장이 생기기도 한다. 이때 이런 상황을 지나치게 심각하게 받아들일 필요는 없다. 우리는 누군가 내가 하려는 일을 반대한다는 사실을 받아들이지 못해서 일부러 그 사람을 반대하는 경우도 있는데, 그것은 잘못된 대응 방식이다. 그럴 의사가 있고 몇 가지 방법만 알면 서로 합의 지점을 찾아내는 건 어려운 일이 아니다. 갈등을 다스릴 줄 안다는 것은 '협상' 할 줄 안다는 뜻이다.

갈등 해결 방법

우선 적절한 시기와 장소를 선택해야 한다. 두 사람만 있을 수 있는 조용한 공간이 좋다. 문제는 되도록 정확하게 설명하라. 문제의 성격과 그것이 내게 미치는 영향 그리고 상대방이 이를 어떻게 생각하는지 묻는다.("어떻게 생각하세요?") 이때 함께 문제를 해결하고 싶다는 태도를 보이는 것이 중요하다.("어떻게 하면 좋을까요?") 그리고 자신의 생각과 감정, 바라는 바를 분명히 설명해야 한다. 물론 상대방에게도 그 사람의 생각을 설명할 기회를 주어야 한다. 그리고 상대의 얘기를 정리해서 다시 설명하여 본인이 제대로 이해했는지 확인받는다. 각자 제안한 해결책을 적용해서 얻을 수 있는 결과를 예상해 보고, 양쪽 모두 받아들일 수 있는 최선의 해결책을 찾는다.(타협) 마지막으로, 선택한 해결책을 두 사람 모두 잘 이해했는지 확인하고 상대방의 협조에 고마움을 표시한다.

▶**협상의 원칙들**

─가능성을 열어 두라.

─상대방에게 공감하려고 노력하라.

─비난하는 투로, '너'로 시작되는 문장보다는 '나'로 시작되는 문장을 사용하라.

─공정한 태도를 유지하라. 가치판단을 피하고 사실에 근거하여 말하도록 노력하라.

─한 번에 한 가지 문제만 언급하라.

─현재의 갈등에 대해서만 말하라.

─부정적인 방식으로 문제에 접근하지 말라.

─타협점을 찾도록 노력하라.

─상대방을 존중하라.

피해야 할 행동들

─시간이 해결해 줄 거라고 기대하며 문제를 방치한다.

─상대방의 말을 듣지 않거나 문제에 대해 얘기하는 것을 회피한다.

─자신의 의지를 관철시키려고 상대방을 현혹하거나 겁을 주는 태도. 충격을 받았다는 식으로 과장하는 태도.

─문제의 책임을 상대방에게 돌리고 비난하여 죄책감을 불러일으키는 것. "모든 게 다 너 때문이야."

—문제에 대해 매번 함구하다가 다툼이 생겼을 때 한꺼번에 쏟아
  놓는 태도.
—위협이나 협박, 최후통첩을 하는 것.
—상대방을 움츠러들게 하거나 할 말이 없게 만들려고 인신공격
  을 하는 것 "너는 문제가 있는 사람이야." "너는 꼭 네 엄마를
  닮았어." "나만 그렇게 생각하는 게 아니야."
—상대방을 고립시키거나 그 사람이 태도를 바꾸도록 만들려고
  대화를 거절하거나 불만스러운 표정을 짓는 태도.
—폭력을 행사하거나 폭력을 사용하겠다고 위협하는 것.

| 부정적인 감정 고백하기 |

'부정적인 감정'이란 불편함이나 불쾌한 감정을 일으키고 자신
이나 타인에게 해로운 행동을 할 수 있게 만드는 심리 상태이다. 슬
픔, 공포, 공격적인 태도, 낙담, 고독감 등이 여기에 해당한다. 기쁨
이나 놀람 같은 긍정적인 감정을 표현하는 것만큼이나 고통스러운
감정을 표현하는 것도 중요하다. 고통을 표현하면 그만큼 안도감이
들고 상대방과 좀 더 친밀하고 돈독한 관계를 맺을 수 있으며, 고독
감에서 벗어나 사태의 해결책을 찾을 수 있게 된다.

자신의 감정을 고백하는 것은 불평을 늘어놓거나 자신이 피해자
인 양 하는 것과 다르다. 개인적이고 민감한 주제에 대해 대화를 나
누다 보면 신뢰를 바탕으로 한 관계를 구축할 수 있다. 물론 상대방

이 공감하는 태도로 진지하게 나의 얘기를 경청하는 것이 전제되어야 한다. 상대방이 나의 말을 들어 줄 여유가 있는지 확인한 다음, 조용히 단 둘이 얘기할 수 있는 분위기를 마련하라.

고백을 어렵게 만드는 요소들

—자신의 느낌이 정확히 뭔지 잘 모를 때.

—자신을 있는 그대로 드러내는 것이 두렵거나 창피할 때.

—놀림을 받거나, 비난이나 부정적인 비판을 듣게 될지도 모른다는 두려움.

—상대방이 자신의 말을 귀 담아 듣지 않거나 진지하게 받아들이지 않을 거라는 생각.

—자신이 강하며 모든 걸 통제하고 있다는 '인상' 을 주고 싶다는 생각.

—혼자서 해결하겠다는 생각.

부정적 감정을 고백하는 방법

먼저 자신의 신체적·감정적 상태와 그런 상태를 유발한 사건이나 상황을 분명하게 인식한 뒤, 신뢰할 수 있고 열린 마음으로 얘기를 들어 줄 수 있는 사람을 선택한다. 그 사람에게 시간을 내어 달라고 부탁한다. 무슨 일이 있었는지 설명한 다음("이런 일이 있었어요……"), 자신의 기분을 이야기하고("이런 기분이 들어요……"), 상대방에게 어떻게 생각하는지 묻는다.

피해야 할 행동들

―대화하려는 시도는 하지 않은 채 불평만 한다.

―뭔가를 부탁하려고 상황을 과장한다.

―너무 개인적인 얘기를 털어놓아 상대방을 난처하게 만든다.

―상대방에게 걱정을 끼칠까봐 문제를 축소해서 얘기한다.

| 사과하기 |

살다 보면 때로 상대방을 불편하게 하거나 상대방 마음에 들지 않는 행동을 할 때도 있고, 주변 사람들에게 공격적인 태도를 보이거나 화를 내기도 한다. 그러나 자신이 상대방에게 불편함을 끼쳤다는 것을 잘 알면서도 자존심 때문에 실수를 인정하지 않거나 사과하지 않는 일이 많다. 이런 태도는 관계에 균열을 만들고 거리감을 조성한다. 상대방은 불만을 느낄 것이고, 당신은 죄책감 같은 불편한 감정에 휩싸일 것이다.

사과를 한다는 것은 상대방에게 상처를 주거나 불편을 끼친 사실을 인정하는 것이며, 이는 곧 자신의 행동이 타인에게 어떤 영향을 미치는지를 생각하는 것이다. 따라서 상대방에 대한 공감 능력이 꼭 필요하다. 사과하는 행위를 통해 나의 행동으로 상처받은 사람의 마음을 달래 주고 관계를 다시 회복시킬 수 있다.

사과를 어렵게 만드는 요인들

—나의 행동이 초래한 결과를 축소하거나 사소한 것으로 여기는 태도.

—내 책임이 아니라고 발뺌하는 태도.

—남에 대한 무관심.

—사과하는 것이 나를 낮추는 행위라고 생각하는 태도.

—사과가 받아들여지지 않거나 용서받지 못할 것이라는 두려움.

—보복을 당할지도 모른다는 두려움.

사과하는 방법

사과를 하기 전에 상대방이 어떤 불편함을 느꼈는지를 정확히 알고, 당신의 어떤 행동 때문에 그 사람이 고통, 실망, 혹은 분노를 느꼈는지 아는 것이 중요하다. 그리고 난 뒤에 당신의 행동에 대해 언급한다. 이때 사실을 있는 그대로 묘사하라 "어제 너에게 화를 냈는데" 식으로 말을 꺼낸 뒤, 당신의 행동이 상대방에게 불러일으킨 감정 상태를 이야기하라. "네 마음을 많이 상하게 한 것 같은데……." 그리고 사과의 말을 전하라. "그렇게 행동한 것 사과할게." 그리고 나서 상대방의 대답을 경청한 뒤에 당신이 느낀 점과 당신의 태도에 대해 설명해도 좋다. "그런 식으로 행동한 걸 후회하고 있어. 네게 상처를 주려고 그런 건 아니야……. 네가 나를 비판하니까 기분이 상해서 그만 화를 내고 말았어." 마지막으로 함께 얘기할 수 있어서 좋았다고 말하라. "함께 얘기할 수 있어서 다행

이야. 다음번에 네가 어떤 지적을 할 때 내가 또다시 화를 낼 것 같으면 미리 말해 줘. 그럼 도움이 될 거야."

| 몇 가지 조언 |

성급하게 대응하지 말라

　지금까지 살펴본 다양한 기술들은 소통을 원활하게 해 주고 사람들과 조화롭고 갈등 없는 관계를 구축하는 데 도움이 될 것이다. 그러나 문제가 발생했을 때 서둘러서 곧바로 대응하려고 하지 말라. 우리는 감정에 휩싸여 상황을 부분적으로 혹은 잘못 이해하여 상대방의 처지를 고려하지 않고 자기 생각대로 행동하려는 경향이 있다. 이럴 땐 좀 기다리는 편이 더 나을 수 있다. 혼자 차분히 생각할 시간을 갖거나 주변 사람들에게 의견을 물어본 뒤 문제 해결에 나서도 결코 늦지 않다.

　감정이 격하게 몰아칠 때는 차분히 복식호흡을 해서 긴장을 풀고 나서 대답하는 것이 좋다. 대화를 나중으로 미루는 것도 한 방법이다. "네가 한 말은 잘 들었어. 하지만 좀 나중에 얘기하면 안될까? 우선 차분하게 생각을 좀 했으면 해서……." 그리고 며칠 뒤 다시 얘기할 때, 앞에서 살펴본 '부탁하는 방법'을 사용해 보라. "어제 네가 한 말을 곰곰이 생각해 봤는데(주제를 명확히 밝힌다.), 지금 그 문제에 대해서 얘기 좀 할 수 있을까? 시간 괜찮아?"

긍정적인 의심을 하라

머릿속에 항상 긍정적인 의심을 품고 있어라. 다시 말해, 사람들은 근본적으로 당신에게 나쁘게 굴거나 상처를 주고 싶어 하지 않는다는 것, 당신이 고통스러워하는 것을 즐기지 않는다는 것을 명심하라. 물론 그들도 당신과 마찬가지로 해결해야 할 문제들이 있고 자기만의 관점이 있다. 그 관점이 당신의 생각과 항상 일치할 수는 없다. 또한 그들도 한계가 있으므로 때론 서툴거나 참을성 없는 태도를 보이기도 하고 상대방의 마음을 이해하지 못할 때도 있다. 상대방이 의도적으로 당신에게 고통을 주거나 당신을 화나게 만드는 것이 아니라는 말이다. 당신의 감정 상태와 상대방의 의도를 혼동하지 말라.

유머는 적절한 순간에만 사용하라

유머는 갈등을 완화하고 대화를 부드럽게 하는 데 매우 효과적인 소통 수단이다. 상대방의 비판에 유머로 답하는 것은 문제에 맞서지 않고 피해 갈 수 있는 좋은 방법이다. 그러나 유머를 이용해 상대방을 비판하는 것은 빈정거림으로 들릴 수 있으며, 또한 누군가의 부탁에 유머러스하게 대답하는 것은 자칫 그 사람의 문제에 관심이 없다는 태도로 비칠 수 있다. 당신이 원하는 것을 얻어 내려고 유머러스한 태도를 가장하는 것 역시 당당하지 못한 태도로 상대방을 조종하려는 것밖에 안 된다.

특히 마음이 불편한 상황에서 유머를 이용해 자신의 감정을 표현하는 건 바람직하지 않다. 상대방은 당신의 태도를 빈정거림이나 무관심으로 해석하거나 유머 속에 공격적인 메시지가 들어 있다고 느끼게 된다. 반면 스스로 당당하고 자신감이 있다면 상대방의 비판을 유머로 맞받아칠 수도 있다. "그래, 네 말이 맞아. 내가 가끔 과장이 심하지? 나는 남을 짜증나게 하는 데 소질이 있나 봐." 관계에 대한 믿음이 있고 분위기를 좀 바꾸고 싶을 때도 유머가 효과적이다. "자, 싸움은 이제 그만하자. 이러다 밥 다 식겠다."

한 가지 잊지 말아야 할 것은 비언어적인 표현이 당신의 실제 의도를 보여 줄 수 있다는 것이다. 따라서 이런 상황에서 유머를 사용할 땐 긴장을 풀고 차분한 상태에서 미소 띤 얼굴로 말해야 한다.

12
꾸준한 관계 만들기

"우린 우리가 길들이는 것만을 알 수 있는 거란다." 여우가 말했다.
"사람들은 시간에 쫓겨 아무것도 알 수 없게 되어 버렸어. 그들은
가게에서 이미 만들어진 것만 사거든. 그런데 친구를 파는 가게는
없어. 사람들은 그래서 친구가 없는 거야." ─생텍쥐페리, 『어린왕자』

앞에서 살펴보았듯이, 인간관계망이 양적으로나 질적으로 결핍
되었을 때 우리는 고독감에 시달리게 된다. 따라서 만족스러운 인
간관계를 맺는 것이 매우 중요하다.

현재의 인간관계에 만족하지 못한다면 그 관계들을 변화 또는

확장시키거나, 좀 더 편안한 관계로 유도하는 것이 필요하다. 편안함 대신 피곤함을 주거나 별로 내키지 않는 관계는 그 관계에서 벗어나는 것이 좋다. 어떤 경우이든 간에, 아무런 노력도 하지 않는다면 결코 문제는 저절로 해결되지 않을 뿐더러 무력감이나 고독감만 커진다.

| 인간관계를 점검하라 |

인간관계를 점검하는 것은 다음과 같은 목적이 있다. 내가 맺고 있는 관계를 객관적인 시각으로 바라보고, 그 관계들의 질적·양적 상태를 정확히 파악하여, 그중 어떤 관계가 삶을 풍요롭게 하고 어떤 관계가 그렇지 못한지, 그 이유는 무엇인지 생각해 보아 개선 전략을 모색하기 위함이다.

분명하고 객관적인 검토를 위해 다음에 나올 표를 이용해 보라. 표의 각 줄에 관계를 맺고 있는 사람의 이름을 적어 넣고 관계 항목들을 차례대로 평가해 나가면 된다. 다음의 방법을 이용해 표를 채워 보자.

먼저, 가족과 친구, 지인, 이웃, 직장 동료 등 주변 사람의 이름을 적는다. 가능한 한 전화번호와 이메일 주소도 함께 쓴다.

각 사람들과의 관계 항목을 0~10점으로 평가하여 적는다. 서로 간에 얼마나 암묵적인 동조가 가능한지, 신뢰할 수 있는 건전하고 균형 잡힌 관계인지 등을 차례 차례 평가하면 된다.

동조 의식: 얼마나 친밀하고 내밀한 관계인가? 어떤 추억을 공유하고 있는가? 공통점은 무엇인가? 서로 이해하고 있다고 느끼는가? 말이 잘 통하는가?

신뢰: 편한 마음으로 이야기할 수 있는가? 걱정 없이 비밀을 털어놓을 수 있는가? 그래도 마음을 놓을 수 있는 사람인가? 무언가를 부탁할 수 있는가? 뭔가를 믿고 맡길 수 있는가?

건전하고 균형 잡힌 관계: 튼튼한 토대 위에 구축된 정직하고 솔직하고 진실한 관계인가? 아니면 암시, 의무, 암묵, 거짓말 등으로 이루어진 관계인가? 공평하게 무언가를 주고받을 수 있는, 상호적인 교환을 바탕으로 한 공정한 관계인가? 아니면 힘이나 협박, 불안감이 지배하는 관계인가?

'접촉 용이성'(전화를 잘 받는가? 시간을 자주 낼 수 있는가?), '공감하는 능력'(그 사람이 당신을 이해하려고 노력하는가? 당신의 기분을 잘 알아 주는가?), '관계의 원만함'(자주 당신을 초대하는가? 다른 사람도 소개시켜 주는가? 그 사람은 주변 사람들과 원만한 관계를 맺고 있는가?), '긍정적·낙관적 성격'(그 사람의 성격은 참여적, 자발적, 적극적, 긍정적인가?) 등의 항목도 같은 방식으로 평가하면 된다.

마지막 칸에는 그 사람과 함께 하고 싶은 일이나 공유하고 싶은 것, 말하고 싶은 것 등을 적는다. 영화를 보러 간다거나, 함께 식사를 하거나, 집으로 초대하거나, 테니스를 치거나 함께 휴가를 떠나거나, 무엇이든 당신이 원하는 것을 적어 넣으면 된다.

이름	동조 의식	신뢰	건전하고 균형 잡힌 관계	접촉 용이성	공감	긍정적 성격	사회성

왜 평가 목록이 필요한가?

고독감에 사로잡힌 사람은 거절당하는 것에 민감하다. 그러나 적절한 순간에, 적합한 사람을 찾는 건 쉬운 일이 아니다. 누군가에게 속내를 털어놓고 싶어서 전화를 했는데 마침 그 사람이 여유가 없어서 건성으로 대답하다가 전화를 끊을 수도 있다. 그러면 전화를 건 사람은 더 큰 실망감에 빠지고 불행하다는 기분에 휩싸이게 된다.

이 평가의 목적은 어떤 관계가 더 좋고 나쁜지를 가리는 것이 아니다. 이 평가 목록은 당신이 자신의 인간관계를 분명하고 정확하게 파악하도록 만들어 필요할 때 적절한 사람에게 연락을 취할 수 있도록 도와줄 것이다. 예를 들어, 속 얘기를 털어놓을 사람이 필요할 때는 신뢰할 수 있고 나에게 시간을 내줄 수 있는 사람을 고르는 게 좋다. 이 경우에는 그 사람의 사회성 같은 것은 별로 중요하지 않다. 그러나 누군가와 의견을 교환하거나 외출을 하고 싶다면, 사회성이 좋고 긍정적인 성격의 사람을 만나는 편이 좋을 것이다.

마지막 칸에 적어 놓은 사항은 그 사람에게 연락하고 싶은 동기를 확실하게 파악하고, 하고 싶은 말이나 함께 하고 싶은 활동을 미리 준비할 수 있게 해 준다. 이러한 준비는 즉흥적인 발상이나 불평을 늘어놓는 태도를 예방하고, 계획을 세워 건설적이고 편안한 관계를 맺을 수 있도록 해 줄 것이다.

　이 목록을 작성하다 보면 지금은 연락이 뜸해진 사람과 예전에 함께 나눈 기억이 떠올라 다시 연락하고 싶다는 생각이 들 수도 있다. 예전에 알고 지낸 사람이나 오랫동안 연락하지 않은 친구에게 연락을 해 보라. 그들이 생각보다 반가워해서 아마 놀랄 것이다.

도움이 필요할 때 연락할 수 있는 세 사람을 고를 때도 이 목록을 이용할 수 있다. 세 사람에게 전화를 걸어 힘든 점, 고독에 대한 두려움을 말하고 문제가 생겼을 때 믿고 연락해도 되는지 분명하게 물어 보라.

실천적 조언

　평가 목록에서 좋은 점수를 얻은 관계는 계속 발전시켜 나가면 된다. 평균 점수 이하를 받은 관계는, 왜 그런 상태에 이르게 되었는지 생각해 보아야 한다. 그 관계에서 당신이 보인 태도를 생각해 보고, 상대방이 부정적인 반응을 보이도록 만든 요소는 없었는지 검토해 보라. 주변 사람들에게 그 사람을, 혹은 당신과 그 사람의 관계를 어떻게 생각하는지 물어보는 것도 한 방법이다. 만약 지나치게 불만족스럽고 불편하다면, 관계를 개선해 보려고 안간힘을 쓰기보다는 차라리 거리를 두는 편이 더 나을 수도 있다.

관계의 성격을 존중하라

사람들 간의 관계를 잘 들여다보면 '모임에서 처음 만나 얘기를 나누는 사람', '친구', '평생 동안 우정을 나누는 관계' 사이에 연속성이 존재한다는 것을 알 수 있다. 관계들의 각 단계는 명확한 분리선으로 구별되지 않으며, 한 단계에서 다음 단계로 점차 발전해 간다. 각 단계의 차이는 관계가 발전하면서 서서히 구축되는 친밀성이나 동조 의식, 기대 등의 정도에 따라 규정된다.

이처럼 관계의 성격은 친밀성의 정도에 따라 낯선 사람, 아는 사람, 개인적 관계, 사적 관계, 친밀한 관계 순의 다섯 단계를 거치며 변화해 간다. 균형 잡힌 관계가 성립되려면 양쪽이 같은 단계에 속해 있어야 하며, 양쪽 다 그 단계의 내재적인 규칙을 받아들일 수 있어야 한다.

낯선 사람

상대방은 아직 당신이 누구인지 잘 모른다. 첫 대면을 통해 서로 상대를 발견하고 알게 되는 시작 단계에 해당한다. 따라서 당신의 외모, 옷차림, 사람들 앞에서 보이는 태도뿐만 아니라, 상대방에게 말을 걸거나 시선을 주는 방식 등이 당신의 인상을 결정하게 된다.

전철 안에서 마주치는 사람, 처음 보는 상점 주인 등과의 관계가 이 단계에 해당된다고 보면 된다. 대부분 이러한 관계는 눈빛을 주고받거나 각 상황에 맞는 형식적인 대화를 주고받는 것 이상으로 발전하지 못한다. 그러나 이러한 첫 만남이 친구의 초대로 참석한 자리에서 이루어지거나 직장처럼 반복해서 마주치게 되는 공간에서 이루어질 경우, 그 관계는 자연스럽게 다음 단계로 발전한다.

아는 사람

이 단계에서는 상대방이 당신의 이름과 직업, 사는 지역 등 당신에 대한 일반적인 정보를 알고 있다.

당신과 상대방은 예의상 "어떻게 지내세요?" 정도의 인사말을 주고받는 사이다. 동네 가게 주인이나 이웃들 혹은 안면을 트고 지내는 사람들이 여기에 해당된다. 서로 마주치면 인사나 몇 마디 말을 주고받을 뿐 그 이상의 관계는 아니다.

개인적 관계

이 관계의 사람들은 서로 친분을 나눈다. 가장 좋은 예가 직장 동료 사이다. 이메일 주소, 휴대폰 번호, 결혼 여부, 직업, 사는 지역 등을 모두 알고 있거나 부분적으로 알고 있다. 함께 식사를 하기도 하고 다른 사람에게 소개를 하기도 한다. 그러나 관계상 거리감이 존재하고 서로 상대의 사생활을 소상히 알지 못한다.

사적 관계

한 마디로, 친한 친구들과 맺는 관계다. 상대방은 당신의 집이 어디 있는지 알고, 당신의 친구나 가족과 알고 지낸다. 당신은 별 부담 없이 상대방을 집에 초대하거나 가족 잔치에 부르고, 속 얘기를 일부 털어놓을 수도 있다.

내밀한 관계

이 관계는 경계가 분명하다. 아무나 들어올 수 있는 관계가 아니다. 선택받은 몇 사람만 이 관계 속에 받아들여진다. 내밀한 관계에 있는 사람은 당신의 집에 와서 잠을 잘 수도 있고, 주말 동안 상대방의 아파트를 빌려 쓸 수도 있다. 다른 사람은 절대 모르는 사적인 일들도 서로 알고 있다. 성적 관계를 맺는 사이일 수도 있다. 강한 정서적 끈이 둘을 연결해 주고 있다. 따라서 관계가 끊어지면 당연히 슬픔을 느끼게 된다.

각 관계의 단계에 맞게 친밀도의 정도를 존중하는 것이 매우 중요하다. 그래야 성급하게 접근해서 상대방에게 부담을 주거나 반대로 지나치게 거리를 두는 일이 없게 된다. 원만하고 균형 잡힌 관계를 맺으려면 서로 상대가 어느 정도의 친밀도를 기대하는지를 알고 이를 존중해 주어야 한다. 만약 각자의 기대가 다르다면, 가령 한쪽은 친구가 되고 싶어 하고 다른 쪽은 애인 관계를 원한다면 기대 정도가 낮은 쪽에 맞추는 것이 좋다. 이러한 원칙 속에서 관계는 점차 더 친밀한 방향으로 발전해 나갈 수 있다. 존중을 바탕으로 한 관계는 설사 관계가 끊어지더라도 실망이나 오해의 여지가 그만큼 적다.

집과 정원을 상상해 보자. 집 밖에 서 있다면 첫 단계, 그러니까 '낯선 사람'에 해당된다. 정원에 들어섰다면 '아는 사람'의 범주에 들어온 것이다. 현관·거실·부엌은 '개인적 관계'에 속하고, 다른 방들까지 들어갈 수 있다면 '사적 관계'에 진입한 것이다. 마지막으로 침대는 '내밀한 관계'에 해당된다.

낯선 사람을 바로 침대로 초대하는 건 적절하지 못한 행동이다. 인간관계도 이와 마찬가지다. 집 주위에 있는 사람이 가장 많고, 정원을 지나 집 안으로 들어설수록 사람 수가 점점 줄어드는 것도 쉽게 이해할 수 있다. 마지막으로 침대를 공유할 수 있는 사람은 당연히 극소수일 것이다.

이 각 단계의 성격을 존중하면서 관계의 망을 넓혀 나가겠다는 목표를 설정하라. 당신의 정원에 초대하고 싶은 사람은 누구인가? 당신의 집 안으로 들어올 수 있는 사람은 누구인가? 침대까지 허락할 수 있는 사람은?

| 불안보다는 욕망을 따르라 |

고독감에 시달리는 사람은 공유와 교환, 상호 존중을 바탕으로 한 관계를 구축하지 못하는 경우가 많다. 이들은 새로운 사람을 만나려고 노력하지도 않고, 사람들을 있는 그대로 받아들이지도 못한다. 이들이 원하는 건 단지 외로운 상태를 벗어나는 것뿐이다. 그리고 상대방의 마음에 들지 못하거나 버림받는 것이 두려워서 불안감 속에서 관계를 유지해 나간다. 단지 혼자 있는 게 싫어서 맺는 관계는 정서적 의존을 높여서 함께 성숙해 갈 수 있는 가능성을 제한하고, 상대방이 떠날지도 모른다는 불안감 속에 살게 만든다.

당신에게 만족감을 주지 못하는 관계를 계속 유지해 나가야 할까? 상대방이 원하지 않는데 내 쪽에서만 친구 관계나 내밀한 우정을 원하는 것도 무의미하다. 관계는 양쪽이 함께 만들어 가는 상호적인 것이어야 한다.

처음 관계를 시작할 때 상대방에게 구체적으로 무엇을 기대하는지, 어떤 종류의 관계를 맺기를 원하는지, 관계를 어떻게 발전시켜 갈 것인지를 미리 생각하라. 또한 당신이 원하지 않는 관계에 대해서도 생각해 보라. 당신이 견디기 힘든 것이 무엇인지(충실하지 못한 태도, 폭력, 거짓말 등), 어떤 수준의 관계를 맺어 갈 것인지(우정, 사랑 등)도 생각해 봐야 한다.

일단 관계가 시작되면 앞에서 정의한 다섯 단계를 차례 차례 밟아 가는 것이 좋다. 성급하게 단계를 뛰어넘으면 금세 실망감에 사로잡힐 수 있다. 성적 관계를 맺었다는 이유만으로 내밀한 관계에 있다고 착각하는 사람도 많다. 그러나 육체적인 관계가 곧 관계의 내밀함을 뜻하지는 않는다. 상대방의 리듬이나 선택이 당신 마음에 들지 않더라도 그것을 존중하도록 노력하라. 당신이 관계를 유지하려고 노력하는 만큼 상대방에게도 똑같은 기대를 품게 되는 건 지극히 당연한 일이다. 그러나 앞에서도 여러 번 강조했듯이, 상대방이 당신의 모든 결핍을 충족시켜 줄 거라고 기대해서는 안 된다. 기대가 너무 크면, 상대방이 그 기대를 만족시켜 주지 못할 때 실망감에 사로잡힐 뿐이다.

당신이 원하는 바를 가능한 한 분명한 방식으로 상대방에게 부탁하거나 제안하라. 부탁이나 제안의 수준은 관계의 친밀도에 따라 달라질 것이다. 부탁을 하는 방식은 앞에서 살펴본 소통 방법을 참조하면 도움이 될 것이다.

관계가 원하는 대로 풀리지 않을 수도 있다는 가능성을 염두에 두라. 상대방이 중간에 생각이 바뀌어 당신에게서 멀어질 수도 있다. 당신이 상대방을 좋아한다고 해서 그 사람이 평생 당신 곁에 머무르며 감정의 노예로 살아가야 한다는 법은 없다. 서로 배려하며 균형 잡힌 관계 속에서 각자 자신을 발견하고 성숙해질 수 있다면 헤어질 것을 염려할 필요조차 없어진다.

연습 삼아 다음과 같이 해보자. 한 사람을 정해 일주일간 그의 말을 경청하고 그에게 특별히 관심을 쏟아 보라. 잠시 자신을 잊고, 고민도 잊고 관계 속에 마음을 쏟아 보라. 그러고 나서 관계에 어떤 변화가 생기는지 살펴보라.

| 좋은 관계를 유지하라 |

친구들에게 자주 연락해 안부를 묻거나 수다를 떨고, 당신에게

일어난 일들에 대해 얘기하거나 의견을 묻도록 하라. 단지 얘기가 하고 싶어서 연락을 해도 좋다. 주변 사람의 생일을 챙겨 주고 선물을 해 보자. 대단한 선물을 할 필요는 없다. 마음이 담겨 있는 선물이면 된다. 가끔 사람들을 집으로 초대하고 바쁠 때는 잠깐 만나서 커피 한 잔 마시는 것도 좋다. 그들에게 당신 자신에 대해, 당신이 느끼는 감정과 당신의 삶, 걱정거리나 미래의 계획에 대해 얘기해 보라. 그러면서 그들에게도 관심을 가져야 한다.

당신이 친구들과 맺고 있는 관계를 좀 더 정확히 파악하고 그 관계 속에서 얼마나 만족을 느끼는지를 알고 싶다면, 자기 자신에게 이런 질문을 던져 보라. 누구와 함께 있을 때 기분이 좋아지고 긴장감 없이 솔직해지며 말이 통한다는 느낌이 드는가? 그 사람의 어떤 부분을 좋아하는가? 그 사람을 만나면 주로 뭘 하는가? 그 사람을 마지막으로 본 게 언제인가? 그 사람과 충분히 자주 만나고 있는가? 더 자주 볼 수 없는 이유는 무엇인가? 그런 종류의 관계를 더 많이 만들고 싶은가? 그러기 위해 나는 무엇을 하고 있는가?

최근 3개월 동안 경험했던 만남 가운데 만족스러웠던 기억, 기분좋았던 일들을 떠올려 보라. 친구들과의 저녁 식사, 영화 관람, 가족 모임, 생일 파티, 휴가, 캠핑, 스포츠클럽, 업무 회의 등 뭐라도 상관없다. 그리고 그 순간이 기분 좋게 느껴진 이유를 생각해 보라. 어떤 점이 마음에 들었고 함께 있던 사람은 누구였는가? 당신을 초대해 준 사람에게 고맙다는 인사를 했는가? 그때 만난 사람들과 계속 연락을 하고 있는가? 그들의 연락처가 있는가? 아니면 지금이라도 연락처를 물어볼 수 있는가? 그들과 다시 만날 약속을 잡을 수 있는가?

방금 기억에 떠오른 사람들을 집에 초대하거나 함께 외출할 계획을 세워 보라. 혼자 하기 힘들면 다른 사람에게 부탁하여 함께 계획을 진행해도 좋다. 당신을 초대했던 사람들에게 보답할 수 있는 기회도 되고, 다시 한 번 기분 좋은 만남을 가질 수도 있으며, 서로 모르는 사람들끼리 소개해 줄 수 있는 좋은 기회가 될 것이다.

해로운 관계를 멀리하라

어떤 관계가 불편하게 느껴진다면 그 이유를 찾아보고 관계를 바꿀 수 있는 방법을 모색해야 한다. 만약 현재 갈등 상태에 있다면 앞에서 살펴본 사회적 관계를 맺는 방법들을 참조하라. 노력을 해도 관계가 개선되지 않는다면 관계를 접거나 거리를 두는 편이 더 나을 수도 있다. 당신과 친해지고 싶어 하지 않는 사람과 친구가 되려고 애쓰거나, 편하지 않은 관계를 유지하려고 애쓰지 말라.

지루하고 불편했거나 당신이 겉돌고 있다는 느낌이 들거나 재미도 없으면서 억지로 수다를 떨어야 하는 상황들이 있었는지 생각해 보라. 그때 당신의 기분은 어땠는가? 무엇이 마음에 들지 않았는가? 왜 지루했는가? 각각의 이유를 스스로 설명해 보라. 그때 느꼈던 불편함은 어떤 한 사람 때문이었나, 아니면 여러 사람들 때문이었는가? 그도 아니면 당신의 기분 상태 혹은 수줍음 때문이었는가? 상황을 바꿀 방법은 없었나? 가령, 다른 누군가와 함께 왔더라면,

좀 더 솔직한 태도로 대화를 했더라면, 다른 곳에서 만났다면, 사람 수가 좀 더 적었다면 상황이 더 나았을까?

주변 사람들 중에서 당신을 불편하게 하고 마지못해 관계를 유지하고 있는 사람이 있는지 생각해 보라. 그 관계가 만족스럽지 못한 건 정확히 무슨 이유 때문인가? 그들에게 어떤 불만을 표현하고 싶은가? 이 문제로 주변 사람에게 조언을 구해 볼 만한 상황인가? 만약 현재 갈등 관계에 있다면 그 갈등을 해결할 수 있는가?

▶**좋은 관계를 맺기 위해 갖춰야 할 6가지 덕목**

─공감

─유연성

─긍정

─열린 마음

─창의력

─존중

간단한 조언

문제가 있는 관계를 오래 끌고 가는 것은 좋지 않다. 만나면 늘 불평만 해대고 당신이 걱정거리를 다 해결해 줄 거라고 믿는 사람들에게 시간을 낭비할 필요는 없다. 인생은 짧다. 당신을 사랑하고 배려하는 사람들과 시간을 보내라. 당신의 가치를 제대로 알아봐 주지 않는 사람들의 기분을 맞추느라 힘을 낭비하지 말라. 특히 공격적이거나 학대하는 사람, 나르시시스트적인 사람들을 피하라.

| 만족스러운 커플 관계 |

어떻게 커플 관계를 구축할 것인가

모든 인간관계는 유동적이다. 시간 속에서 변화하며 상호간의 행동에 영향을 받는다. 하나의 관계는 단계적으로 발전해 간다. 그 속에서 각자 상대방을 발견하고 이해하게 되며, 동조 의식과 친밀성을 쌓아 간다. 그러나 어떤 관계든 각자의 적응 능력이나 기대감에 따라 힘든 시기를 겪게 마련이다.

우리는 각자 다른 과거가 있고 그런 만큼 다른 기대를 가진 사람들이 만나 관계를 맺는 것이다. 과거에 고통스러운 일을 경험했던 사람은 새로운 관계에 그만큼 더 큰 기대감을 품기 마련이다. 이들은 예전에, 특히 어린 시절에 정서적 관계에서 겪었던 고통을 위로받고 결핍이 충족되기를 바란다. 그런데 두 사람이 성숙한 관계를 맺는 데 필요한 요소들이 없거나 부족하다면 그 관계에 대한 회의 감이 밀려들며 크고 작은 위기를 겪을 수 있다. 그러나 위기는 또한 관계를 더욱 돈독하게 만들고 각자 자신을 실현할 수 있는 기회가 되기도 한다. 물론 관계가 경직되거나 더 이상 앞으로 나아가지 못하여 관계가 끊어질 위험은 언제고 있지만 말이다. 모든 관계는 그 자체로 고유하다. 서로 다른 인생 경험과 미래 계획, 각자 다른 내적인 능력을 가진 사람들이 만나 관계를 맺기 때문이다. 커플 관계가 진행되는 과정은 각 단계별로 설명한 내용을 참조하라.

▶커플 관계의 발전 단계

1. **융합**: 너와 나는 하나다.
2. **차이 인정**: 네가 원하는 내가 아닌 있는 그대로의 나를 인정하라. 나는 네 밖에서도 여전히 존재한다.
3. **탐색, 외부에 대한 관심**: 다른 곳에서는 무슨 일이 벌어지고 있는가?
4. **상호 접근**: 함께 그리고 각자 무엇을 할 것인가?
5. **협동**: 함께하자. 그러나 각자의 차이를 인정하자.
6. **시너지**: 세계로 마음을 열자.

▶ Ellyn Bader & Peter pearson, *Quest of the Mythical Mate: Developmental Approach to Diagnosis and Treatment in Couples Therapy*, Burnner · Mazel, 1988에서 인용.

▶피해야 할 행동들

—상대를 바꾸려고 하는 태도.
—누군가와 헤어진 뒤 혹은 외롭다는 이유로 이미 헤어진 연인과 다시 시작하는 것.
—아무것도 바라지 않고 상대방에게 무조건 무언가를 주려고만 하는 태도.
—외로운 게 싫어서 커플 관계를 맺는 것.
—상대방이 명확하게 거절하는데도 연인이 되어 달라고 고집을 피우는 것.
—시간이 흐르면 관계가 저절로 나아질 것이라고 믿는 태도.

커플 관계를 창조하라

▌타협하라

　가족 문제, 재혼, 첫 결혼에서 얻은 자식 등 현실적인 문제를 고려하라. 그에 맞추어 당신의 기대감을 조정해야 한다. 당신의 파트너에게는 그 사람만의 과거와 고유한 성격이 있다. 따라서 당신이 원하는 바를 모두 만족시켜 줄 수는 없다. 그 사람을 바꾸려고 애쓰지 말고 있는 그대로 받아들이려고 노력하라. 상대방에게 요구할 때도 그 가능성의 범위 안에서 요구하라. 한계가 없는 사람은 없다. 당신의 파트너도 마찬가지다.

▌인내심을 가져라

　커플 관계는 서서히 구축되는 것이다. 그런데 사람들은 여러 번의 관계를 거치면서 매번 같은 고민을 한다. 관계가 쉽게 풀리지 않을 때 현재의 관계를 과거의 실패와 연관시켜 바라보는 것이다. 행복해지기 위해 꼭 위대한 사랑을 할 필요는 없다. 각자 성숙한 관계를 맺으려고 노력하겠다는 의지나 그럴 수 있는 능력을 갖추는 것이 중요하다. 관계가 발전하려면 갈등은 불가피하다. 이 갈등을 매번 잘못된 만남의 증거로 여길 것이 아니라 변화의 기회로 생각하라.

■ 불가능한 것을 요구하지 말라

상대방은 당신이 과거에 겪은 고통을 치유해 주려고 당신 곁에 있는 것이 아니다. 그 사람이 당신의 요구를 모두 만족시켜 주지 못한다고 해서 당신을 사랑하지 않는다고 생각하지 말라. 당신 스스로 자신을 보살피는 태도를 가져야 한다. 나의 결핍을 채워 주지 못한다고 상대를 비난하지 말라. 자신을 실현하는 게 힘들다고 상대방에게 그 책임을 돌리지 말라. 상대방의 단점을 비난하기보다는 장점을 발전시킬 수 있도록 돕는 편이 낫다.

■ 대화하라

상대방에게 관심을 가져라. 시간을 들여 그 사람이 하는 말을 경청하라. 남자와 여자는 대화하는 방식이 다를 때가 많다. 남자는 사실을 얘기하는 경향이 있고, 여자는 자신의 감정을 표현하려는 경향이 있다. 건전한 관계를 맺고 싶다면 다음의 몇 가지 원칙을 지키도록 노력하자.

폭력, 모욕적인 말, 상대방을 재단하는 태도, 명령이나 무례한 요구, 감정적인 협박 등을 삼가라. 서로 상대방의 사생활을 존중해 주라. 어린 시절의 상처를 자극해서도 안 된다. 사소한 주제일지라도 자주 대화를 나누라. 친구들과 함께 수다를 떨 듯이 자주 대화를 하도록 노력하라.

■ 바깥 세상으로 마음을 열어라

파트너와 무언가를 함께하는 건 커플 생활에서 매우 중요한 부분이다. 하지만 그렇다고 모든 걸 함께할 필요는 없다. 가끔 나만의 시간을 가져라. 그럼 상대방에게도 여유가 생길 것이다. 커플 생활이 모든 걸 가져다줄 수 없다는 사실을 받아들여라. 커플 생활 바깥에서 나만의 관계를 발전시켜 나가는 것도 필요하다.

커플 관계인 사람들은 대부분 나는 상대를 위해 노력하는데 상대는 그만큼 노력하지 않는다고 생각한다. 정말 그럴까? 종이를 한 장 펴 놓고 나의 장점과 단점을 쓰고, 내가 커플 관계를 유지하기 위해 어떤 노력을 하고 있는지 적어 보라. 그리고 다른 종이에 상대방에게 바라는 것을 솔직하게 적어 보라. 파트너에게도 같은 작업을 하도록 부탁한 뒤 그 결과를 놓고 함께 토론해 보라.

커플 관계에서 생기는 갈등은 대개 두 사람이 관계를 생각하는 방식이 다른 데서 비롯된다. 당신은 커플 관계에서 가장 중요한 것이 무엇이라고 생각하는가? 그렇게 생각한 이유는? 그 이상적인 커플 관계를 유지하기 위해 당신은 어떤 노력을 기울이고 있는가? 이 질문에 대한 답을 종이에 적어 보라. 파트너도 같은 작업을 하게 하고 함께 얘기를 나눠 보라.

현재 파트너와 자주 갈등을 겪는다면 그 원인이 과거에 있을 수도 있다. 다툼의 이유가 주로 무엇인지, 어떤 상황에서 말다툼을 벌이게 되는지, 그럴 때 상대방에게 어떤 감정이 드는지 생각해 보라. 당신은 정확하게 어떤 기분이 드는가? 그런 상황에 이를 때마다 무슨 생각이 떠오르는가? 그 생각들이 당신의 마음을 어디로 이끌어 가는가? 비슷한 상황을 예전에도 겪은 적이 있는가? 이 질문에 대한 답도 종이에 적어 보라. 이런 감정에 여러 감정이 뒤섞여 있지는 않은가? 만약 그렇다면 혼합된 감정들을 따로 분리하여 파악한 후 각 감정이 어디서 비롯되었는지, 나에게 어떤 의미가 있는지를 생각해 보라. 자신이 격렬한 감정에 휩싸여 반응하고 있다고 여겨질 때, 현재 상황에서 비롯된 감정과 어린 시절의 경험에서 비롯된 감정을 분리해서 생각하도록 노력하라.

많은 커플들이 속내를 털어놓지 못해 서로 원망하고 오해하며 고립감에 사로잡힌다. 종이 위에 파트너에게 하고 싶은 말을 모두 적어 보자. 비난하고 싶은 것, 마음 깊숙이 느끼는 감정, 기대에 미치지 못하는 것들, 이해할 수 없는 것, 자신의 고통 등 무엇이라도 상관없다. 또한 표현하지 못한 사랑의 감정, 부끄럽거나 서툴러서 혹은 파트너에게 상처를 줄까 봐 두려워서 하지 못했던 말들도 적어 보자. 그리고 각각의 사항을 표현하기 힘든 정도에 따라 0~10점으로 점수를 매겨 보자. 그런 뒤에 표현하기가 가장 덜 힘든 순서대로 파트너에게 얘기해 보라. 이때 시간을 두고 천천히 진행하는 것이 좋다. 문제 상황을 한 가지씩 차근 차근 풀어 가라. 한 가지 일을 핑계로 몇 달 동안 쌓아 왔던 모든 감정을 한꺼번에 폭발시켜서는 안 된다.

13
감정에 충실하게 살기

나를 둘러싼 환경과 조화를 이루며 살아가려면 감정을 다스릴 줄 알아야 한다. 그러나 불행하게도 우리는 어린 시절부터 부모의 금지와 사회적 제약 속에서 내면의 감정을 억제하는 법을 배워 왔다. 남에게 방해가 되지 않고 사람들을 기쁘게 하며 공동 생활의 규칙에 적응하기 위해서였다. 그러는 사이 자신의 목소리에 귀 기울이고 내면 깊숙이 숨겨진 감정을 이해하는 법을 배우지 못한 채 조금씩 자신에게서 멀어졌다. 그렇게 어른이 된 뒤에는 자신의 내면을 이해하지 못하고 감정을 다스릴 줄 몰라 소외감, 억제, 두려움 속에서 실제와 다른 자신과 대면하게 된다.

자신에 대한 무지의 가장 큰 피해자는 자기 자신이다. 두려움 속에서 감정이 과잉 상태와 정서적 무관심 사이를 혼란스럽게 오고가 지금 무슨 일이 벌어지고 있는지조차 제대로 이해하지 못한 채 자신이 낯설게 느껴지는 것이다. 자기 감정에 충실하지 못하면 내면의 긍정적인 감정을 발견하지 못하고 자아실현과 행복을 이룰 수 없다.

감정을 제대로 제어하지 못하면 사람들과의 관계도 힘들어진다. 특히 정서적 교류가 어렵다. 정서적 관계 속에서 자신의 상처와 결핍과 다시 대면해야 하기 때문이다. 감정을 조절할 줄 모르면 자기 자신과도 평화로운 관계를 맺을 수 없다. 불만족스러운 인간관계 속에서 혼자 남게 될지도 모른다는 두려움까지 밀려오면 고독감에 사로잡히고, 그 고독감은 또다시 견디기 힘든 불쾌한 감정을 낳아 우리를 막다른 골목으로 떠미는 것이다.

우리는 아직 고통의 원천인 고독을 다스리는 법을 배우지 못했다. 지금까지 고독한 상황을 만들지 않기 위해 일상을 조직하거나, 지나친 고통을 일으키는 상황을 피할 수 있는 방법을 살펴봤다. 이제 고독을 다스리고 고독에 대한 두려움을 극복하기 위해 고독한 상황과 대면하는 방법을 살펴볼 차례다. 고독에 대한 두려움을 극복하고 싶다면, 고독의 순간을 스스로 선택하여 고독을 다스리는 법을 배워야 한다.

지금까지는 자신을 관찰하고 연구하여 문제 상황이 발생하기 전에 미리 행동하고 외부에 도움을 요청하는 등 적절한 방식으로 상황에 대응하는 방법을 알아보고, 고독감을 불러일으키는 문제 상황을 파악하는 방법을 살펴봤다.

이제 고독한 상황에 직면했을 때 감정을 다스리는 방법을 살펴보자. 이 방법을 익히고 나면 고독이 더 이상 큰 문제가 되지 않을 것이다. 우선 현실적인 목표를 세우고 그것을 달성하려고 노력하라. 일주일 중 일정한 시간을 정해 연습을 하자. 아무것도 방해받지 않게 휴대폰도 꺼 버리고 조용히 혼자 있을 수 있는 환경을 만들어라. 처음에는 시간을 짧게 잡는 것이 좋다. 10~15분 정도면 충분하다. 자신의 능력과 리듬에 맞춰 조금씩 시간을 늘려 나가면 된다.

이 연습을 하고 나면 자신의 감정을 비정상적이거나 낯선 것이 아닌 본래의 자연스러운 것으로 받아들이게 될 것이다.

나의 감정 되찾기

이번 장에서는 다양한 연습 방법들을 소개할 것이다. 이 방법들을 무작정 반복하기만 하는 건 좋지 않다. 이 연습들은 겉으로 보이는 것처럼 그렇게 간단하지만은 않다. 이 방법들이 효과를 발휘하려면 시간과 인내심과 노력이 필요하다. 그런 만큼 이 방법들은 자신의 감정을 이해하고 받아들이는 데 많은 도움을 줄 수 있다. 이 중에는 여럿이서 함께 하면 재밌고 유쾌한 연습 방법들도 있다. 고독감에 시달리고 있거나 자신의 감정 상태를 조절하는 데 어려움을 겪는 사람들에게 도움이 될 수 있을 것이다. 또한 자신의 감정과 육체적 감각들을 받아들임으로써 자동적 생각들과 거리를 두거나 그 감정들에서 벗어날 수 있게 해 줄 것이다. 한 마디로, 자기 자신을 좀 더 정확하고 객관적으로 바라보도록 도와줄 것이다.

감각 자극하기

이 연습은 자신의 신체와 감각을 인지할 수 있게 해 주는 다양한 방법으로 구성되어 있다. 소파에 편하게 앉아서 하는 것도 있고, 명상을 하듯 가부좌를 틀고 앉아서 해야 하는 방법도 있다. 길을 걸으며 나의 몸이 주변의 자극에 어떻게 반응하는지를 관찰하는 방법도 있다. 이 방법들을 연습할 때 가능한 한 차분하게 복식호흡을 하면 좋다.

■ 첫 번째 연습

부엌에 들어가서 여러 가지 양념, 조미료, 향신료 등을 꺼낸 뒤 그중에서 네다섯 개를 골라라. 처음에는 이 정도면 충분하다. 소금, 후추, 고추, 겨자, 카레, 마늘, 양파, 초콜릿, 커피, 차 등 어느 것이라도 상관없다. 연습을 반복하면서 재료를 달리해도 괜찮다. 식탁 위에 재료를 올려놓고 그 앞에 앉는다. 재료를 용기에 담은 채로 놓아도 좋고 평평한 곳에 조금씩 덜어 놓아도 상관없다. 각 재료를 마치 처음 보는 것인 양 하나 하나 살펴보라.

그 다음에 그중 한 가지만 골라 주의 깊게 관찰해 보라. 촉감, 색깔, 모양, 조명에 따라 달라지는 빛깔 등 모든 면을 관찰하라. 무엇이 연상되는가? 모래? 자갈? 잘린 풀잎? 흙? 눈? 이번엔 다른 것과 비교해 보라. 무엇이 다르고 무엇이 비슷한가?

이제 재료를 한 가지씩 손바닥 위에 올려놓고 만져 보라. 어떤 느낌이 드는가? 단단한가? 우툴두툴한가? 부드러운가? 말랑말랑한가? 액체처럼 흘러내리는가? 그 다음 엄지손가락과 검지손가락으로 집어서 만져 보라. 무엇이 연상되는가? 눈을 감고 상상이 이끄는 대로 이미지를 떠올려 보라. 재료를 두 손가락으로 비빌 때 나는 소리에 귀를 기울여 보라. 어떤 소리가 들리는가? 날카로운 소리? 낮은 소리? 무거운 소리? 무언가 스치는 듯한 소리?

이번엔 눈을 감고 냄새를 맡아 보라. 그 냄새가 어떤가? 시큼한가? 부드러운가? 톡 쏘는가? 달콤한가? 매운가? 자극적인가? 나무향이 나는가? 시간을 두고 천천히 냄새를 맡아 보라. 무엇이 연상되는가? 냄새를 맡으니 떠오르는 기억이 있는가? 떠오르는 음식은?

마지막으로 그것을 혀 끝에 올려놓고 기다려 보라. 느낌이 어떤가? 삼킨 뒤 입속에 남는 맛도 느껴 보라. 가능한 한 섬세하게 맛을 음미하라. 다른 것은 모두 잊고 모든 감각을 오직 그 맛에만 집중하라. 다른 양념이나 조미료도 같은 순서로 관찰해 보자.

■ 두 번째 연습

벤치에 앉아 거리를 지나가는 사람들을 관찰해 보라. 그들은 무슨 옷을 입었는가? 어떻게 걷고 있는가? 어느 방향으로 가고 있는가? 무엇을 하고 있는가? 어디를 바라보고 있는가? 웃고 있는가? 긴장한 듯 보이는가? 서두르고 있는가? 차분해 보이는가? 아니면 흥분 상태인가? 그 사람들의 삶을 상상해 보라. 그들은 지금 일터로 가고 있을까? 직업은 무엇일까? 어디에서 일할까? 아이는 있을까? 남편이나 애인은? 자동차 운전자들도 관찰해 보라. 자동차도 살펴 보고 그들이 운전하는 모습도 유심히 보라. 그리고 같은 질문을 던 져 보라. 그 다음 눈을 감고 주변의 소음에 귀를 기울여 보라. 청각 과 후각에만 의존해서 주변에서 벌어지고 있는 일을 상상해 보라. 그리고 당신의 몸이 어떤 반응을 보이는지 살펴보라.

■ 세 번째 연습

오른손을 들어 찬찬히 살펴보라. 손톱, 손가락, 손바닥, 손등을 차례로 관찰해 보라. 그 다음 왼손으로 오른손을 쓰다듬어 보라. 다 정하게, 천천히, 부드럽게, 어떤 느낌이 드는가?

■ 네 번째 연습

길을 걸으며 나의 신체 한 부분에만 정신을 집중해 보라. 오른발, 왼팔, 이마 등 어디라도 상관없다. 그 부분에서 어떤 감각이 느껴지 는가? 길을 걷는 동안 그 부분이 어떤 식으로 반응하는가?

│ 숨겨진 감정 발견하기 │

여기서는 '감정의 다리' 라고 불리는 방법을 소개할까 한다. 감 정적인 기억을 통해 과거로 거슬러 올라가는 방법이다.

우선 과거에 즐거웠던 순간을 떠올려 보라. 최근의 일이든 아주 오래전에 경험한 일이든 상관없다. 눈을 감고 그 기억에 정신을 집중하라. 그때의 상황을 머릿속에 떠올려 보라. 언제, 어디서, 누구와 함께 있었는가? 그때 당신의 기분은 정확히 어땠는가? 몸은 어떤 감각을 느꼈는가? 그 기억들을 떠올리고 있는 지금 당신의 상태는 어떠한가? 당신의 몸은 어떤 반응을 보이고 있는가? 어깨, 목구멍 속, 가슴, 배, 얼굴 등 몸의 각 부위에서 감각을 느끼고 있는가? 지금의 기분 상태를 말로 표현하라고 한다면 어떤 단어가 떠오르는가? 천천히 시간을 갖고 몸에서 일어나는 반응을 하나하나 관찰해 보라.

같은 순서로 분노, 공포, 슬픔, 놀람, 혐오감 등을 느꼈던 기억을 떠올려 보라. 죄책감, 수치심, 행복감, 자유 같은 좀 더 복합적인 감정과 관련된 기억을 떠올려도 좋다. 그러나 너무 강렬한 기억은 떠올리지 말라. 이 연습은 트라우마를 치료하려는 게 아니라 과거의 감정을 다시 느껴 보려는 것이다. 과거 기억이 현재 우리의 삶에 어떤 영향을 미치는지를 이해하는 기술은 나중에 다시 살펴볼 것이다.

이 연습을 하면서 각각의 기억이 일깨우는 감정을 비교할 수 있게 메모를 하는 것도 좋다.

| 감정적 상태 창조하기 |

어떤 감정이 일어날 때 나에게 어떤 일이 벌어지는지를 관찰하는 연습이다. 가령, 화가 났을 때라고 가정해 보자. 지금 굉장히 화가 났다고 상상해 보라. 그게 어려우면 누군가가 화가 나 있다고 상상하거나 당신이 화를 낼 만한 상황을 상상해도 좋다. 화가 났을 때 몸의 각 부위가 어떤 반응을 보이는지 머리와 얼굴에서 시작해 발끝까지 차례로 떠올려 보라. 이런 순서로 몸 전체를 살펴본다. 따뜻함, 차가움, 심장 박동, 호흡 수, 체온, 침이 마르는 현상 등 모든 생체적 반응과 근육이 긴장되는 부위와 이완되는 부위를 살펴본다. 그러한 상태를 표현할 수 있는 말들을 적어 보라.

그 감각들로부터 어떤 생각들이 떠오르는가? 당신은 무엇을 하고 싶은가? 당신의 몸은 무엇을 원하는가? 달리고 싶은가? 무언가를 치고 싶은가? 소리를 지르거나, 술을 마시고 싶은가? 이 모든 사항을 노트에 적어 두라. 기록한 것을 나중에 표로 만들어 보면 자신에 대해 좀 더 잘 알 수 있게 될 것이다. 기본 감정, 신체적·생체적 반응, 자동적 생각들, 자동적 반사 행동들…….

공포, 슬픔, 놀람, 혐오감 같은 다른 감정도 같은 방식으로 관찰해 보자.

| 홀로 자신을 대면하는 법 배우기 |

고독을 견디는 힘을 갖고 싶다면 두려움을 이겨야 한다. 그러려면 고독의 순간에 익숙해지고 거기서 비롯되는 감정들을 다스릴 줄 알아야 한다.

이번엔 고독을 다스리는 방법 가운데 얼핏 보면 모순되어 보이는 방법을 하나 소개하겠다. 일부러 고독한 상황을 만들어서 그때 느끼는 감정을 파악하는 방법이다. 이 방법의 목적은 자신의 감정을 재단하지 않고 있는 그대로 받아들이도록 하는 데 있다. 고독감으로 고통을 겪고 있는 사람에게는 의아하게 느껴질 수도 있다. 그러나 이렇게 하는 가장 큰 이유는 무엇보다 고통스러운 상태에서 벗어나기 위해서이다.

재중심화를 통해 중립적인 시각에서 판단이나 비판을 잠시 미뤄두고 자기 자신 속에서 무슨 일이 벌어지고 있는지를 관찰하게 되면, 감정적인 반응을 하기에 앞서 전체적인 관점으로 문제를 있는 그대로 바라볼 수 있게 된다. 무엇보다 자기 자신을 좀 더 잘 이해할 수 있을 뿐 아니라, 내면의 목소리에 귀 기울여서 자기 자신에게 가까이 다가갈 수 있게 된다.

이 방법은 '또렷한 의식' 속에서 이루어져야 한다. 현재의 순간과 경험에 관심을 집중시켜라. 현재 경험하는 모든 것, 즉 즉각적인 신체적 반응, 자유롭게 떠오르는 생각과 이미지 같은 것에 정신을 집중하라. 현재 경험하는 모든 것을 이해하거나 분석하거나 변형하려고 하지 말고 있는 그대로 받아들여라. 그 경험이 기분 좋은 것이든 나쁜 것이든 상관없이 모든 가치판단을 유보한 채 호의적인 태도로 받아들이도록 노력하라.

이 기술은 이른바 '자동조종기법'과 정반대의 방법을 사용한다. 자동조종기법은 평온함과 긴장 이완을 위해 잠들기 직전이나 명상의 순간에 자신의 신체적 감각에서 벗어나 머릿속에 떠다니는 생각에 몸을 맡기는 방법이다. 이와 달리 '또렷한 의식 기법'은 즉각적으로 주어지는 경험을 있는 그대로 받아들이고 그것을 바꾸려고 하지 않는다. 선험적인 개념이나 목적도 없으며 판단하지 않는다. 이 방법을 제대로 실행하는 것은 생각보다 어렵다. 수개월 동안 꾸준한 연습이 필요하다. 우리는 어떤 경험을 있는 그대로 받아들이기보다는 지식을 바탕으로 그것을 판단하는 데 더 익숙하기 때문이다.

이 방법을 익혀서 자신감을 갖게 되면 자신의 감정에 좀 더 익숙해질 것이다. 이 어려운 단계를 거치고 나면 그 다음에 소개하는 방법은 훨씬 간단하게 느껴질 것이다.

마음을 놓는 연습

매일 15분 정도 시간을 내라. 그게 힘들면 일주일에 3일 정도라도 상관없다. 이 시간에는 아무것도 하지 말라. 책이나 TV, 라디오, 음악 등도 필요 없다. 매주 시간을 5분씩 연장해서 30분이 될 때까지 계속한다. 외부의 자극 없이 혼자 시간을 보내는 것이 중요하다. 따로 시간을 내야 하고, 몇 주 동안 꾸준히 계속해야 하기 때문에 인내심과 끈기가 필요하다. 이 시간에 신경을 다른 곳에 빼앗기지 않으려면 미리 알람을 설정해 놓아라.

이제 편안한 자세로 앉아 자신에게 마음을 집중하라. 연습을 시작하기 직전, 종이에 머릿속에 떠오르는 생각, 예상되는 자신의 반응, 현재의 기분 등을 적어 두자. 그러려면 자기의 마음속에서 일어나는 일, 자동적인 생각, 이미지를 파악할 줄 아는 능력이 필요하다. 그 다음 정신을 집중하고 자기 자신 속으로 여행을 떠나 보자.

■ 어떤 신체적, 생체적 감각이 느껴지는가? 머리에서 발끝까지 차례로 살펴보라. 가슴속이나 뱃속 등 몸 안의 반응도 빠짐없이 확인하라.

■ 자신의 신체적 감각과 생각에 따라 호흡이 어떻게 달라지는지 확인해 보라. 숨을 들이쉬었다가 천천히 남김없이 내뱉는 동안 자신의 반응을 관찰해 보라. 이때 일부러 다른 반응을 하거나 자신의 느낌을 이해하거나 바꾸려고 해서는 안 된다.

■ 머릿속에 자유롭게 이미지들이 떠오르도록, 과거 기억이 영화 속 영상처럼 흘러가도록 내버려 두라. 자신이 버스를 타고 낯선 도시를 방문하는 여행자라고 생각해 보라. 그 여행자는 지금 버스 차창 밖으로 지나가는 상점이나 기념물을 바라보고 있다. 계속 달리는 버스 안에 앉아 창 밖 풍경을 바라본다. 같은 방식으로 생각과 기억, 이미지가 차례로 머릿속에 떠오르고 지나가는 것을 담담히 지켜보라. 이때 어떤 생각에 특별히 관심을 집중해서는 안 된다. 생각들이 자유롭게 떠오르도록 내버려 두라. 그것들을 제어하거나 일정한 방향으로 유도하거나 거부하려고 하지 말라. 그 생각들이 불러일으키는 감정도 이해하거나 해석하려 하지 말고 보조적인 정보로서 있는 그대로 받아들여라. 그

감정이 생겨나고 사라지고 더 이상 나타나지 않는다는 사실만 알면 된다. 감정이 생겨났다가 그것을 받아들이는 순간 어떻게 저절로 사라지는지를 관찰하라. 감정을 억제하거나 멈추려고 하면 오히려 강해진다. 바닷가 제방에 부딪히는 파도를 보라. 거세게 몰려오던 파도도 제방에 부딪히면 물거품을 일으키고 뒷걸음질 치며 물러간다. 그러니 굳이 감정의 파도를 막으려고 애쓰지 말고 마음속에서 일어나는 자연스러운 현상으로 받아들이고, 그 위에서 미끄러지듯 파도타기를 하고 있다고 상상해 보라.

■존재론적인 질문으로 마음이 괴롭거나, 과거의 고통스러운 경험이 떠오르거나 자책감에 시달리고 있다면, 아무 반응도 하지 말고 그 감정이 자신을 괴롭히고 못살게 굴도록 내버려 두라. 그저 '이런 생각이 떠오르고 있을 뿐이다.' 라고 생각하라. 판단을 내리거나 특별한 관심을 기울이지 말고 그 생각들을 자신의 일부로 그대로 받아들이도록 노력하라. 그리고 그 생각들이 자신의 몸에 어떤 변화를 불러일으키는지 관찰하라. 그 생각들이 불러일으키는 감정을 변형하거나 완화시키려고 하지 말고 있는 그대로 바라보라. 이해하거나 분석하려고 해서도 안 된다. 중립적인 관찰자의 눈으로 자기 안에서 벌어지는 일들을 바라보면 된다. 불쾌감을 느낄 수도 있다. 그럴 때는 알람시계가 울리면 모든 게 끝날 거라고 30분만 버티자고 자신을 다독여라. 힘들더라도 알람시계가 울릴 때까지 참고 견뎌 보라. 적어도 이 시간

만큼은 오직 나 자신만 생각하고, 나의 내면에서 벌어지는 일에 마음을 집중해 보자. 뭔가를 기대할 필요도 없고 자신을 판단할 필요도 없다. 의미나 적절성 따위에 구애받지 않고 나 자신, 나의 감각과 생각에 좀 더 가까이 다가가 보자.

- 알람시계가 울리면 심호흡을 하고 천천히 외부 현실로 되돌아온다. 기지개를 켜고 마음을 불편하게 했던 기억이나 이미지를 노트에 기록하라. 다른 활동을 하기 전에 음악 감상이나 목욕을 해서 긴장을 풀도록 하라. 당신이 경험한 것을 주변 사람들과 얘기해 보는 것도 좋다. 그때 떠오른 불편한 기억이나 의문점들을 털어놓아라.

이해나 분석 이전에 내 마음속에서 벌어지는 일을 있는 그대로 보는 것이 이 연습의 목적이다. 중립적인 관찰자의 눈으로 바라봄으로써 감정에 휩쓸리지 않고 내 감정을 나의 것으로 있는 그대로 받아들이는 것이다. 이러다가 나 자신을 통제하기는커녕 감정 속에 파묻혀 버리고 마는 게 아닌가 염려스러울 수도 있다. 결코 그렇지 않다. 나의 감정 상태를 알고 그 감정들이 자유롭게 드러나게 하라. 감정이나 몸의 반응을 사고 작용으로 판단하기 이전에, 그것들이 하려는 말을 주의 깊게 들어 보라는 것이다. 방법은 다양한 명상법과도 일맥상통한다.

이 활동을 중간에 멈춤 없이 30분 정도 지속할 수 있게 되면 자부심을 느껴도 좋다. 규칙적으로 꾸준히 노력하지 않으면 도달하기 힘든 경지이다. 일단 이 단계에 도달하면 그 다음부터는 자신의 리듬에 맞춰 규칙적으로 훈련을 해 나가면 된다. 하루에 30분 정도 투자하면 만족감을 얻을 수 있을 것이다. 규칙적인 훈련 외에 일상생활에서 문제 상황에 부딪혔을 때도 이 방법이 유용하다.

호흡을 통한 재중심화

이 방법은 불필요한 생각에 계속 시달리거나 불안한 긴장 상태나 신체적인 증상이 나타날 때 효과적이다.

아무것에도 방해 받지 않는 장소에서 조용히 혼자 자리를 잡아라. 편한 자세로 소파나 의자에 앉으면 된다. 1분 정도 복식호흡을 하며 자신의 호흡에 마음을 집중시킨다. 이 연습은 20분 정도가 소요된다. 5분 정도씩 세 단계를 거치며, 준비 시간 2~3분, 마무리하는 시간 2~3분이 걸린다. 규칙적인 연습으로 익숙해지면 전체 시간을 10분 정도로 줄일 수 있다.

첫 5분 동안은 머릿속에 생각들이 자유롭게 떠오르도록 내버려 두라. 앞에서 살펴본 마음 놓기 연습과 같은 방식이다. 떠오르는 생각을 제어하거나 이해하거나 거부하려고 하지 말라. 높은 곳에서 밑에 지나가는 차를 내려다보듯 관찰자의 시점으로 지나가는 생각을 바라보기만 하면 된다. 특정한 생각이나 이미지, 기억에 멈춰서도 안 된다. 자신이 손님을 초대한 집주인이라고 상상하라. 손님의 신분이 어떠하든, 나와 얼마나 친한 사이이든 상관없이 모두 받아들여라. 이 집에 오는 사람은 누구든 환영이다. 떠오르는 생각 가운데 더 중요하거나 덜 중요한 것은 없다. 특정한 생각에 집착하지 말고 모든 것을 그대로 받아들이려고 노력하라.

흐르는 강물을 상상해 보라. 당신 앞으로 매번 다른 물이 지나가지만 강 전체로 보면 여전히 같은 강이다. 마찬가지로 머릿속에 끊임없이 다른 생각이 지나가고 심리적 반응이 일어나고 기억이 떠오르지만 나는 여전히 나로 존재한다. 마음 비우기 연습을 하는 동안 내 안에서 어떤 일이 벌어지는지를 관찰하라. 몸은 어떤 반응을 보이는가? 근육이 긴장되거나 통증이 느끼지거나 불편한 곳은 없는가? 반대로 이완되거나 편하게 느껴지는 부위는 없는가? 각 부위를 기록해 두고 그 감각을 표현해 보라. 긴장, 불안, 공포, 두려움 등.

다음 단계로 넘어가 호흡에 마음을 집중하라. 숨을 쉬고 있는 자신을 관찰하는 것이다. 숨을 쉴 때마다 공기가 콧구멍 속으로 들어가 기도를 지나 가슴을 부풀게 한 후, 가슴을 빠져나와 기도를 지나 입을 통해 밖으로 내뱉어지는 과정을 천천히 하나 하나 관찰하라. 매일, 매 순간 끊임없이 행하는 이 운동이 나의 생명을 지탱해 주고 있다. 그 과정을 의식적으로 관찰하는 것이 이 연습의 목적이다.

호흡의 리듬에 맞춰 몸이 어떻게 반응하는지, 몸과 마찬가지로 마음속에서는 어떤 일이 벌어지는지를 살펴보라. 숨을 들이쉴 때마다 가슴과 배가 부풀어 오르는 것이 느껴지는가? 우리의 몸은 머리 끝에서 손가락 끝, 발가락 끝까지 호흡의 리듬에 맞춰 살아간다. 숨을 들이쉴 때 몸 전체가 긴장되고 힘으로 가득 찼다가, 숨을 내쉬면서 긴장이 풀어지고 몸 속의 노폐물이 배출되는 과정을 관찰해 보라. 최대한 정신을 집중하라. 설사 중간에 작은 소음이나 근육의 긴장 때문에 집중력이 흐트러져도 가볍게 '잠깐 마음을 빼앗겼다'고 생각해 버리면 그만이다. 그리고 다시 복식호흡에 마음을 집중하면 된다. 이 과정을 5분 정도 지속하라.

이 단계가 끝나면 처음에 느꼈던 감각, 그 감각을 묘사한 단어를 떠올리고 그 느낌이 어떻게 남아 있는지를 관찰해 보라. 그 감각을 느낀 부위를 호흡의 중심점이라고 상상하고 천천히 호흡을 해 보라. 구름을 스쳐 지나가는 바람을 상상해 보면 된다. 숨을 들이쉬고 내뱉을 때마다 그 부위에 어떤 변화가 생기는지 살펴 보라. 들숨과 날숨의 움직임을 유심히 관찰하라.

그 움직임은 마치 파도가 바위에 부딪혀 깨지고 다시 물러나는 것과 같을 것이다. 파도는 바위에 와서 부딪힐 때마다 바위를 조금씩 침식시키고, 울퉁불퉁한 부분을 둥글고 매끄럽게 만든다. 같은 방식으로 당신의 호흡이 그 감각 부위에 어떻게 작용하는지를 살펴 보면 된다. 호흡과 그 부위가 하나가 되었다고 생각하고 관찰하라. 특별한 일이 생길 것을 기대하지 말고, 관찰자로서 일어나는 일들을 전체적으로 바라보기만 하면 된다. 관찰되는 모든 요소를 있는 그대로 받아들이고 이해하거나 제어하려고 하지 말라. 관찰하고 관찰한 것들을 받아들이는 게 이 연습의 전부다. 이 단계를 5분 정도 지속한다.

연습이 끝나면 심호흡을 하고 기지개를 한 번 켠 다음, 팔에 긴장을 풀고 눈을 뜬다. 주변을 둘러보고 현실로 돌아온다. 그리고 천천히 조용히 일어나 하던 일로 돌아가면 된다.

| 북받치는 감정 다스리기 |

갑자기 통제할 수 없는 내적 감정이 북받쳐 올라 밖으로 터져 나오려고 할 때는 어떻게 해야 할까? 이런 감정의 북받침은 어디서 비롯되는 것일까? 이런 상태를 어떻게 설명할 수 있을까?

이것은 두 가지 간단한 메커니즘으로 설명이 가능하다.

■현재 겪는 상황이 과거에 경험한 유사한 상황을 떠올리게 만드는 경우가 있다. 과거의 기억은 당시의 감정적 상태 또한 간직하고 있다. 불만을 표현하지 못하고 마음속에 쌓아 두었다가 한꺼번에 폭발시키는 사람을 생각해 보라. 사람들은 왜 그 사람이 그 순간에 갑자기 그토록 화를 내는지 이해하지 못한다. 다른 한편 지금 벌어지고 있는 일이 특별한 기억으로 남아 있는 어떤 사건을 떠올리게 하는 경우도 있다. 우리의 감정은 일테면 '잘라 내기-붙여 넣기' 같은 작업을 수행한다. 따라서 우리가 현재 느끼는 감정은 지금 벌어지고 있는 일뿐만 아니라 과거 경험과도 관련이 있다. 어린 시절에 부모가 바빠서 주말 내내 혼자시간을 보낸 사람은, 나중에 결혼해서 배우자가 주말에 집을 비우는 것을 못 견뎌 할 수도 있다. 상황의 맥락은 전혀 다르지만

같은 종류의 불안을 느끼고 있는 것이다.

■복잡하고 다양한 여러 감정들이 한꺼번에 밀려드는 상황에서, 그 감정들의 총합이 지나치게 큰 부하로 작용하는 경우가 있다. 식당에서 애인을 기다리고 있다고 상상해 보라. 약속 시간이 지났는데도 애인이 오지 않는다. 전화도 받지 않는다. 한 시간 동안 기다리다가 식당을 나왔는데 길에서 당신의 애인이 다른 사람과 팔짱을 끼고 걸어가는 모습을 발견했다. 그때 어떤 감정이 들까? 머릿속에서는 어떤 상상이 떠오르고, 어떤 기분에 사로잡힐까? 분노, 슬픔, 놀람, 혐오감, 배신감, 이해 불가능 등의 감정이 일어날 것이다. 이런 감정들이 복합적으로 한꺼번에 밀려들 때 일어날 감정의 파도를 상상해 보라.

당신의 감정적 반응이 격하다고 느껴지거나 상황에 맞지 않다고 생각될 때, 혹은 자신의 감정을 더 이상 견딜 수 없다고 느낄 때, 가장 먼저 해야 할 일은 복식호흡이다. 복식호흡으로 긴장을 완화시켜 감정적 판단에 따른 편향된 해석을 막을 수 있다.

앞에서도 살펴보았듯이, 사실보다 감정에 의존하는 판단은 객관적이지 않다. 마음이 진정된 뒤에는 자신의 현재 상태를 파악해야만 좀 더 효과적으로 감정을 다스릴 수 있게 된다. 첫 번째 예에서처럼 현재 상황이 과거의 기억을 불러일으키는 경우에는, '감정의 다리'라는 기술을 이용하여 현재 상황에서 파생된 감정과 과거 기억이 불러일으킨 감정을 분리하여 현재의 상황을 있는 그대로 받아들일 수 있다. 두 번째 예에서처럼 견디기 힘든 감정들이 한꺼번에 몰려올 때 모든 감정을 하나의 덩어리로 받아들이기 때문에 더 견디기가 힘들어진다. 이때는 각각의 감정들을 개별적으로 파악하고 분리해서 처리하면 마음을 안정시킬 수 있다. 이 두 가지 기술을 좀 더 자세히 살펴 본 뒤, 감정을 부드럽게 하는 기술을 써서 지나치게 무거운 감정에서 벗어나는 방법을 알아보자.

▶어떤 경우라도, '생존수첩'을 사용할 수 있다는 사실을 기억하자.

감정의 다리

앞에서 얘기했듯이 가장 주의할 점은 감정들을 떠오르는 대로 그냥 두어야 한다는 것이다. 설사 감정이 지나치게 강렬해지더라도 거기에 대항하려고 하지 말고 있는 그대로 받아들여라.

중간 정도의 감정 상태에서 이 방법을 꾸준히 연습해서 익숙해지도록 만들라. 지나치게 고통스러운 기억이 되살아날 것 같아서 두렵다면 전문가와 상담할 것을 권한다.

■ 진행 방법

소파에 편한 자세로 앉아서 현재의 상황에 마음을 집중한다. 그정도로 반응하기까지 무슨 일이 있었나? 그와 같은 감정적 반응을 불러일으킨 건 무엇이었을까? 현재의 상태에 이르기까지의 모든 상황을 하나 하나 검토한 뒤 몸에서 느껴지는 감각에 정신을 집중하라. 정확하게 어떤 감각이 느껴지는가? 몸은 어떤 반응을 일으키고 있는가? 호흡, 근육이 경직된 부위, 심장 박동을 관찰해 보라. 자신의 감정적 반응이 무엇을 생각나게 하는가? 그 결과를 어떻게 설명할 것인가? 원인은 무엇이라고 생각하는가? 머릿속에 떠오르는 자동적 생각들을 기억해 두라. 어떤 이미지가 연상된다면 그것도 유심히 관찰하라.

일단 자신의 감각과 감정에 둘러싸이게 된 다음에는 기억들이 자유롭게 떠오르도록 내버려 둔다. 과거로 거슬러 올라가 자신에게 질문을 던져 보라. 최근에 비슷한 감정을 느꼈던 적이 있었나? 지금까지 살아 오면서 비슷한 일을 겪은 적이 있나? 이 감정은 내 인생의 어느 시기와 관련이 있는 걸까? 그리고 바로 그 시기의 기억이 떠오르는 순간, 내부에서 매우 강렬한 감정이 솟구치는 것을 느낄 수 있을 것이다. 감정을 주체할 수 없어 울음을 터뜨릴 수도 있다. 그러나 걱정할 필요 없다. 감정이 북받치는 건 지극히 당연한 일이다. 자신감을 가져라. 당신이 지금 겪는 일은 예전에도 겪었던 일이다. 그 일을 겪고 나서도 지금 이곳에 있지 않은가.

예전에, 혹은 어린 시절에 밖으로 표출되지 못한 감정이 당시의 강렬함을 그대로 간직한 채 분출될 수도 있다. 격렬한 감정이 지나가고 나면 기진맥진해질 수도 있다. 동시에 무언가 무거운 짐을 벗어던진 것처럼 홀가분해질 것이다. 만약 이 연습이 지나치게 무겁고 고통스러운 기억을 불러일으킨다면 전문가를 만나 상담해 볼 것을 권한다. 물론 주변 사람들과 대화를 나눠 보는 것도 좋다.

감정의 파이

이 방법은 복잡하게 뒤얽힌 감정들을 각각의 감정으로 분리해서 생각할 수 있게 해 준다. 우선 '감정의 다리' 방법을 이용해 자기의 감정에 충분히 빠져들도록 하라. 그러나 이번엔 감정적 기억이 자유롭게 떠오르도록 내버려 두지 말고, 현재의 감정 상태를 구성하고 있는 감정들을 정확하게 파악하도록 노력하라. 현재 느낌과 비슷한 기분을 불러일으키는 상황에서 슬픔, 분노, 혐오감, 기쁨, 공포 등의 감정이 어떤 비중으로 나타나는가? 당신의 감정 상태를 파이 그래프로 나타낸다면 어떤 감정들이 어떤 모양으로 배열되며, 각각 얼마의 비중을 차지할까?

이 작업이 끝나고 나면 이로써 파악된 각각의 감정을 개별적으로 검토해 보라. 상황 속의 어떤 요소가 이 감정들을 자극한 것일까? 각 감정과 관련된 신체 반응, 자동적 생각, 이미지 등을 메모해 두라. 이 방법을 사용해도 여전히 고통이 계속된다면 '감정 유연제' 방법을 권한다.

| 감정 유연제 |

이 방법은 감정의 수위를 낮추고 그 여파를 제한하여 고통을 줄일 수 있게 해 준다. 감정이 표출되는 것 자체를 막을 수는 없으나,

분출되는 감정을 유연하게 해 주어 격한 감정이 가져올 부정적인 효과를 줄일 수 있다.

다른 곳으로 관심을 돌려라

감정적인 자극을 주는 요소를 피함으로써 감정적 분출을 누그러뜨리는 간단한 방법이다. 갑작스런 감정의 폭발을 막는 데 효과적이다. 그러나 관심을 다른 곳으로 돌리는 방법은 일단 시간을 벌고 마음을 진정시키는 것이므로, 좀 더 효과적인 다른 방법을 함께 사용해야 한다. 먼저 상황을 모면하고자 관심을 다른 곳으로 돌리는 방법에는 어떤 것들이 있는지 살펴보자.

■ **상황을 벗어나라. 혹은 환경을 바꿔라.** 이렇게 하는 것만으로도 마음의 안정을 찾는 데 큰 도움이 된다. 아무것도 하지 않으면서 혼자 집에 틀어박혀 있는 것보다는 특별한 목적 없이 밖으로 나가 걸어 다니는 것만으로도 기분 전환이 될 수 있다. 쇼핑을 하거나 무작정 걷거나 동네를 구경하면서 시간을 보내는 것도 좋다. 물가를 따라 걷거나 숲 속이나 시골길을 산책하면서 풍경을 감상하는 것도 기분 전환에 매우 효과적이다. 감정의 휴식 시간을 갖는다고 생각하고 친구를 만나거나 저녁 모임을 계획해 보라. 집에서 아무것도 하지 않고 양팔에 얼굴을 파묻고 앉아 있었다면 떠올리지 못했을 생각들이다.

■마음을 집중시켜서 할 만한 일을 찾아보라. 그래서 감정의 여파를 줄이고 자동적인 생각들이 머릿속을 점령하지 못하도록 하라. 집 정리나 쓰레기 분리수거 같은 단순하고 반복적으로 할 수 있는 활동이 좋다. 지금 당장 시작할 수 있고 자동적인 생각을 몰아낼 수 있을 만큼 정신집중이 필요한 일이면 된다.

■다른 사람도 같은 상황에 처해 있다고 상상해 보라. 친구, 가족, 애인이 나와 같은 상황이라면 어떻게 반응할지 머릿속에 그려 본다. 이런 상상을 하면 상황을 좀 더 신중하게 바라볼 수 있게 되며, 아는 사람에게 연락을 해서 도움이나 의견, 충고 등을 부탁할 수 있게 된다.

■새로운 감정을 만들어 내라. 처음 감정을 자극했던 환경에서 벗어나 다른 것에 관심을 기울임으로써 부정적인 생각들을 몰아내는 것이다. 손에 얼음을 쥐어 본다거나 손가락으로 볼을 꼬집어 본다거나 팔굽혀펴기를 하거나 명상을 할 수도 있다. 물론 고통스럽거나 다칠 위험이 있는 행동은 피해야 한다. 특히 감정 상태를 바꾸려고 술이나 마약에 의존하는 것은 절대 안 된다.

■맥락을 바꿔 보라. 강렬한 감정에 휩싸이면 시간적·공간적 감각을 잃게 되어 상황이 영원히 계속될 것 같고, 그것이 예전부터 계속되어 왔다는 듯이 느끼게 된다. 영원히 이 상황에서 빠져나

갈 수 없을 거라는 공포에 사로잡히게 되는 것이다. 그러나 모든 감정은 시간이 지나면 변한다. 이럴 땐 긍정적이고 편안한 상황을 상상해 보거나, 반대로 지금과 비슷한 상황에 처했을 때 그것을 극복했던 경험을 떠올려 보라. 주변에 있는 물건을 둘러보면서 그 물건을 구입하던 순간들을 떠올려 보는 것도 괜찮은 방법이다. 지금 살고 있는 집에는 언제부터 살기 시작했는가? 처음 이사올 때 집을 수리하면서 설레고 좋았던 기억을 떠올려 보라.

감각을 일깨워라

앞에서 살펴보았듯이, 고독감에서 비롯되는 고통은 자신을 향한 비난과 지나치게 엄격한 비판, 자신감 결여, 끊임 없는 자책감 등의 감정을 가져온다. 누군가의 위로, 공감 어린 경청, 이해 어린 시선이 필요한 순간에 오히려 자기 자신을 혹독하게 다그침으로써 더 나아질 수 없다는 절망감에 빠지게 되는 것이다. 자신을 위로하고, 보살피고, 기쁘게 하고 가꾸는 것, 자신이 능력을 발휘했던 순간을 기억하고 자신의 장점을 인정하는 등의 긍정적인 태도를 통해 상당히 큰 효과를 얻을 수 있다. 자신 위에 군림하거나 자신을 학대하거나 자기 속에 유폐되어 버리지 말고 기분이 좋아지는 방향으로 자신의 감각을 일깨우라. 설명한 방법을 연습해 보고, 자신의 감수성이나 상황에 가장 적합한 방법을 응용해서 사용해 보라. 일단 감각이 자극되면 상상력이 이끄는 대로 마음이 가도록 내버려 두라.

■시각. 풍경을 감상하거나 별, 달 등을 바라본다. 모닥불을 피우거나 촛불을 켜고 불꽃의 움직임을 관찰한다. 혹은 그림엽서, 사진, 우표, 그림, 예술 작품 등에 표현된 꽃, 나뭇잎, 과일, 야채 등을 하나 골라서 자세히 뜯어 본다. 꽃병에 꽃을 꽂아 놓거나 과일 바구니에 과일을 가득 담아서 테이블 위에 올려놓는다.

■청각. 즐겁고 자극이 되는 음악을 듣는다. 좋아하는 노래를 불러 본다. 새들의 지저귐 소리를 구별해 가며 들어 본다. 눈을 감고 주변에서 들리는 여러 소음을 구별해 본다.

■후각. 향초에 불을 붙인다. 가장 좋아하는 향을 골라 냄새를 맡는다. 새로 바꾼 세제로 이불보나 수건을 빤다. 방 안에 향을 피운다. 집 밖에서 스며 들어오는 냄새와 오래된 책이나 가죽 등에서 나는 냄새를 맡아 본다.

■촉각. 손등을 부드럽게 쓰다듬어 본다. 목욕이나 샤워를 한다. 발마사지를 한다. 몸에 로션을 바른다. 동물을 쓰다듬거나 천을 만져 본다.

■미각. 좋아하는 음식을 천천히 음미해 가며 먹는다. 초콜릿 한 조각, 과자, 과일, 과일 주스 등 무엇이라도 상관없다.

지금 이 순간을 상대적으로 바라보라

누구나 살면서 어려운 순간을 만난다. 그것을 억울하게 생각하지 말라. 삶에서 그런 순간을 모두 제거할 수는 없으므로 적응하려고 노력하는 수밖에 없다. 사람들은 저마다 고독한 순간을 체험하며, 고독의 순간들은 불편한 감정을 불러일으키게 되어 있다. 그런 감정을 자연스럽고 불가피한 것으로 받아들이고 다스리다 보면 문제 해결 방법을 찾을 수 있을 것이다.

그러나 감정이 너무 격할 때에는 우선 진정시키는 게 필요하다. 감정적 부하가 지나치게 무거울 때 현재를 상대화해서 바라볼 수 있는 방법을 몇 가지 소개한다.

■ **상상력을 발휘하라.** 다른 상황을 상상하라. 상상 속에서 현재의 상황에서 벗어나 당신이 가고 싶은 곳으로 이동하는 것이다. 모든 위험에서 벗어난 편안한 장소로 떠나 보라. 상상 속에서 만들어 낸 장소나 즐거운 추억이 깃들어 있는 장소를 떠올리면 된다. 가령 커다란 물방울 속에 있는 방, 외부의 위험을 완벽히 막아 주는 방을 하나 떠올려 보라. 그 방의 넓이, 벽 색깔, 바닥, 가구, 문, 자물쇠, 열쇠 등을 차례로 머릿속에 그려 보라. 열쇠로 잠긴 안전한 그 방 안에 있는 자신을 상상해 보라.

■ **자신의 경험에 의미를 부여하라.** 우리는 인생의 힘든 시기를 고독 속에서 보내는 경우가 많다. 그런 경험을 통해 자신에 대해

조금씩 배워 간다. 그 과정에서 어쩔 수 없이 의심의 순간, 고통과 내적 거부감의 순간을 거치게 된다. 인생이 항상 공평한 건 아니다. 그냥 그뿐이다. 어쩔 수 없는 일이다. 이런 경험을 통해 나 자신과 타인, 세계에 대해 조금씩 알아 가게 되는 것이다. 그러니 지금 자신에게 벌어지고 있는 일을 이해하고 그것에 의미를 부여하려고 노력한다면 상황을 더 잘 받아들일 수 있다. 우리가 겪는 고통은 자신의 한계를 인정하고 받아들이지 못하거나, 타인에게 지나치게 기대하는 데서 비롯되는 경우가 많다. 모든 경험을 배움의 기회로 생각하라. 나는 왜 그렇게 행동했을까? 그 행동은 나의 어떤 부분과 연관되어 있는 것일까? 나 자신에게 지나치게 엄격한 것은 아닐까? 내가 세운 목표는 실현 가능한 것인가?

■ **자기중심적 사고에서 벗어나라.** 현재의 상황에서 한 발 물러나 객관적인 시각으로 상대화해서 바라보라. 두 가지 방법을 함께 사용하면 좋다. 다른 시간 속으로 이동하거나, 다른 사람의 위치에 자신을 대입시켜 보는 방법이다. 이 방법은 앞에서 살펴본 '내면적 담화 바꾸기' 부분을 참조하라.

■ **이완요법을 이용하라.**

■ **현재의 시점에 정신을 집중하라.** 현재의 고통은 과거의 괴로운

기억을 불러내 미래를 비관적으로 바라보게 만든다. 이럴 때는 현재의 상황에만 마음을 집중하며 고통을 줄이도록 노력하라. 이미 충분히 고통스러운 상황에서 과거의 고통스러운 기억을 떠올리거나 어두운 미래를 상상할 필요는 없다! 중요한 것은 오직 현재의 순간이다.

■ **자신에게 너그러워져라.** 당신이 좋아하는 사람을 대하듯 자기 자신을 대하라. 당신의 친구가 괴로워하고 있다면 무슨 말을 해 줄 것인가? 친구에게 뭘 해 주고 싶은가? 친구에게 해 주고 싶은 따뜻한 위로의 말을 자신에게 해 보라. 친구를 돕듯이 자기 자신을 돕는다면 자신감이 생길 것이다. 세상 그 누구도 나보다 나를 더 사랑할 수는 없다.

14
자존감 갖기

| 자존감은 어떻게 형성되는가 |

고독한 생활을 하는 사람들은 대부분 자존감이 결핍되어 있다. 그로 인해 사회 활동이 위축되고 자기 속에 틀어박혀 콤플렉스와 원망, 두려움으로 가득한 세계에 갇혀 지낸다. 자신이 남보다 못하며 딱히 내세울 만한 장점이 없다는 생각, 사람들에게 거절당하거나 나쁜 평가를 들을지도 모른다는 두려움 때문에 이들의 사회적 관계는 더 발전하지 못하고 협소하고 단조로운 상태에 머무른다. 이들은 일테면 자신에 대한 환멸 속에서 살아간다. 본인이 정말 원하는 것이 무엇인지 잘 모른 채 거절당할 것이라고 미리 속단하는 까닭에 외부에 도움을 요청하지도 못하며, 부드럽고 너그러운 시선으로 자기를 바라볼 줄 모르기 때문에 항상 자신을 경멸한다. 자신에 대한 애정 결핍에서 비롯된 사회적 고립은 고독감을 더욱 배가시키는 결과를 초래한다.

자기 자신을 믿지 못하게끔 만드는 자기애 결핍, 자신의 가치를 깎아내리는 지나치게 엄격하고 가혹한 자기비판, 나 자신으로 살아가는 데서 행복감을 느끼지 못하는 자기 공감 능력 결핍……. 이것들은 대체 어디서 비롯되는 것일까? 삶을 불행하게 만드는 이 지나친 자기비판은 정당한 것일까? 정말 그렇게 부족한 게 많은 걸까, 혹시 도달 불가능한 이상을 좇고 있는 건 아닐까? 평온한 삶을 방해하는 자존감 결핍은 어디에서 비롯되는 것일까? 자존감을 어떻게 정의할 수 있을까?

'자존감'이라는 개념은 크리스토프 앙드레Christophe André가 『불완전한, 자유로운, 행복한』에서 언급했듯이, 자신에 대한 판단과 평가와 관련된다. 자기평가는 자신에 대한 사랑, 자신에 대한 믿음, 자신에 대한 앎이라는 세 가지 요소로 이루어진다. 자존감을 통해 우리는 자신을 두 극단 사이에 위치시킬 수 있다. 한 극단은 우리가 도달해야 하는 이상적인 상태다. 부모들이 자식에게 결코 도달할 수 없는 이러한 이상적인 상태를 강요하는 경우도 많다. 다른 한 극단은 우리의 한계와 반복되는 실패가 만들어 낸 현실이다. 이 현실을 받아들이지 못하면 콤플렉스에 사로잡혀 자신을 억제함으로써 자기실현에서 멀어지게 된다.

자신에 대한 사랑

자신에 대한 사랑은 유아기 때 부모가 주는 사랑과 매우 밀접하게 관련되어 있다. 안정적으로 자신을 사랑할 수 있는 사람은 어린 시절 부모에게 무조건적인 사랑을 받아 본 이들이다. 다시 말해, 아이가 무엇을 하느냐에 상관없이 부모가 아이를 있는 그대로의 모습으로 사랑해 주었다는 말이다.

아이들은 부모의 사랑을 원한다. 그것도 무조건적인 사랑을 원한다. 내가 무언가에 뛰어나든 뛰어나지 못하든, 착한 아이든 아니든 상관없이 사랑을 받고 싶어 하는 것이다. 무조건적 사랑을 받고 자란 아이들은 어른이 되어서 아무리 힘든 일이 닥치더라도 자신에 대한 사랑을 버리지 않는다. 반대로, 무언가를 잘 해냈을 때에만 애정을 표시하는 부모 밑에서 자란 아이들은 자신의 가치를 제대로 알지 못하게 된다. 자신을 사랑한다는 것은, 단점과 한계가 있음에도 자신의 가치를 인식한다는 의미이다. 그래야 실패를 겪더라도 자신에 대한 믿음을 버리지 않을 수 있다.

자신의 가치를 제대로 알고 있는 사람은 또한 자기 자신과 자신이 하는 일을 구별할 줄 안다. 자신을 사랑하는 사람은 내적인 평온함과 만족감을 느끼며 살아가며, 실패에 직면해도 자신을 폄하하지 않고 다른 사람의 비판을 상대적으로 받아들일 줄도 안다. 자신에 대한 사랑은 자신에 대한 존중, 자신이 생각하는 가치에 대한 믿음, 자신의 선택, 삶의 역사, 인간관계 등을 모두 포괄한다.

어린 시절에 받은 무조건적인 사랑은 누구에 의해서도, 그 무엇에 의해서도 사라지지 않는다. 삶이 지속되는 내내 부드러운 향기처럼 혹은 즐거운 선율처럼 우리의 마음에 편안함과 즐거움을 선사한다. 이런 무조건적인 사랑이야말로 부모가 자식에게 줄 수 있는 최고의 축복이다.

자신에 대한 믿음

자신에 대한 믿음은 삶의 과정에서 구축되며 교육과 부모의 믿음, 개인적인 경험 등에 영향을 받는다. 자신에 대한 믿음은 자신감을 가지고 미래를 설계할 수 있는 능력, 자신의 가능성에 대한 믿음, 삶을 헤쳐 나가는 데 필요한 것들에 대한 인식 등에 달려 있다.

자신의 능력을 아는 사람은 내적으로도 안정되어 있다. 자신의 능력에 대한 믿음은 어린 시절의 작은 경험에서 시작된다. 거듭된 실패와 재시도 속에서 아이는 목표에 도달할 수 있다는 믿음을 쌓아 가게 된다.

자신에 대한 믿음은 상당 부분 자신의 역량에 달려 있다. 혼자 힘만으로 어떤 목표를 달성해 본 사람은 좀 더 어려운 목표가 주어져도 달성할 수 있다는 자신감을 갖게 된다. 이 과정에서 목표를 달성하기 위해 들이는 노력과 그것을 방해하는 현실적 장애물이 자신의 능력과 인내심을 제대로 파악할 수 있게 해 준다. 만약 성공으로 가는 과정에 어떤 노력도 필요하지 않고 어떤 장애물도 존재하지 않는다면 자신의 능력을 제대로 알 수 없을 뿐더러 자신이 주변 환경에 어떤 영향을 미칠 수 있는지도 배우지 못할 것이다.

이런 경험은 두 가지 교훈을 가르쳐 준다. 누구나 항상 성공만 할 수는 없으며, 동시에 완벽한 실패란 존재하지 않는다는 것. 자신을 믿는 사람은 각각의 장애물을 교훈을 얻을 수 있는 선물로 여긴다. 바로 이런 이유 때문에 긍정적인 방식으로 문제 상황을 스스로 해결하는 분위기에서 자란 아이들이 어른이 되어서도 자신에 대한 믿음을 유지할 수 있는 것이다. 부모들은 아이가 스스로 문제를 해결할 수 있도록 격려하고, 꼭 필요한 경우에만 도움을 주어야 한다. 부모가 나서서 아이의 문제를 모두 해결해 주거나 실패했을 때 비난을 퍼붓기보다는 실수를 통해 아이가 스스로 배워 나갈 수 있게 해 주어야 한다. 그런 환경에서 크지 못한 아이는 다른 사람들을 실망시키면 어쩌나 하는 걱정 때문에 새로운 능력을 갖출 수 있는 기회를 놓치고 만다.

물론 경험을 축적하는 것만으로 자신에 대한 믿음이 저절로 생기는 것은 아니다. 자신의 경험을 비판적으로 검토하여 그것의 내재적인 메커니즘을 이해하고, 결과에 대해 자기평가를 내려 보고, 자신의 행위와 결과 사이에 존재하는 인과관계를 파악하는 자세가 필요하다. 이렇게 해서 자신의 경험을 이해할 수 있게 되면 좀 더 신중하게 위험 요소를 파악하고 태도를 개선해 나갈 수 있다. 이 과정에서 혁신하는 능력이나 창의력이 발휘된다.

그러나 자신에 대한 믿음을 한번 획득했다고 해서 그것이 영원히 흔들리지 않는 것은 아니다. 어린 시절과 청소년 시기의 경험이 결정적이긴 하지만, 어른이 된 다음에도 다양한 경험을 하며 이 믿음

▶부모의 교육이 자존감 형성에 미치는 영향

─**독재** : 권위적이고 요구가 많은 부모는 아이에게 자신의 선택을 강요하고, 아이의 욕망을 무시한 채 아이가 시키는 대로만 행동하기를 원한다. 이런 환경에서 아이는 겁을 집어먹고 감정을 억제하며 성장하게 되어 창의력을 발휘하지 못한다. 성인이 되어 부모에게서 독립할 때도 어려움을 겪게 된다.

─**과잉보호** : 과잉보호하는 부모는 아이가 원래부터 허약하다고 생각하여 아이가 스스로 자신을 보호할 수 있는 수단을 제공하기보다는, 불편하고 위험해 보이는 상황으로부터 무조건 아이를 보호하려고만 한다. 이런 환경에서 자란 아이는 항상 걱정에 사로잡혀 뭔가를 시도하는 것을 겁내게 된다. 또한 경쟁을 두려워하고 주변 환경을 위협적인 것으로 받아들이며 작은 장애물을 만나도 겁에 질린다.

─**숭배** : 자기 자식을 최고로 생각하고 예외적인 존재라고 믿는다. 이런 부모들은 아이가 뭘 하든 내버려 두고 어떤 제약도 가하지 않는다. 이들은 아이에게 지속적이고 체계적인 관심을 보이지 않으며 큰 기대를 걸지도 않는다. 이렇게 큰 아이는 자신의 가치를 잘 알지 못하게 되며, 외부에서 가해지는 공격 앞에서 자신을 방어할 줄도 모른다. 이들은 모든 것을 자기 탓으로 돌리는 경향이 있다.

─**폄하** : 부모가 아이를 비판하고 비난하고 폄하거나 조롱하는 경우다. 이런 부모 밑에서 자란 아이는 항상 불안감에 시달리고 내가 무언가를 해낼 수 있을까 하는 의심에 시달린다.

─**자유** : 부모가 아이에게 제재를 가할 때 항상 왜 그럴 수밖에 없는지 차근차근 설명한다. 부모와 아이 사이에 애정 어린 상호 관계가 형성된다. 부모는 항상 아이의 관점을 고려하고 아이에게 공감하는 태도를 보인다. 이런 분위기 속에서 아이는 자신과 자신의 능력을 믿고 자란다. 이런 아이는 성인이 되어서도 원만한 사회적 관계와 만족스럽고 안정적인 정서적 관계를 맺으며 살아간다.

은 끊임없이 변화한다. 자신에 대한 믿음은 이처럼 새로운 상황에 대한 끊임없는 도전으로 구축된다.

자신에 대한 앎

자신을 알지 못하면 자신을 올바르게 평가할 수 없다. 우리는 자기 자신을 앎으로써 자신의 근본적인 욕구를 파악할 수 있으며, 자신의 가치에 따라 선택하고 행동할 수 있다. 또한 스스로 독립된 개체임을 인식할 수 있게 된다. 자기 자신을 파악함으로써 우리는 있는 그대로의 나 자신과 조화로운 관계를 맺고 살아가며 고유한 정체성을 확보할 수 있다.

이러한 정체성은 성숙하고 만족스러운 삶을 살아가기 위해 알아야 하고 또 존중해야 하는 감정, 욕구, 생각, 열망, 가치 같은 것들 속에서 표현된다. 자신을 아는 사람은 자신의 가치에 따라 행동한다. 자신의 가치에 따라서 행동하고 그 결과를 책임지는 사람은 경험 속에서 자존감을 키워 갈 수 있다. 현실을 분석하고 주변 환경을 이해하며, 자신이 확신하는 것을 의심할 줄도 알고 자신의 행동을 비판할 줄 아는 태도는 자신을 알아 가는 데 반드시 필요하다.

이러한 태도는 또한 외부 세계로 나 자신을 열어젖힘으로써 세계를 좀 더 잘 이해할 수 있게 해 준다. 세계에 대한 지식은 우리가 행동의 방향을 설정하고 그 행동에 의미를 부여하는 데 반드시 필요한 것이다. 자신에 대한 앎은 자신에 대한 정확한 평가를 가능하게 해 주며, 올바른 선택을 하고 자신을 스스로 보호할 수 있도록 도와

준다. 또한 자기 자신과 자신을 둘러싼 환경을 정확하게 판단할 수 있도록 해 준다.

우리는 경험을 통해 점차 자신을 알아 간다. 이때 우리가 받은 교육과 정서적 관심도 중요한 요소로 작용한다. 부모가 아이의 감정을 중요하게 생각했는지, 아이가 자신을 표현할 때 관심을 가져 주었는지, 아이가 진정으로 바라는 바를 알아주었는지, 아이에게 공감을 표현했는지에 따라 아이가 자신을 바라보는 방식이 달라진다.

부모의 이런 보살핌은 아이가 어른이 되어 자기 감정에 충실하고, 자기 욕망에 귀 기울일 줄 알며, 자신의 권리를 지키고, 자신과 타인을 존중하며 살아 가는 데 꼭 필요한 것이다. 그렇지 못한 아이는 어른이 되어서도 타인의 의지에 복종하며 살고, 자신의 욕구보다는 타인의 욕구를 먼저 생각하며 살게 된다. 한 마디로, 자기를

■ 자존감을 훼손하는 믿음들

자신에 대한 사랑	자신에 대한 믿음	자신에 대한 앎
나는 별로 가치 있는 존재가 아니다.	나는 결국 해내지 못할 것이다.	나는 내가 뭘 원하는지 모르겠다.
나는 중요한 사람이 아니다.	시도하기가 너무 겁이 난다.	나는 내게 좋은 것이 무엇인지 잘 모르겠다.
나는 나를 좋아하지 않는다.	나는 남들에게 너무 많은 영향을 받는다.	나는 내가 누구인지 잘 모르겠다.
나는 나 자신이 부끄럽다.	나는 충분한 역량이 없다.	내 인생은 아무 의미도 없다.
나는 아무런 가치도 없다.	내겐 위험을 무릅쓸 용기가 없다.	나는 내 인생을 살지 못한다. 나는 나 자신을 이해하지 못한다.

잃어버린 채 살아가게 될 가능성이 크다.

나의 욕구를 정확히 파악해야만 내 안에 숨겨진 잠재력을 발견하고 실현할 수 있다. 우리는 유년기나 청소년기에 이미 자기 안에 숨어 있는 잠재력을 감지한다. 물론 이런저런 경험을 하며 그 힘이 다소 감소되기도 하지만, 있는 그대로 자신을 표현하려고 할 때 그 힘은 어김없이 모습을 드러낸다. 자신에 대한 앎은 창의력을 북돋아 주고 자신의 권리를 지켜 주며 자아실현에 다가갈 수 있도록 해 준다. 또한 자기를 책임지고 존중할 줄 알며, 결과적으로 자신의 모습 그대로 살아갈 수 있게 해 준다.

그러나 평생을 살아도 자기 자신을 전부 아는 것은 불가능하다. 이처럼 자신을 잘 알아 가는 데 꼭 필요한 것이 바로 고독을 경험하는 것이다.

어떻게 하면 자존감을 가질 수 있을까

자신에게 너그러워져라

앞에서 살펴본 대로, 부모가 아이에게 베푸는 무조건적인 사랑은 아이의 마음을 평온하게 해 준다. 이런 사랑을 받지 못한 아이들은 평온함을 누리지 못한 채 성장하고, 평온함의 결핍은 고독감에 시달리는 원인이 되기도 한다. 이런 사람은 많은 사람들에게 둘러싸여 있으면서도 고독감에 사로잡힌다. 어린 시절에 겪은 애정 결핍은 어른이 되어서도 다음과 같은 후유증을 남긴다.

■애정에 대한 갈증, 관심을 받고자 하는 욕심 때문에 관계가 힘 들어지고 상대방에게 정서적으로 의존하게 된다. 이러한 상태 의 사람은 현재의 관계가 어린 시절에 받지 못했던 사랑을 가져 다줄 것이라고 기대한다. 이들은 사랑을 주지 않으면서 받으려 고만 한다. 소유욕에 사로잡혀 배타적인 관계를 형성하게 되며, 정서적 협박에 의존하게 된다. 이러한 관계는 상대에 대한 집착 으로 금세 경직되어 버리기 때문에 자유로운 방식으로 발전하 지 못한다.

■자신에 대한 부정적인 이미지는 끊임없는 자기비판으로 유지 된다. 자기를 사랑하지 못하는 사람은 스스로 자신에게 지나친 요구를 하거나 자신을 가혹하게 대한다. 이들은 자신을 용서할 줄 모르며 스스로 칭찬하기보다는 비판하는 데 온 정신을 쏟는 다. 이들은 결코 자신에게 만족하는 법이 없다. 어떤 결과가 나 오든지 간에 좀 더 잘할 수 있었을 거라며 자신을 나무라는 것 이다. 이들은 어린 시절 주변 사람들에서 들었던 말이나 평가를 자기 자신에게 반복하고 있는 셈이다. 그때와는 완전히 다른 상 황인데도 같은 비난을 스스로 반복하고 있는 것이다.

■거절당할지도 모른다는 두려움과 자신의 가치를 있는 그대로 인정받지 못할 것이라는 생각에 사로잡힌다. 타인의 부정적인 판단을 두려워하는 사람은 다른 사람들에게 상처나 실망을 주

지 않으려고 그들이 원하거나 기대하는 바에 부응하고자 노력한다. 또한 이기적으로 보일지도 모른다는 걱정에 자신의 욕구보다는 상대방의 욕구를 먼저 고려한다. 남들에게 완벽한 이미지를 심어 주어 비난받을 여지를 애초에 차단하려 하기 때문에 자신에게도 엄격한 요구를 하게 된다. 이런 태도는 존재와 행위를 혼동하게 함으로써 끊임없이 내적 불안을 불러일으킨다. 이들은 자신의 어리석은 실수로 공들여 쌓은 모든 것이 한순간에 물거품이 되어 버릴 수도 있다는 두려움에 사로잡혀 살아간다. 이들은 있는 그대로의 자기 자신으로서 살아가는 것이 아니라, 남을 의식한 행동 속에서만 존재한다는 느낌을 갖는다. 심할 경우, 자신이 노력하지 않으면 결코 남들이 자신에게 관심을 갖지 않을 것이라는 생각에 사로잡히기도 있다.

■ 나의 욕구가 무엇인지, 나에게 중요한 것이 무엇인지, 내 마음속 깊숙이 어떤 감정을 느끼고 있는지 알지 못한다. 자기의 모습 그대로가 아니라 어떤 행동을 하느냐에 따라 조건부 사랑을 받은 아이는 사람들의 관심을 끌 궁리만 하고 남에게 방해가 될까 두려워 자신이 원하는 것을 포기하며, 남에게 걱정을 끼치지 않으려고 입을 다무는 법을 배운다. 이런 태도는 내적인 평온함 속에서 자신을 알아 가고 발전시켜 나가는 데 큰 장애 요소가 된다. 이런 아이는 어른이 되어서도 자신의 정체성을 부정하는 모습을 보인다. 특히 고독한 상황에 직면했을 때 불안에 사로잡

혀 어떻게 시간을 보내야 할지, 자신을 어떻게 돌봐야 할지 몰라 당황한다. 이들에게 가장 필요한 것은 자기 감정을 스스로 파악할 줄 알고 있는 그대로 받아들일 줄 아는 능력이다. 한 마디로, 자기 자신을 위해 살고 자기 삶을 책임지는 법을 배워야 한다. 자기 삶의 관객이 아니라 주인공이 되어야 하는 것이다.

어떻게 하면 자기애의 결핍에서 비롯된 장애 요인을 극복하고, 더 만족스러운 삶을 살 수 있도록 자신을 발전시켜 나갈 수 있을까?
  자기 자신을 스스로 보살피고 자신에게 너그러워지는 것이 무엇보다 중요하다. 당신에게 결핍된 것을 누군가가 채워 줄 것이라고 기대하지 말라. 그것을 채워 줄 수 있는 사람은 오직 당신뿐이다. 나의 가장 좋은 친구는 바로 나 자신이다. 인생을 살아가는 주체는 바로 나 자신이며, 행복하게 나 자신과 조화롭게 살아갈 수 있는 수단 또한 내 안에 있다. 다음은 앞에서 이미 살펴본 다양한 방법들과 함께 보완적으로 사용할 수 있는 방법들이다.

자신을 다른 시각으로 바라보라

"참 한심하기도 하지." "제대로 할 줄 아는 게 하나도 없잖아." "나는 너무 어리석어." "나는 아무것도 아니야." "너무 바보 같아." "나는 형편없어." "이래서 아무것도 할 수가 없을 거야."
  많은 사람들이 평생 동안 이런 말을 반복하며 살아간다. 이런 식의 자기평가는 어떤 위로나 도움도 되지 못한다. 이런 식의 평가는 대부분 구체적인 사실보다는 전체를 뭉뚱그려서 본다. 또한 이런 태도를 보이는 사람은 특정한 상황에 자신이 한 행동으로 자신의 존재 전체를 평가해 버리며 긍정적인 측면에는 관심을 보이지 않는다. 그러나 당신이 잔돈을 잘못 거슬러 준 것은 산수에 소질이 없어서가 아니며, 주차를 잘 못한다고 해서 당신이 아무것도 할 줄 모르는 사람은 아니다.

당신이 자신에게 가하는 비난은 불분명하고 근거 없는 비판이거나 가치판단인 경우가 대부분이다. 이러한 비난은 그 정당성을 검토하지도 않고 자동적으로 가해지는 경우가 많으며, 객관적인 현재 상황보다는 개인적 경험에 근거하는 경우도 많다. 따라서 비난을 그대로 받아들이기 전에 정말 그러한지를 '검토'해 봐야 한다. 이런 과정은 좀 더 정확하고 정당한 자기평가를 위해 필요하다. 방법은 너무 간단하다. 앞서 자기주장과 관련된 장에서 살펴본 내용을 상기해 보라. 자기주장과 관련된 기술을 자신에게 적용시키기만 하면 되는 것이다! 독백은 자기 자신과의 대화이므로, 타인과의 소통의 기술을 내면의 대화에 그대로 적용할 수 있다.

자기 자신에게 가하는 비난과, 그런 비난을 하게 만드는 상황을 종이에 적어 보자. 스스로 그런 비난을 가할 때 어떤 느낌이 드는지 파악하고, 좀 더 단정적인 어법으로 자신을 비판해 보라. 그 비판이 자신을 향한 것임을 인식하는 것이 중요하다. 만약 그 비판이 정당하다고 생각하면 받아들여라. 그렇지 않으면 그 비판을 거부하라.

자기 자신에게 지나치게 가혹하다는 느낌이 들면 우선 자신의 자동적인 생각들을 접어 두고 주변 사람들에게 의견을 구하라. 그들도 그렇게 생각하는지, 그런 상황을 어떻게 생각하는지 물어보라.

현재 혹은 과거에 스스로 자랑스럽지 않다고 느꼈던 순간을 찾아낸 다음 그때 느꼈던 감정을 기억하고, 그리고 자신에게 부정적인 비판을 가해 보라. 그리고 그 당사자가 자신이 아닌 친한 친구라고 상상하며 상황을 관찰해 보라. 그 친구에 대해 어떤 생각이 드는가? 그 친구에게 무슨 말을 해 줄 것인가? 그것들을 글로 적어 보라.

▶자신을 재단하려고 하지 말고 편견 없이 바라보려고 노력하라.

자신을 끊임없이 원망거나 비난하는 태도를 버려라. 죄책감이나 후회는 어려운 상황을 극복하거나 문제를 해결하는 데 아무런 도움이 되지 않는다. 설사 부정적으로 보일지라도 자신의 성격, 단점, 행동을 있는 그대로 받아들여라. 그것들을 중립적인 관점에서 공감과 너그러움을 가지고 바라보라. 고통받고 있는 아이를 보살핀다는 마음으로 다정하고 너그럽게, 이해심과 관용, 인내심을 가지고 자기 자신을 대하라.

혹시 어린 시절에 무조건적인 사랑을 받지 못했다면, 지금 그것을 당신에게 베풀 수 있는 사람은 오직 당신뿐이다. 다정하고 주의 깊고 너그러운 부모가 아이를 대하듯 자기 자신과 대화하라. 스스로 자기 자신에게 애정 어린 부모가 되어 주는 것이다. 자신에 대한 의심이 들 때마다 부드럽고 상냥하고 다정한 말로 자신을 위로해 주라.

자신에게 무리한 요구를 하지 말라

주변 사람들의 기분을 맞춰 주고 상냥하게 구느라 당신이 매일 하는 노력을 당신 자신에게도 기울여 보라. 당신은 다른 사람들의 실수나 서투름을 용서하고 그들의 단점과 한계를 이해하고 받아들이 듯이 당신 자신에게도 그렇게 대해 보라. 다른 사람에게 기대하는 것보다 더 많은 것을 자신에게 요구하지 말라. 다른 사람에게는 관대하면서 자신에게는 벌을 부과하지 말라! 남들에게 사랑받기 위해서 모든 면에서 완벽하고 흠 잡을 데 없는 사람이 될 필요는 없다.

부모가 당신에게 요구하던 것들을 당신 자신에게 똑같이 요구하지 말라. 당신이 부모가 원하는 바대로 살지 못했을지라도 그것은 부모의 기대였을 뿐이다. 당신은 고유한 존재다. 당신은 부모가 가지는 기대와 다른 당신 자신만의 욕망, 세계관, 성격, 정체성을 가진 존재다. 어린 시절 부모에게 사랑받고자, 훌륭한 자식으로서 부모의 기대에 부응하고 복종하려고 노력했다면 이제 그로부터 벗어나라. 부모를 극복한다는 것은, 설사 부모의 기분을 언짢게 하고 실망시키더라도 자기 자신으로서 살아간다는 것이다. 당신 자신, 그리고 당신의 만족과 행복을 생각하라. 자식이 행복하고 성숙한 삶을 살아간다면 그건 자식을 사랑하는 부모에게도 좋은 일이다. 마음속의 굴레를 벗고 당신이 진정 원하는 삶을 살아라.

당신의 삶을 이끌어 가는 자동적인 생각들, 자신에 대한 요구를 규정하는 명령이나 의무들을 목록으로 작성해 보라. 이런 생각들은 대부분 "~을 할 필요가 있다" "나는 ~을 해야 한다" 같은 식의

> ## ▶삶을 힘들게 만드는 몇 가지 믿음들
>
> ─불평을 해서는 안 된다. 감정을 드러내는 것은 부적절한 행동이다. 항상
> 강해야 한다.
> ─모든 일은 혼자 알아서 해결해야 한다. 남에게 도움을 요청해서는 안 된
> 다. 믿을 수 있는 건 오직 나 자신뿐이다.
> ─항상 남을 도와야 한다. 자신보다 남을 먼저 생각해야 한다.
> ─쾌락은 불건전한 것이다. 쾌락에 몸을 맡기면 혼란에 빠질 뿐이다.
> ─성공하려면 완벽해야 한다. 작은 실수도 용납되지 않는다. 100퍼센트를
> 하지 못할 바에는 차라리 관두는 게 낫다.

문장으로 표현되거나, "절대" "반드시" 등의 단어를 포함하는 경
우가 많다.

이런 생각이 어떤 면에서 당신에게 도움이 되고 유용한지, 그 근
거는 무엇인지 살펴보라. 이 생각들 가운데 실제 일상생활에 도움
이 되는 것이 있는지, 자신의 욕망이나 세계관에 부합하지 않는 것
은 무엇인지 자문해 보라. 그중에서 당신을 고통스럽게 하고 어려
움을 야기하는 것은 없는가? 그런 생각은 정당한가? 현실적으로 실
현 가능한 것인가?

자신의 능력에 집중하고, 잠재력을 개발하라

다음 열거한 단어 중에서 자신의 성격을 가장 잘 표현할 수 있는

단어 6개를 골라 보라.

호감을 준다, 정이 많다, 당당하다, 눈치가 빠르다, 공격적이다, 비호감이다, 불안하다, 권위적이다, 차분하다, 따뜻하다, 느긋하다, 단호하다, 헌신적이다, 직선적이다, 규칙을 따른다, 여유가 있다, 사려 깊다, 부드럽다, 활동적이다, 이기적이다, 감정적이다, 공감한다, 참을성이 있다, 참여적이다, 쾌활하다, 요구가 많다, 허약하다, 믿음을 준다, 강하다, 쉽게 상처받는다, 솔직하다, 차갑다, 약삭빠르다, 명랑하다, 너그럽다, 재주가 좋다, 우유부단하다, 관대하다, 남들에게 영향을 잘 받는다, 무사태평하다, 참을성이 없다, 다른 사람의 일에 잘 얽힌다, 충동적이다, 걱정이 많다, 내향적이다, 직관적이다, 느리다, 사람에게 충실하다, 서투르다, 정직하지 못하다, 손재주가 있다, 의심이 많다, 신경질적이다, 무기력하다, 낙관적이다, 체계적이다, 평온하다, 게으르다, 개인적이다, 끈기가 있다, 겁이 많다, 남을 존중한다, 책임감이 있다, 경직되어 있다, 빈틈없다, 진지하다, 엄격하다, 친절하다, 사교적이다, 고독하다, 유연하다, 자발적이다, 운동을 좋아한다, 매력이 있다, 집요하다, 관대하다, 변덕이 심하다, 폭력적이다.

당신이 고른 6개의 단어는 모두 장점인가 아니면 단점인가? 혹은 둘이 골고루 섞여 있는가?

사람들은 일반적으로 많은 장점이 있으면서도 단점으로 자신을 정의하려는 경향이 있다. 자신이 겪는 어려움에 집착하거나 단점을 고치고 실패한 것만 되새기려고 하지 말고, 장점을 개발하면서 잘

되고 있는 것과 성공한 것을 내세워 보라. 자기 존재를 부정적인 요소들로만 정의하면 자신을 부정적으로만 바라보게 된다. 자신이 결여하고 있는 것 위에 정체성을 구축하지 말라.

자신의 결점 뒤에 숨은 장점을 찾아내라

부정적으로 보이는 것 속에서 긍정적인 면을 찾도록 노력하라. 단점으로 보이는 것들은 사실 원래는 장점이었던 것이 극단화되어 상황에 맞지 않게 된 경우가 많다. 다음 표를 참고하여 자신이 선택한 단어의 부정적인 면 뒤에 숨은 긍정적인 면을 찾아보라.

단점	장점
낭비한다	아량이 있다
남들에게 영향을 잘 받는다	관대하다
게으르다	차분하다
집요하다	단호하다
무사태평이다	낙관적이다
나약하다	너그럽다

자신을 자랑스러워하는 법을 배워라

칭찬을 들으려고 뭔가를 하려고 애쓰지 말라. 우리는 간단한 일로도 얼마든지 자랑스러워질 수 있다. 자존감이 결여된 사람은 성공을 하면 당연하게 여기고, 실패하면 자신을 꾸짖는다. 자신이 하는 일에 가치를 부여하여 스스로 가치를 높일 줄 알아야 한다. 자신 감을 가지고 자기 계획을 주변 사람들에게 알려 보라. 스스로 무엇을 자랑스러워하는지, 무엇을 이루었는지 목록을 만들어 보라. 그때 자신을 어떻게 생각했는지, 어떤 기분을 느꼈는지 떠올려 보라. 기분 좋은 기억을 떠올리는 건 언제나 즐거운 일이다.

결과가 만족스러우면 자신에게 보상을 베풀어라

뭔가 힘든 일을 끝내고 나면 그 결과에 상관없이 자신에게 감사의 말을 던져 보라. 자신에게 선물을 주고 수고했다고 말하는 것이다. 결과가 아니라 스스로 기울인 노력에 대해 보상을 해 주라. 어떤 일을 시작하기 전에 그 일을 끝내면 자신에게 어떤 보상을 할 것인지 미리 생각해 보라. 오후 동안 휴식을 취하거나, 레스토랑에서 저녁 식사를 하거나, 사고 싶었던 것을 살 수도 있다. 이런 간단한 보상 행위가 때로 큰 위로가 될 수 있다. 특히 자신을 끊임없이 깎아내리는 사람들이 자존감을 회복할 수 있는 좋은 방법이다.

자기 안의 목소리에 귀 기울여라

자신을 실현시키려면 무엇보다 자기 안의 목소리에 귀 기울일 줄 알아야 한다. 그럼으로써 자신의 욕구가 무엇인지 알고, 무엇 때문에 불안한지 이해할 수 있으며, 외부의 압력에 의한 욕망과 자기 자신의 고유한 욕망을 구별할 수 있다.

현재의 삶과 앞으로 살고자 하는 삶의 의미를 생각해 보라

잘 챙겨 먹고, 규칙적으로 운동을 하고, 편안한 휴식과 올바른 수
면 습관을 가지려고 노력하는 것과 마찬가지로, 자신의 내적 감정
과 욕구, 정신적 평온함을 위해서도 노력을 기울여라.

우리는 매우 다양한 욕구를 가지고 살아간다. 이 욕구들은 몇 개
의 범주로 분류될 수 있다. 매슬로Abraham H. Maslow는 생존과 관련된
근본적인 욕구부터 개인적인 만족이나 자아실현과 관련된 고차원
적인 욕구까지 다양한 범주의 욕구를 피라미드 형태로 위계화하여
보여 주었다. 이후에 많은 연구자들이 매슬로의 분류법을 채택하였
다. 그러나 모든 욕구가 동시에 만족될 수는 없을지라도 각 욕구가

▶나의 진정한 욕구는 무엇인가?

—나의 삶에서 가장 중요한 것은 무엇인가? 앞으로 살 기간이 1년밖에 남지 않았다면 나의 삶은 어떻게 변할 것 같은가? 지금 나에게 가장 큰 행복감을 주는 것은 무엇인가?

—내가 잠재력을 충분히 발휘할 수 있을 만큼 자신감이 충만하다면 어떤 일을 할 수 있을까? 지금 당장 그걸 시작할 수 있을 만큼의 실천력이 있다면?

—어떤 삶을 살고 싶은가? 어떤 모험과 경험을 해 보고 싶은가?

—과거의 실수에서 어떤 교훈을 얻었는가? 나의 행동 중 바꾸고 싶은 것은 무엇인가? 그러기 위해 무엇을 할 것인가?

—인생의 목표가 있는가? 무엇을 창조하고 싶은가? 무엇을 배우고 싶은가? 무엇을 경험해 보고 싶은가?

—사회에서 어떤 역할을 맡고 싶은가? 무엇을 소유하고 싶은가? 이루고 보고 싶은 꿈은 무엇인가?

—중기적인 목표가 있는가? 실현 가능한 목표인가? 그 목표를 달성하기 위해 어떤 방법을 사용할 것인가?

—어떤 장애가 예상되는가? 당신을 도와줄 사람이 있는가? 믿고 의지할 만한 사람이 있는가?

똑같이 중요하므로 욕구들의 범주를 위계화하는 것에는 반대하는 이들이 많다.

조용한 곳에 자리를 잡고 앉아 다음의 질문을 던져 보고, 자신의 진정한 욕구가 무엇인지 생각해 보라.

좋은 기억을 떠올려 보라

자신을 실현할 수 있는 간단한 방법은 예전에 했던 활동 중에서 특별히 기분이 좋았던 활동을 다시 재현해 보거나 행복감과 충족감, 만족감이 들었던 순간을 다시 떠올려 보는 것이다.

종이를 한 장 펴 놓고 그 위에 긍정적인 감정이 가득했던 순간, 좋았던 추억, 근심 걱정 없이 자유롭고, 즐겁고, 마음속에 평화가 넘치던 순간들을 기록해 보라. 오래전 추억이든 최근의 일이든 상관없다. 자신이 이룬 일과 자랑스러웠던 순간을 떠올려 보고 당시의 상황, 느낌, 신체 반응을 자세히 기록해 보라.

그때 기분이 어땠는가? 더 깊은 내면에는 어떤 감정이 숨어 있었는가? 당시 어떤 생각을 했는가? 자신을 어떻게 생각했으며, 자신

■ 긍정적 감정 목록

편안하다	신뢰한다	밝다	행복하다
집중한다	기뻐한다	열광한다	걱정 없다
부담 없다	궁금해 한다	흥분한다	영감을 받는다
재미있다	마음을 놓다	사로잡힌다	유쾌하다
주의 깊다	심취한다	자랑스럽다	자유롭다
침착하다	감동한다	뛸 듯이 기쁘다	평화롭다
몰두한다	흡족해 한다	즐겁다	안전하다
매료된다	쾌활하다	도취한다	안심한다
만족한다	열성적이다	조화롭다	살아 있다고 느낀다

에 대해 어떤 이미지를 가지고 있었는가? 당시 상황과 주위 사람들에 대해서는? 그 상황이 당신에게 만족감과 기쁨을 준 이유는 무엇인가? 당시 느꼈던 기분을 정확히 표현하는 데 도움이 될 만한 단어들을 앞 페이지에 목록으로 만들어 보았다.

앞에서 설명한 연습을 하면서 마음속에서 어떤 감정이 생겨나는지 관찰하고, 그 감정들을 기록해 두라. 아마도 당시에 느낀 감정을 다시 느낄 수 있을 것이다. 정신을 집중하여 예전의 기억을 떠올리면 당시의 일들을 마음속에서 몇 번이고 다시 경험할 수 있는 것과 같은 이치다. 그 감정이 너무 약하게 떠오른다면 당시에 들었던 것, 보았던 것, 느꼈던 것을 떠올리도록 노력해 보라.

연습이 끝나면, 조금 전에 떠올렸던 과거 활동들 중에서 다시 한 번 해 보고 싶은 일을 골라 그것을 실행할 계획을 세워 보자. 선택한 활동을 재현하는 것이 비현실적이거나 너무 복잡한 활동이라면, 비슷한 감정을 느낄 수 있을 만한 다른 활동을 찾아보라. 너무 많은 노력을 들여야 하는 활동을 고르면 시작도 하기 전에 지쳐 버릴 수도 있으니 가능한 한 실행하기 쉬운 활동을 선택하는 것이 좋다.

어린 시절의 꿈을 기억하라

꿈을 꾸지 않는 삶은 참으로 슬플 것이다. 잠들었을 때 꾸는 꿈이 아니라 의식이 깨어 있을 때 머릿속을 자유롭게 떠다니는 상상을 말하는 것이다. 심리적 공간 속에서는 모든 것이 가능하며, 이 상상들은 우리를 자유와 풍요로운 가능성의 세계, 열린 미래로 이끌어 준다. 그러나 실현될 수도 있었을 꿈이 상상의 경계를 넘지 못한 채 사라지는 경우도 많다.

어린 시절, 나중에 어른이 되면 꼭 해 보겠다고 마음먹었으나 이루지 못한 꿈이 있을 것이다. 범선을 타고 세계 일주를 한다든지, 낙하산을 타 본다든지, 오스트레일리아에 간다든지, 어떤 레스토랑에서 식사를 하고 싶다든지, 연극배우가 되거나, 스쿠버다이빙을 한다든지, 애완동물을 키우고 사파리 여행을 하겠다는 꿈. 그렇지 않으면 사탕이나 과자를 마음껏 먹는다거나, 예쁜 신발을 신고, 멋진 호텔에 묵고 캠핑카를 타고 여행을 떠나고, 나무를 한 그루 심겠다는 단순한 바람도 있을 것이다.

어린 시절에 하고 싶었던 일 가운데 몇 가지를 골라 실제로 해 보는 건 어떨까? 지금 하지 못할 이유가 무엇인가? 누구나 마음속 깊은 곳에 꼭 이루고 싶은 소중한 꿈을 간직하고 있다. 그 계획을 실현했을 때 느낄 기쁨과 뿌듯함을 생각해 보라.

자신을 보살펴라

■ 내면의 진정한 욕구에 귀 기울여서 자신을 보살필 줄 알아야 한다

우리는 마음속에 떠오르는 감정들이 우리에게 무엇을 가져다줄 것인지를 고민하지 않고 모두 소비해 버린다. 자기 자신에게 주의를 기울이고, 자신의 욕구와 진정 하고 싶은 것을 생각하는 법을 잊어버리고 만 것이다. 자신을 돌본다는 것은 자신을 존중하고 보호하며 자신의 친구가 되는 것을 뜻한다. 자기 마음이 진정으로 원하는 것을 선택하고, 남의 시선을 신경 쓰지 말고 그것을 실현하도록 노력하라. 당당하게 욕망을 표현하고 원하는 것을 포기하지 말라. 자신의 가치를 숨기지 말라.

■ 근심 걱정이 없는 것만으로 행복해지는 건 아니다

삶에 대한 만족과 행복감은 즐겁게 살아갈 수 있는 능력, 내면적 믿음에 대한 존중, 삶에 대한 열의와 밀접하게 관련되어 있다. 물론 살다 보면 해결되지 않는 문제, 마음을 불편하게 하는 제약을 만나게 된다. 문제 상황 때문에 골치를 썩이고, 불확신한 미래의 재앙을 미리 걱정하고, 부정적인 결과를 염려하기보다는 현재 잘되어 가는 것들이 무엇인지를 살펴보라. 주변을 둘러보고 만족스러운 것들을 찾아 사는 재미를 느껴 보자. 실패에 대한 두려움, 혼자가 될지 모른다는 걱정에 끌려 가며 사는 사람은 영원히 불안한 삶에서 벗어날 수 없다. 반대로 자신의 행복을 이루는 데 필요한 수단을 찾아보고 과거 행복했던 순간을 떠올리며 계획을 세워 보라. 더욱 만족스럽고 성숙한 삶을 살 수 있을 것이다.

■ 건강한 삶을 유지하라

자기 몸을 돌볼 줄 알아야 한다. 몸은 우리의 존재를 지탱한다. 건강한 삶은 건강한 신체와 건강한 정신을 모두 아우른다. 자신의 기본적 욕구에 관심을 기울이고 생체 균형을 깨트릴 위험이 있는 것들을 과용해서는 안 된다. 커피나 술, 마약 등은 감정적 반응에 영향을 미치며, 우리가 자기 자신과 관계를 맺는 데 장애물로 작용할 수 있다. 올바른 식습관을 유지하고, 충분한 수면을 취하고, 병이 나면 적절한 치료를 받고, 건전한 인간관계를 맺고, 규칙적으로 운동을 하고, 옷차림에도 신경을 써라. 이 일들은 모두 행복한 삶을 가꾸는 데 반드시 필요한 것들이다. 자신과 자신의 행복에 신경을 쓰면 쓸수록 그만큼 자신감은 더욱 커진다.

건강한 삶을 살기 위해 개선해야 할 점들을 목록으로 작성해 보라. 다음 질문에 대한 답을 종이 위에 적어 보라.

당신의 습관 중 어떤 것을 바꾸고 싶은가? 그런 습관이 생긴 이유는 무엇인가? 그 습관이 현재의 건강 상태에 어떤 영향을 미치고 있으며, 미래의 건강 상태에는 어떤 영향을 미칠 것인가? 그 습관을 유지해서 당신이 얻는 것은 무엇인가? 그 습관을 고치면 어떤 문제가 발생하는가? 그 습관을 고치면 어떤 좋은 점이 있는가? 바뀐 습관에는 익숙해질 것인가? 이미 시도해 본 적이 있는가? 결과가 어땠는가? 바뀐 습관을 꾸준히 유지하려면 어떤 도움이 필요한가? 누가 도와줄 수 있는가? 언제 시작할 것인가?

이 단계가 끝나면 계획을 세워서 실행에 옮겨 보라. 한 가지 목표에만 집중하고 매주 그 결과를 점검하라. 중간에 거부감이 들거나 예전의 습관으로 다시 돌아가면, 마음속의 감정과 계획을 중도에 포기하게끔 만든 생각을 기록해 두라. 그런 뒤, 앞의 질문들에 다시

답해 보고 다시 시도해 보라. 습관은 쉽게 바꿀 수 없다. 습관이란 특별한 노력을 들이지 않고 자기가 하고 싶은 대로 하려는 심리에서 비롯된 것이기 때문이다. 변화로 인해 생기는 스트레스도 자연스러운 현상이다. 따라서 새로운 습관이 훨씬 바람직한 것이라 해도 습관을 바꾸겠다는 생각은 긴장감을 유발할 수밖에 없다. 어려움에 부닥쳐도 굴하지 않고 꾸준히 노력하는 자세가 필요하다.

■ 자신에 대해 생각할 시간을 가져라

자신에 대해 생각하고 성찰하는 것, 자신을 발견하는 것, 자신의 감정에 충실히 살며, 자신의 욕망에 귀 기울이는 것, 자신의 꿈을 간직하는 것 등은 평정심과 평화를 가져다주며, 나 자신을 더 잘 알고 자신과 조화를 이루며 살아갈 수 있게 해 준다.

│자신을 믿어라│

자신에 대한 믿음이 없는 삶은 매일이 고역이다. 자기를 믿지 못하는 사람은 원하는 바를 실현하지 못하고, 잠재적인 창의력을 발휘하지 못하며, 소외감과 자신에 대한 불만으로 하루하루를 살아간다. 결국 삶을 자기 뜻대로 살지 못하고 미리 실패에 따른 실망감을 맛보며, 그런 상태에 이르게 된 죄책감에 휩싸이게 된다. 이런 감정이 쌓여 갈수록 자존감은 그만큼 낮아질 수밖에 없다. 이런 식의 걱정과 비관은 일정한 메커니즘을 따르게 되어 있다. 대부분 실패에

> ▶**실패에 대한 두려움**
>
> ― 미리부터 걱정하는 태도를 가지게 된다.
>
> ― 행동 반경이 줄어든다.(실패할 위험이 없는 일만 한다)
>
> ― 열광적인 태도를 억제한다.(잠재적인 창의력이 억압된다)
>
> ― 한 가지 사건을 가지고 상황 전체를 판단한다.
>
> ― 무력감, 죄책감, 불안함 등을 불러일으킨다.
>
> ― 자존감을 떨어뜨린다.(자신의 능력과 가치를 의심한다)

대한 두려움이 이런 식의 반응을 이끌어 낸다. 불안감이 아니라 자신의 바람에 따라 행동하라. 새로운 삶의 지평이 열릴 것이며, 동시에 자신에 대한 믿음이 솟아나는 것을 느끼게 될 것이다.

왜 실패를 두려워하는가?

실패에 대한 두려움은 대부분 다음 두 가지 이유에서 나타난다.

1. 실패할 경우 사람들을 실망시키거나 사랑받지 못할 것이라는 두려움. 부모가 아이를 대할 때 성공했을 경우에만 사랑을 주고, 실패하면 깎아내리거나 비판하는 태도를 취할 때 아이는 이러한 두려움을 갖게 된다. 아이는 부모의 사랑이 있는 그대로의 자신을 향하는 것이 아니라 자신이 무엇을 하는지에 따

라 달라진다는 생각 속에서 성장하게 된다. 그렇기 때문에 아이의 성공보다는 아이가 기울인 노력을 칭찬해 주는 것이 중요하다.

2. 나의 실패가 나는 물론이고 남들에게까지 돌이킬 수 없는 심각한 결과를 초래할 것이라는 믿음. 어린 시절, 안정적이지 못한 환경에서 부모나 어른의 역할까지 떠맡으며 자란 사람일수록 이런 믿음을 가지게 될 확률이 높다. 이들은 상황을 통제하거나 해결할 능력이 없는 상태에서 자기 역할 이상의 책임을 떠맡음으로써 심각한 결과를 초래할 수도 있는 상황에 직면했던 경험이 있다. 그래서 부모들이 책임을 다하는 동시에 자신의 한계를 인정하는 것이 중요하다. 그러지 못할 경우, 아이들이 적절한 관심을 받지 못하거나 부모의 역할을 대신 떠맡는 결과가 발생한다.

어떻게 하면 자신감을 얻을 수 있는가?

자신감은 행동을 통해, 경험 속에서 키워진다. 실패를 두려워하는 사람은 100퍼센트 성공을 확신할 수 없으면 아예 시도조차 하지 않으려고 한다. 이러한 회피가 두려움을 병적인 수준으로까지 심화시킨다. 회피하는 사람은 자신의 실제 능력과 실패가 초래할 결과를 객관적으로 확인할 기회를 갖지 못한다. 그러므로 자신감을 얻으려면 행동이 필수적이다. 자신의 역량을 확인하려면 위험을 감수할 수밖에 없는 것이다. 자신감이 있는 사람은 자신의 성공을 확신하는 사람이 아니라, 실패 앞에서 자신을 탓하지 않는 사람이다.

자신감은 위험을 감수하고, 어려운 상황을 극복하려고 노력을 기울이는 과정에서 얻어진다. 우리는 고난 속에서 그것을 극복하려고 노력하는 과정에서, 그리고 때로는 고통 속에서 내면에 숨겨진 잠재력과 능력, 인내심을 발견하게 된다. 특별한 결심이나 노력이 필요하지 않는 일만 하거나 목표 달성이 확실해 보이는 것만 골라 하는 태도로는 자신감을 키울 수 없다. 이른바 '성공한' 사람 가운데도 자신감이 결여된 사람이 있는 것은 이 때문이다.

귀와 눈이 열려 있는 사람들은 매일 새로운 진리를 배운다. 무언가를 배우려면 우선 자신이 모르고 있다는 사실을 받아들여야 한다. 뭔가를 모른다는 것 때문에 좌절할 필요는 없다. 그러나 완벽주

▶자신감은 시간과 경험 속에서 축적된다

우리는 인생을 살아오며 이미 이런저런 활동 속에서 자신감을 쌓아 왔다. 넘어지지 않고 걷거나 달릴 수 있으며, 스스로 신발 끈을 묶을 수 있고, 호흡에 지장을 주지 않으면서 물을 마실 수 있고, 간단한 셈을 하거나 글을 읽을 수 있다. 그러나 이러한 간단한 활동도 아주 어렸을 때는 자신감 있게 하지 못했다. 배우고 싶다는 욕망과 열의를 품고 조금씩 방법을 익혀 나가면서, 처음에는 불안하게 하던 일을 자신감 있게 수행할 수 있게 된 것이다. 다른 영역도 이와 마찬가지다. 평생 동안 이런 식으로 이런저런 일을 익혀 가며 자신감을 얻는 것이다.

의자들이나 자신을 지나치게 다그치는 사람들은 배우지 않고도 뭔가를 할 수 있기를 바란다. 이들은 배움에 시간을 할애하지 않는다. 뭔가를 배우는 데 들이는 시간이 아깝다고 생각하기 때문이다. 그러나 자신감은 오랜 시간 동안 점차 쌓여 간다는 사실을 기억하라. 인내심을 가지고 꾸준히 배워 가는 수밖에 없다.

▌차근차근 실행하라

자신을 있는 그대로 인정하는 것을 두려워하지 말라. 그래야 배울 수 있다. 다음 제시한 예를 참고 삼아 차근차근 시작해 보자.

- 마음속에서 진정으로 원하는 것을 하라. 내가 원하는 것을 시도한다는 것에서 기쁨을 느낄 수 있을 것이다.
- 너무 많은 노력이 필요한 일을 피하라. 시작부터 좌절하거나 지쳐 버릴 수도 있다.
- 실패를 하더라도 크게 무리가 되지 않는 일부터 시작하라. 그래야 실패에 대한 두려움을 점차 줄여 나갈 수 있다.
- 필요한 경우 주변 사람들에게 도움이나 조언을 받아라. 곁에 조력자나 안내자가 있다는 데서 든든함을 느낄 수 있다.

다음의 '문제해결 5단계' 는 어떤 종류의 일부터 시작하는 것이 좋을지를 결정하는 데 도움이 될 것이다.

1. 내가 하고 싶은 일, 내려야 할 결정들의 목록을 만들어 보자. 중요한 결정, 시급한 결정, 최종적으로 내려야 할 결정 등을 모두 기록하라. 어떤 영역이든 상관없다. 머릿속에 떠오르는 대로 적어 보라. '자기관리' 장에 실린 목록을 참조해도 좋다.

2. 목록에 적힌 결정들을 실행하기 힘든 정도에 따라 0~10점으로 점수를 매겨 보라. 그리고 실패했을 경우 생길 결과의 심각성에 따라 0~10점으로 다시 점수를 매겨 보라. 두 점수를 더한 합계가 가장 적은 것부터 차례로 순위를 매겨 보라. 점수가 가장 적은 것부터 실행에 옮겨라. 그 일을 실행할 수 있는 방법을 모두 적어 보라. 현실적이지 않은 방법이라도 상관없다.

3. 각 방법의 장점과 단점을 파악하고 가장 적당해 보이는 방법을 선택한다.

4. 선택한 방법을 이용해 결정을 실행에 옮긴다.

5. 결과를 평가한다.

■ 있는 그대로의 자신을 보여라

위험을 감수할 수 있는 능력을 키우려면 실수할 수도 있다는 사실을 받아들여야 한다. '힘든 상황'에 처한 자신의 모습을 숨기려 하지 말라. 항상 다른 사람의 마음에 들 수는 없다. 사람들 앞에서 자신을 있는 그대로 내보여라. 무언가를 잘 모를 수도 있고 이해가 되지 않을 수도 있다. 상대방 눈치를 보느라 서투름을 숨길 필요는 없다.

저녁 모임에서 대화를 나눌 때 상대방의 말을 잘 이해하지 못하겠으면 몇 번이고 반복해서 물어보라. 설사 대화의 주제조차 파악하지 못한 질문이라도 주저하지 말라. 가게에서 물건을 살 때도 자기가 뭘 사려고 하는지도 모르는 사람처럼 마지막 순간에 물건을 바꿔 보라. 말을 하고 싶지 않을 땐 그냥 침묵을 지켜라.

이런 연습을 하는 이유는 사람들에게 불쾌감을 주거나 밉보이려는 게 아니라, 항상 남의 마음에 드는 행동만 할 수는 없다는 사실을 받아들이기 위해서다. 의외로 사람들은 관대함과 이해심을 가지고 반응하는 경우가 훨씬 많다.

■ 불평만 하지 말고 행동에 나서라

당신을 불편하게 만드는 상황들을 정리해 보고, 그 상황을 바꿔보겠다는 목표를 세우라. 비판은 정확하게, 요구는 분명하게 하라. '자기주장 하는 법 배우기'에서 살펴본 방법을 참고하여, 목표를 달성하려면 어떤 수단을 사용해야 할지 생각해 보라. 이런 식으로 불평을 목표로 전환시켜 보자.

| 자기 자신과 평화로운 관계 맺기 |

고독에 시달리는 사람들은 대부분 기쁨도 희망도 없이 살아간다. 자기 자신과 단절된 채 자기 삶의 관객으로 살아가는 것이다. 자신과 분리되어 있다는 느낌 외에는 어떤 감정도 느끼지 못한 채 계획도 욕망도 없이 안개 속을 걸어가듯 살아간다. 이들은 자신이 감당하지 못할까 두려워 감정을 억누르며, 다른 사람들에게 사랑받고 싶다는 비밀스러운 희망을 품고 그들을 기쁘게 해 주려고 노력한다. 이들은 또한 스스로 무언가를 결정하지 못해 다른 이들의 의견에만 의존하려 한다. 한 마디로, 이들은 자기 자신을 위해 살지 못한다. 자신의 존재가 더 이상 자기 것이 아니다.

이런 상태에서는 삶의 의미도 찾을 수 없다. 이들은 어린 시절 제대로 사랑을 받지 못했거나 권위적이고 폭력적인 가정, 엄격하거나 불안정한 가정에서 성장한 경우가 많다. 혹은 가혹한 시련을 겪거나 가까운 사람이 중병에 걸리거나 부모를 일찍 여의는 등의 트라우마적인 사건을 겪은 경우도 있다. 아직 준비되지 않은 상태에서 새로운 책임을 떠맡아야 했던 것이다. 이 과정에서 다른 사람들을 성가시게 하지 않으려고 감정을 억누르고, 걱정을 끼치지 않으려고 입을 다물고, 다른 사람들을 기쁘게 하려고 자신의 욕망을 단념하는 방법을 배운다. 이들은 버거운 일상을 견디느라 제대로 된 어린 시절을 경험하지 못한 것이다. 어른이 된 뒤에도 이들은 이러한 태도를 버리지 못해 다시 한 번 자기 삶에서 소외된다.

이들은 주변 사람들이 자신의 결핍을 채워 주지 못한다고 비난한다. 어린 시절에 받아 보지 못한 관심과 사랑, 공감, 존중 같은 것을 다른 사람들이 채워 주길 기대하는 것이다. 그러나 어린 시절에 겪은 고통을 다른 사람이 치료해 줄 수는 없다. 남들이 나의 결핍을 채워 주고 과거의 고통스러운 기억을 지워 줄 것이라고 기대해서는 안 된다. 그 일을 할 수 있는 건 오직 나 자신뿐이다. 각자 자신의 삶을 책임져야 한다.

우리는 과거를 다시 살거나 바꿀 수 없다. 끊임없이 고통스러웠던 과거를 되새기고 힘들었던 어린 시절에 집착하고, 과거의 실패를 되새김질하며 사는 사람은 일상의 온갖 기회를 제대로 포착하지 못한다. 잠재력을 키우고, 과거의 무게에서 벗어나 있는 그대로의 자신으로 살아갈 수 있는 기회를 놓치고 마는 것이다.

자신의 과거를 있는 그대로 받아들여라. 비밀스럽게 깊은 곳에 간직되어 있는 고통스러운 기억, 삶의 어두운 이면을 대면할 수 있어야 한다. 그 순간들이 불러일으키는 감정을 감당할 수 있어야 한다. 모두 각자 자기만의 삶의 이야기가 있다. 자신의 과거를 받아들인다는 것은, 과거의 트라우마에서 벗어나 삶을 계속해 나가기 위해 과거를 극복한다는 뜻이다. 과거의 무게에서 벗어나는 게 너무 힘들다면 심리 치료를 받는 것도 좋은 방법이다.

▶자기 자신에게 충실하라

자신에게 충실하지 못한 태도는 자신을 부정하는 것과 같다. 실제 자신의 모습을 숨기거나, 타인이 자신을 왜곡하는 것을 내버려 두거나, 자신의 감정을 제대로 알지 못하고 알고 싶어 하지 않거나, 자신을 있는 그대로 인정하지 않고 자신을 속이거나, 자신에게 유익한 것들을 소홀히 하는 것들이 모두 자신에게 충실하지 못한 태도다. 자신에게 충실하지 못한 사람은 스스로 자신이 무가치한 사람이라는 느낌에 시달리게 된다.

바꿀 수 없는 과거라면 잊어버려라. 어려움을 이겨내고 새로운 삶을 살 수 있는 가능성을 찾아보라. 과거의 고통이 반복되지 않도록 일상을 계획하고, 자기의 권리를 당당하게 주장하며, 자신의 잠재력을 최대한 발휘하라. 그럼으로써 원하는 삶을 새롭게 창조할 수 있을 것이다. 자신의 가치에 충실하고 내면의 목소리에 귀 기울여라.

지금까지 감정을 다스리고, 당당하게 자기를 주장하고, 자신을 있는 그대로 받아들일 수 있는 방법들을 살펴보았다. 이 방법들은 내면적 평화를 이루는 데 유용할 것이다. 이 방법과 함께 사용할 수 있는 방법을 몇 가지 소개하려 한다. 이 방법들은 당신의 일상이 매일 매일 행복의 가능성으로 가득 찰 수 있도록 도와줄 것이다.

현재의 고통을 파악하라

종이를 펴 놓고 자기 자신에게 다음과 같은 질문을 던져 보라.

지금 나를 고통스럽게 하는 것은 무엇인가? 그것에서 어떤 것이 연상되는가? 그 순간 어떤 감정을 느끼는가? 가장 불만을 느끼는 점은 무엇인가? 어떤 상황에서 마음을 비우지 못하는가? 살아가면서 나를 가장 화나게 만드는 것은 무엇인가? 그 이유는 무엇인가? 그와 같은 상황을 예전에도 경험해 본 적이 있는가? 그 상황에 처하면 어떤 기억이 떠오르는가?

이 연습은 과거의 사건이 어떻게 현재의 일상생활에 계속 영향을 미치는지, 왜 같은 시나리오가 반복적으로 재현되어 현재의 삶을 충분히 누리지 못하게 만드는지를 이해할 수 있게 한다. 우리가 확실하다고 생각하는 믿음 중에는 어린 시절에 겪은 불행한 경험에서 비롯된 잘못된 결론이 진실처럼 굳어져 버린 경우가 많다. 우리의 일상에서 이와 같은 무의식적인 편견이 자주 작동하는데, 이 편견은 우리의 세계관뿐 아니라 자신에 대한 이미지까지 제약한다. 과거를 매듭 짓고 있는 그대로의 자신으로 살아가는 자유를 얻고 싶다면, 무엇보다 분노와 슬픔을 극복해야 한다.

자신의 일대기를 써 보라

지금까지의 삶에서 일어난 결정적인 사건을 모두 기록해 보라. 소중한 사람의 죽음, 친한 사람과의 이별, 폭력을 경험했던 사건, 극심한 소외감을 느꼈던 일, 병에 걸리거나 병원에 입원했던 일 등을 모두 기록해 보라. 물론 이 중에는 좋은 일도 많을 것이다. 아이의 탄생, 결혼, 직업적 성공, 스포츠 경기에서 활약한 일 등 그 각각의 사건이 일어난 상황을 자세히 기록해 보라. 당시에 어떤 감정을 느꼈는지, 자신을 어떻게 생각했는지 등을 모두 기록해 보라. 그런 뒤에 그 기억들이 현재 어떤 감정과 생각을 불러일으키는지를 적어 보라.

다음 페이지의 예를 참조해서 자기만의 목록을 작성해 보자.

목록을 작성하면서 각 사건을 기록할 때마다 당시 느꼈던 감정을 천천히 다시 떠올리도록 노력해 보라. 이 시간은 오직 자신만을 위한 시간이다. 전화기도 꺼 놓고 아무에게도 방해받지 않는 조용한 장소를 택하라. 내 안에 있는, 한 번도 고통을 호소해 보지 못한 아이에게 관심을 기울이고 그 아이의 감정을 헤아려 보라. 그 당시 아

날짜	상황	감정과 신체적 반응	당시의 생각	지금의 감정	지금의 생각	현재의 일상에 미치는 영향
	아버지가 집을 떠나셨다.	슬픔, 분노, 이해할 수 없음.	아버지가 나를 버렸다. 부당하다.	슬픔	나는 너무 고통 받았다.	나는 버림받을지도 모른다는 두려움 때문에 애정관계를 맺지 못한다.

이가 받고 싶어 했던 위로와 안정을 지금 베풀어 보라. 이 연습이 자신의 과거와 화해할 수 있는 길을 찾는 데 도움이 될 것이다. 아무리 고통스러운 일이었다 해도 그 일과 완전히 단절해 버리면 자신과 조화를 이루며 살 수 없다. 이 작업을 해 나가는 과정에서 전문가의 도움이나 조언이 필요할 수도 있다. 자신이 느끼는 감정을 좀 더 잘 이해하고 싶다면 앞에서 살펴본 '감정을 다스리는 방법'을 참조하라.

만약 과거가 너무 고통스럽게 느껴진다면, 긍정적인 기억부터 시작하는 것도 좋은 방법이다. 현재 자신에게 필요한 잠재력이나 장점을 당시 상황 속에서 찾아낼 수도 있으며, 긍정적인 기억을 통해 자신감을 얻음으로써 더 어려웠던 과거를 대면할 수 있는 힘을 얻게 될 것이다.

일기를 쓰자

글쓰기는 다른 모든 창조적 행위와 마찬가지로 마음을 다스리는 데 큰 도움이 된다. 글쓰기는 혼란스럽고 이해하기 힘든 내적 체험들을 언어를 통해 '지적인' 방식으로 표현할 수 있게 해 준다.

일기를 쓰면 자기를 성찰하는 능력을 키울 수 있고, 인생의 의미를 생각해 볼 기회를 갖게 된다. 글로 표현하게 되면 머릿속으로만 생각하는 것보다 더 자세하고 효과적인 방식으로 자신을 성찰할 수 있다. 머릿속으로 생각할 때는 자기 생각에 이리저리 휩쓸리거나 자기 마음대로 개념들을 변형시킬 위험이 있다. 또한 이런저런 이미지가 뒤섞여 버리거나, 생각이 애매하고 불분명하거나 감정에 좌우되는 경우도 많다.

반면 머릿속에 떠오르는 생각을 글로 표현하면 좀 더 일관되고 이해하기 쉽게 정리가 된다. 글을 통해 생각을 가다듬고 감정을 표현함으로써 그것들을 좀 더 선명하게 인식하고 그 힘과 파급 범위를 통제할 수 있게 되는 것이다. 자기의 감정을 글로 표현한다는 것은, 나의 생각을 인식하고 그것이 실제로 내가 겪은 것과 일치하는지를 확인하는 작업이다. 또한 글쓰기를 통해 말이 지닌 힘을 인식하여 좀 더 적절한 단어를 선택할 수 있는 능력을 기를 수도 있다. 이런 과정 속에서 자신에 대한 지식도 향상해 나갈 수 있다.

결론

"침묵과 고독 속에서 우리는 본질 이상의 것을 듣는다."

—카미유 벨기즈Camille Belguise, 〈침묵의 메아리〉

때로 고독은 인간에게 구원책이 된다. 고독 속에서 인간은 자신의 삶을 선택한다. 고독은 거울과도 같이 우리의 가장 비밀스러운 이야기와 존재의 가장 내밀한 부분을 비춰 준다. 물론 때로 그 이미지가 절망적일 수도 있다. 그 거울이 항상 내가 원하는 것만을 비춰 주는 것은 아니기 때문이다. 그러나 자신에게 충실한 사람은 그 이미지를 있는 그대로 받아들이며 그 속에서 자신만의 고유하고 안정된 행복을 찾아낼 줄 안다. 고독은 우리에게 일종의 가능성을 제공하는 것이다.

고독은 자신을 다른 각도에서 보고, 자신의 의식을 검토하며, 자신에 대해 근본적인 질문을 던질 수 있는 기회가 된다. 자신에게 사랑과 관심을 베풀고, 두려움을 극복하고, 지나치게 무거운 과거에서 자신을 해방시킨다면 혼자 있는 시간이 즐거움으로 다가올 것이다. 고독은 감옥도 아니고 고립된 상태도 아니다. 고독은 우리가 있는 그대로의 모습으로 겸손하게 타인에게 다가가고, 호의적으로 받아들일 수 있게끔 해 준다.

부록

- 고독을 극복하는 실전 프로젝트
- 참고할 만한 문헌들

부록1

고독을 극복하는 실전 프로젝트

　여기서 제시하는 '실전 프로젝트' 는 지금까지 살펴본 방법들을 일목요연하게 요약해 놓은 것이다.

│ 문제를 파악하라 │

　어떤 상황에서 고독감을 느끼는가? 그럴 때 무엇을 하는가? 어떤 생각이 떠오르는가? 고독감에 시달리는 이유가 무엇이라고 생각하는가? 친구가 없어서인가? 속내를 털어놓을 수 있는 사람이 없기 때문인가? 소중한 사람이 떠났기 때문인가? 혼자 있으면 지루한가? 공허하고 내가 쓸모없는 존재라는 생각이 드는가? 삶이 아무런 의미도 없어 보이는가? 그렇다면 당신은 사회적 관계를 확장하는 법을 배워야 한다.

자신감이 없는가? 수줍음을 많이 타는가? 자신에 대해 부정적인 이미지를 가지고 있는가? 자주 슬픔을 느끼는가? 광장공포증에 시달리는가? 그렇다면 당신에게 필요한 것은 자신감이다. 자신감을 회복하면 불안감을 털어 내고 자신의 내면적 욕구에 따라 삶을 조직할 수 있을 것이다.

효과적이고 적절한 전략을 사용하라

분명한 목표를 설정하고 그것을 실현할 수단을 강구하라. 여러 가지를 한꺼번에 하려고 하지 말고 차근차근 접근하라.

■ 인간관계를 확장하라

인간관계를 확장하는 방법에는 여러 가지가 있다. 연락이 끊긴 친구를 다시 만나거나, 이웃이나 직장 동료를 집으로 초대하고, 휴식 시간에 동료들과 잡담을 나누거나, 가족 모임을 갖고 인터넷을 통해 친구를 사귀고 채팅을 할 수도 있다.

관계를 계속 유지하고 싶다면, 당신을 초대했던 사람에게 감사의 마음을 표시하고 집으로 초대해 보라. 생일 파티를 계획하는 것도 좋다.

좋은 사람들과 관계를 맺도록 노력하라. 사회적 도움을 받을 수 있는 경로는 크게 전문적, 정서적, 사회적 범주로 나뉜다.

- **전문적**: 기술적인 자문이나 특정 정보가 필요할 때.
- **정서적**: 격려나 위로를 받고 싶을 때, 자신의 체험이나 속 얘기

를 털어놓고 싶을 때.

- **사회적**: 기분 전환을 하거나 즐기고 싶을 때, 잠시 문제를 잊고 다른 것에 관심을 돌리고 싶을 때.

■ 무기력하게 시간을 보내지 말라

- 마음속에서 진정으로 원하는 일을 하도록 노력하라. 취미나 여가 활동을 즐기되, 관심이 가고 즐거움을 얻을 수 있는 활동을 하라. 자신의 꿈을 구체화하라. 색소폰 연주, 사진, 연극, 여행 등.
- 무언가를 하라. 일단 10분 정도 시도해 보고 계속 하고 싶은 마음이 드는지를 살펴보라.
- 책을 읽어라. 취향에 맞는 소설이나 만화책을 찾아 읽어라.
- 글을 써라. 일기, 단편소설, 자서전, 앞으로의 계획 등을 써 보라.
- 들어라. 혼자 있을 때 음악이나 라디오 방송을 듣는 것도 좋은 방법이다.
- 인터넷을 이용하라. 채팅을 하거나 새로운 정보를 찾아보라.

■ 귀찮은 일들을 처리하라

예기치 않게 시간이 나거나 지루할 때, 평소 시간이 없어 계속 미루던 일들을 하는 것도 좋은 방법이다. 집을 정리하거나 구두를 닦거나 우편물을 정리해 보라.

■ 자신의 현재 상태를 점검하라

자기 자신과 대면하는 시간을 가져라. 자신과 자신의 인생, 지나온 삶 등을 성찰할 수 있는 시간을 가져라. 앞으로 나는 무엇을 하고 싶은가? 어떤 계획을 세우고 싶은가? 몇 년 뒤에 나는 어떤 모습일까? 머릿속에 떠오르는 생각을 글로 적어 보라.

■ 자신을 보살펴라

- 주변 환경을 개선하라. 집이 편안하고 아늑한 공간이 되도록 정리하고 꾸며 보라. 내 집이라는 느낌이 들도록 평온하고 안락하게 내부를 꾸며 보라. 벽난로, 꽃, 분위기 있는 음악, 적절한 조명, 그림, 가족 사진 등을 활용해 보라.

- 자신을 존중하라. 마음이 편해지려면 몸이 건강해야 한다. 건강한 삶을 유지하도록 노력하라. 자주 요리를 하고 바른 식생활을 유지하라. 규칙적인 시간에 잠자리에 드는 습관을 들여라. 밤늦게까지 깨어 있는 건 건강에 해롭다. 편안하고 포근한 잠자리 환경을 만들어라. 매일 외출을 해서 최소한 20분 이상씩 걸어라. 자신을 보살펴라.

- 자신에게 즐거움을 선사하라. 자신에게 선물을 하라. 영화나 공연을 보러 가거나 자연을 즐기러 떠나는 것도 좋은 방법이다. 바람을 쐬거나 해변을 걷거나 시골길을 산책해 보라.

- 자신에 대해 더 잘 알 수 있도록 노력하라. 자기 성찰, 명상, 이완운동 등의 다양한 방법이 있다. 다양한 프로그램에 참여하고,

전문가의 도움을 받는 것도 좋은 방법이다.

위기 상황 대처법

심리적으로 심각한 좌절 상태에 빠질 경우를 대비해 위기 상황 대처 방법을 미리 준비해 두라.

■ 위기 상황을 어떻게 예방할 것인가? 혼자 아무것도 하지 않는 시간을 최대한 줄이는 방식으로 일주일 계획을 짠다.

■ 무엇을 할 것인가? 큰 노력 없이 쉽게 할 수 있고, 마음을 편안하게 해 주는 활동을 미리 준비하라. 언제라도 실행할 수 있게끔 미리 준비를 해 두는 것이 중요하다. 체조, 목욕, 샤워, 음악 감상, DVD 시청(무엇을 볼 것인지 미리 정해 두라), 책이나 잡지(무엇을 읽을지 정해 두라), 퍼즐, 서류 정리 등 생각 없이 반사적으로 할 수 있는 활동이 좋다. 이 활동을 하는 동안에는 그 작업에만 정신을 집중하라.

■ 누구에게 연락할 것인가? 친구 네 명의 연락처를 적어 두라.(남자 둘, 여자 둘) 당신의 고충을 알고 있고, 24시간 중 언제라도 연락할 수 있으며, 당신의 말을 들어 줄 수 있고, 정서적인 도움과 위로를 줄 수 있는 사람을 골라라. 응급 서비스를 제공하는 단체(상담 센터, 심리상담소, 사랑의 전화 등)의 연락처를 메모해 두는 것도 좋다.

■ 심리적 장애가 있다면 상담을 통해 치료를 받으라. 수줍음, 광

장공포증, 자신감 결핍, 우울증 등 여러 가지 장애가 존재한다. 장애에 따라서는 외부적인 도움이나 약물 치료가 필요한 경우도 있다. 자신이 정확히 어떤 장애를 겪고 있는지를 파악하고 어떤 방법으로 그것들을 극복할 수 있는지 전문가들과 상담을 해 보는 것이 좋다.

| 인간관계에 대한 두려움을 극복하는 간단한 프로그램 |

우선 해야 할 일들

1. 주변 사람 여섯 명에게 자신이 수줍음이 많은 사람이라고 이야기하라. (남녀, 직업, 친구, 가족관계를 골고루 안배한다)
2. 어려움을 겪는 상황들의 목록을 작성하라. (구체적인 상황, 감정, 자동적 생각들)
3. 자신에 대한 믿음, 다른 사람에 대한 믿음, 다른 사람이 자신을 어떻게 생각하고 있을지에 대한 추측 등을 목록으로 만들라.
4. 자신의 문제를 극복할 수 있도록 분명하고 실현 가능한 목표를 세 가지 정하라.

실전 연습

각각의 연습을 시작하기 전에 자신의 불안 상태와 자동적 생각을 점검하라. 연습에 들어가기 전에 불안 상태가 6~10점을 넘어서는 안 된다. 연습이 끝난 뒤 어떤 변화가 있는지를 관찰하고 연습 전과

후를 비교해 보라.

1. 상대방의 눈을 똑바로 바라보면서 이웃이나 동네 가게 주인과 대화를 한다.

2. 길 가는 사람에게 질문을 한다. 남자, 여자, 청소년, 어른 등 다양한 사람을 골라 질문한 뒤 그들의 대답을 귀 기울여 듣는다. 대답이 분명하지 않으면 자세하게 설명해 달라고 요구하라.

3. 서점에 가서 직원에게 심리나 성性에 관한 책이 어디에 있는지 물어본다.

4. 상점 직원에게 상품에 대해 여러 가지 질문을 한다. 옷가게에 들어가 이것 저것 입어본 뒤 아무것도 구입하지 말고 점원에게 고맙다는 인사를 하고 나온다.

5. 전철 안이나 버스에서 모르는 사람을 똑바로 2~4초간 바라본다.

6. 호텔에 전화를 걸어 숙박 요금, 레스토랑, 아침 식사, 시설 등 여러 가지 사항을 문의한다. 박물관이나 놀이공원이라도 상관없다. 혹은 모르는 번호로 전화를 걸어 상대방 번호를 물은 뒤 전화를 잘못 걸었다고 사과한다.

7. 레스토랑에 들어가 메뉴, 예약, 점심 메뉴 등 여러 가지 질문을 한다. 처음엔 식당이 쉬는 시간에 시도하고, 익숙해지면 영업 중일 때도 시도해 본다.

8. 공공장소에서 전화를 한다. 사람들 앞에서 실제로 또는 가상으로 사적인 대화를 한다.

9. 방금 산 물건을 들고 상점에 가서 마음이 바뀌었다고 말하고 환불

을 요구한다.

10. 누군가와 대화를 나누면서 몸을 떨거나, 알 수 없는 말을 중얼거리거나, 잘못된 단어를 사용해 본다. 편지를 쓸 때 시도해 봐도 좋다.

11. 사람들이 모인 곳에서 재밌는 얘기를 하거나 시를 낭독하거나 글을 읽는다.

12. 모임에서 모르는 사람에게 말을 걸고 연락처를 물어본다.

13. 하루에 칭찬 한 번, 비판 한 번을 한다. 단, 사실에 근거한 것이어야 한다.

14. 정치나 사회, 영화, 인물 등 특정 대상에 대한 개인적인 감정을 표현한다.

15. 식당에서 주문을 변경하거나 이미 나온 요리를 바꿔 달라고 요구한다.

16. 식당이나 카페, 전철 안에서 모르는 사람에게 말을 걸어 본다.

17. 레스토랑에서 외부에서 구입한 와인을 들고 가도 되는지 혹은 마시다 남은 와인을 가져가도 되는지 물어본다.

18. 직장 동료에게 돈을 빌리거나, 주말 동안 차를 빌려 달라고 하는 식으로 이런저런 부탁을 해 본다. 이웃집에 가서 빵이나 설탕을 얻을 수 있는지 물어본다.

19. 계산대 줄 앞에 선 사람에게 차례를 양보해 달라고 부탁한다. 그런 뒤 느긋하게 계산을 한다.

20. 물건 값을 깎는다.

21. 길에서 혹은 버스나 전철에서 노래를 부르거나 갑자기 멈춰 서서 다른 승객을 똑바로 쳐다본다.

부록2

참고할 만한 문헌들

자기인식을 위해 거쳐야 할 필수 단계

Compte-Sponville A., *L'amour la solitude*, Paris, Albin Michel, 2000.

Delise I., *Vivre sa solitude*, Boucherville, Éditions de Mortagne, 1998.

Dolto F., *Solitude*, Paris, Gallimard, 〈Folio essais〉, 2001.

Dowrick S., *Intimité et solitude*, Mouries, Le Fil invisible, 2004.

Fabre N., *La Solitude. Ses peines et ses richesses*, Paris, Albin Michel, 2004.

Filliozat I., *Que se passe-t-il en moi?*, Paris, J.-C. Lattès, 2001.

Finn E., *Donner un sens a sa vie*, Outremont, Quebecor, 2004.

Grimaldi N., *Traités des solitudes*, Paris, PUF, 2003.

Hannoun M., *Nos solitudes*, Paris, Seuil, 1991.

Jankelevitch V., Wajsbrot C., *Solitude, solitudes*, Paris, Autrement, 2000.

Kaufmann J.-C., *L'Invension de soi*, Paris, Armand Colin, 2004.

Kelen J., *L'Esprit de solitude*, Paris, Albin Michel, 2006.

Lemoine P., *S'ennuyer, quel bonheur*, Paris, Armand Colin, 2007.

Noël M.-J., *Être l'auteur de sa vie*, Aubergne, Éditions Quintessence, 2006.

Pichon B., *Solitudes apprivoisées*, Paris, Anne Carrière, 1994.

Rilke R. M., *Lettres à un jeune poète*, Paris, Grasset, 1996.

(라이너 마리아 릴케, 김재혁 옮김, 『젊은 시인에게 보내는 편지』, 고려대학교 출판부, 2006.)

Schurmans M. N., *Les Solitudes*, Paris, PUF, 2003.

Solemme M. de, *La Grâce de solitude*, Paris, Dervy, 2001.

Storr A., *Solitude. Les vertus du retour à soi-même*, Paris, Robert Laffont, 1991.

Thich Nhat Hanh, *La Plénitude de l'instant*, Paris, Nouvelles Éditions Marabout, 2006.

Valtier A., *La Solitude à deux*, Paris, Odile Jacob, 2003.

Viorst J., *Les Renoncements nécessaires*, Paris, Pocket, 1988.

고독의 심리학

Ainsworth M. D. S., Blehar M. C., Waters E., Walls S., *Patterns of Attachment. A psychological study of the strange situation*, Hills-dale, Lawrence Erlbraum Associates, 1978.

Andre C., *Psychologie de la peur*, Paris, Odile Jacob, 2004.

Andre C., Légeron P., *La Peur des autres. Trac, timidité et phobie sociale*, Paris, Odile Jacob, 2000 (3e édition).

Andre C., Légeron P., Lelord F., *La Gestion du stress*, Paris, Éditions Bernet-Danilo, 1995.

Bandura A., *Autoefficacité. Le sentiment d'efficacité personnelle*, Bruxelles, De Boeck, 2003.

Booth R., "Toward an understanding of loneliness", *Social Work*, 1983, 28, p.116-119.

Booth R., "Loneliness and abstraction level of college students", *Journal of College Student Development*, 1985, 26, p.204-209.

Booth R., Bartlett D., Bohnsack J., "An examination of the relationship between hapiness, loneliness, and shyness in college students", *Journal of College Student Development*, 1992, 33, p.157-162.

Bowlby J., *Attachement et perte, vol. 1 : L'Attachement*, Paris, PUF, 2002.

(존 보울비, 김창대 옮김, 『애착 - 인간애착행동에 대한 과학적 탐구』, 나남, 2009.)

Bowlby J., *Attachement et perte, vol. 2 : La Séparation. Angoisse et colère*, Paris, PUF, 2002.

Bowlby J., *Attachement et perte, vol 3 : La perte*, Paris, PUF, 2002.

Cloninger S., *La personnalité*, Paris, Flammarion, 1999.

Cottraux J., *La Répétition des scénarios de vie. Demain est une autre histoire*, Paris, Odile Jacob, 2001.

Cottraux J., *Les Thérapies cognitives. Comment agir sur nos pensées*, Paris, Retz, 2001.

Cottraux J., *Les Thérapies comportementales et cognitives*, Paris, Masson, 2004, 4e edition.

Cungi C., *Savoir gérer son stress*, Paris, Retz, 1998.

Cutrona C. E., "Translation to college : Loneliness and the process of social adjustment", in L. E. Peplau et D. Perlman (éd), *Loneliness. A sourcebook of current theory, research and therapy*, New York, John wiley, 1982, p.291-309.

Damasio A. R., *L'Erreur de Descartes*, Paris, Odile Jacob, 2001.

Damasio A. R., *Spinoza avait raison*, Paris, Odile Jacob, 2003.

Darwin C., *L'Expression des émotions chez l'homme et chez les animaux*, Paris, Éditions du CTHS, 1998.

Debray Q., Nollet D., *Les Personnalités pathologiques*, Paris, Masson, 1995.

Derlerga V. J. et Margulis S. T., "Why loneliness occurs : The inter-relationship of social-psychological and privacy concepts", in L. E. Peplau et D. Perlman (éd), *Loneliness. A sourcebook of current theory, research and therapy*, New York, John Wiley, 1982, p.152-165.

Freud S., *Introduction à la psychanalyse*, Paris, Petite Bibliothèque Payot, 1976. (지그문트 프로이트, 임홍빈·홍혜경 옮김, 『정신분석 강의』, 열린책들, 2004.)

Glass L., *Ces gens qui vous empoisonnent l'existence*, Paris, Nouvelles Éditions Marabout, 2006.

Hahusseau S., *Comment ne pas se gâcher la vie*, Paris, Odile Jacob, 2003.

Horowitz L. M., French R. S. de et Anderson C., "The prototype of a lonely person", in L. A. Peplau et D. Perlman (éd), *Loneliness. A sourcebook of current theory, research, and therapy*, New York, John Wiley & Sons, 1982, p.183-205.

Jong-Gierveld J. D., "Developping and testing a model of loneliness", *Journal of Personnality and Social Psychology*, 1987, 53, p.119-128.

Jong-Gierveld J. D., Raadschelders J., "Types of loneliness", in L. A. Peplau et D. Perlman (éd), *Loneliness. A sourcebook of current theory, research, and therapy*, New York, John Wiley & Sons, 1982, p.105-119.

Jones W. H., Freemon J. E., Goswick R., "The persistence of loneliness : Self and other derterminants", *Journal of Personnality*, 1981, 49, p.27-48.

Jones W. H., "Loneliness and social contact", *Journal of Social Psychology*, 1981, 113, p.295-296.

Jones W. H., "Loneliness and social behavior", in L. A. Peplau et D. Perlman (éd). *Loneliness. Asourcebook of current theory, research, and therapy*, New York, John Wiley & Sons, 1982, p.238-252.

Jones W. H., Carpenter B. N., Quintana D., "Personnality and interpersonal predictors of loneliness in two cultures", *Journal of Personnality and Social Psychology*, 1985, 48, p.1503-1511.

Jones W. H. et Moore T. L., "Loneliness and social support", *Journal of social Behavior and Personnality*, 1987, 2, p.145-156.

Laws D. R. et Marshall W. L., "A conditioning theory of the etiology and maintenance of deviant sexual preference and behavior", in W. L. Marshall, D. R. Laws et H. E. Barbaree (éd.), *Handbook of Sexual Assault. Issues, theories, and treatment of the offender*, New York, Plenum Press, 1990, p.209-229.

Lazarus R. S., Folkman S., *Stress, Appraisal, and Coping*, New York, Springer Publishing Company, 1984.

Loucks S., "Loneliness, affect, and self-concept : Construct validity of the Bradley Lonliness Scale", *Journal of Personality Assessment*, 1980, vol. 44, p.142-147.

McWhirter B. T., "Loneliness: A review of current literature with implications for counseling and research", *Journal of Counseling and Development*, 1990, 68, p.417-422.

Marshall W. L., "Invited essay : Intimacy, loneliness, and sexual offenders", *Behavior Research and Therapy*, 1989, vol. 27, p.491-503.

Paulhan I., Bourgeois M., *Stress et coping. Les stratégies d'ajustement à l'adversité*, Paris, PUF, "Nodules", 1995.

Rook K. S. et Peplau L. A., "Perspectives on helping the lonely", in L. A. Peplau et D. Perlman (éd.), *Loneliness. A sourcebook of current theory, research, and therapy*, New York, John Wiley & Sons, 1982, p.351-378.

Rook K. S., "Promoting social bonding : Strategies for helping the lonely and socially isolated", *American Psychologist*, 1984, vol. 39, p.1389-1607.

Rotter J. B., "Generalized expectancies for internal versus external control of reinforcement", *Psychological Monographs*, 1966, vol. 80, n° 1, p.609-633.

Rufo M., *Détache-moi, Le Livre de poche*, Paris, 2007.

Rusinek S., *Les Émotions, Dunod*, Paris, 2004.

Russell D., Peplau L. A. et Ferguson M. L., "Developing a mesure of loneliness", *Journal of Personality Assessment*, 1978, 42, p.290-294.

Weiss R. S., *Loneliness. The experience of emotional and social isolation*, Cambridge (Mass.), MIT Press, 1973.

Weiss R. S., "The provisions of social relationship", in Z. Rubin (éd), *Doing Unto Others. Joining, molding, conforming, helping, loving*, Englewood Cliffs, Prentice Hall, 1974, p.17-26.

Weiss R. S., "Issues in the study of loneliness", in L. E. Peplau et D. Perlman (éd.), *Loneliness. A sourcebook of current theory, research and therapy*, New York, John Wiley, 1982, p.7180.

Weiss R. S., "A taxonomy of relationships", *Journal of Social and Personal Relationships*, 1998, 15, p.671-683.

Weiss R. S., "Is the attachment system of adults a devlelopment of Bowlby's attachment system of childhood?", Psychological Inquiry, 1994, 5, p.65-67; Weiss R. S., "A taxonomy of relationships", *Journal of Social and Personal Relationships*, 1998, 15, p.671-683.

Van Rillaer J., *La Gestion de soi*, Sprimont, Mardaga, 1992.

Winnicott D. W., *Jeu et réalité. L'espace potentiel*, Paris, Gallimard, 1975.
  (D. W. Winnicott, 이재훈 옮김, 『놀이와 현실』, 한국심리치료연구소, 1997.)

Winnicott D. W., *L'Enfant et le Monde extérieur. Le développement des relations*, Paris, Payot, 1972.

Young J. E., Klosko J. S., *Je réinvente ma vie*, Paris, Éditions de l'Homme, 1995.

자신을 발견하고 자기 자신으로 살아가는 즐거움

André C., *Imparfaits, libres et heureux. Pratiques de l'estime de soi*, Paris, Odile Jacob, 2006.

André C., Légeron P., *Comment gérer les personnalités difficiles*, Paris, Odile Jacob, 1996.

André C., Lelord F., *La Force des émotions*, Paris, Odile Jacob, 2001.

Appert V., *Rencontrer, se faire des amis*, Paris, Hachette Pratique, 2004.

Apfeldorfer G., *Les Relations durables*, Paris, Odile Jacob, 2004.

Arrive J.-Y., *Savoir vivre ses émotions*, Paris, Retz, 2001.

Bader E., pearson P., *Quest of the Mythical Mate. Developmental approach to diagnosis and treatment in couples therapy*, Philadelpie, Brunner-Mazel, 1988.

Boisvert J.-M., Beaudry M., *S'affirmer et communiquer*, Éditions de l'Homme, 1979.

Bouillerce B., Carre E., *Savoir développer sa créativité*, Paris, Retz, 2000.

Branden N., *Les Six Clés de la confiance en soi*, Paris, J'ai lu Bien-être, 2004.

Burka J. B., *Comment ne plus être en retard*, Paris, Pocket Évolution, 2008.

Calatayud C., *Accepter l'autre tel qu'il est*, Saint-Étienne, Jouvence, 2004.

Calatayud C., *S'aimer tel que l'on est*, Saint-Étienne, Jouvence, 2004.

Cottaraux J., *La Force avec soi*, Paris, Odile Jacob, 2007.

Couzon E., Nicoulaud A., *S'estimer pour réussir*, Issy-les-Moulineaux, ESF Éditeur, 2004.

Cungi C., *Savoir s'affirmer*, Paris, Retz, 1996.

Duclos G., *L'Estime de soi, un passeport pour la vie*, Montréal, Éditions de l'hôpital Sainte-Justine, 2004 (2ᵉ éd).

Fanget F., *Affirmez-vous!*, Paris, Odile Jacob, 2000.

Fanget F., *Oser, Thérapie de la confiance en soi*, Paris, Odile Jacob, 2003.

Faure C., *Vivre le deuil au jour le jour*, Paris, Albin Michel, 2004.

Linehan M. M., *Manuel d'entraînement aux compétences pour traiter le trouble de personnalité état limite*, traduction D. Page et P. Wehrle, Genève, Médecine & Hygiène, 2000.

Linehan M. M., *Traitement cognitivo-comportemental du trouble de personnalité état limite*, traduction D. Page et P. Wehrle, Genève, Médecine & Hygiène, 2000.

Loreau D., *L'Art de la simplicité*, Paris, éditions Robert Laffont, "Marabout Psy", 2005.

Macqueron G., Roy S., *La Timidité. Comment la surmonter*, Paris, Odile Jacob, 2004.

Meggle V., *Couper le cordon, Guérir de vos dépendances affectives*, Paris, Eyrolles, 2005.

Nabati M., *Guérir son enfant interieur*, Paris, Fayard, 2008.

Nazare-Aga I., *Approchez les autres, est-ce si difficile?*, Montréal, Éditions de l'Homme, 2004.

Poletti R., Dobbs B., *Lâcher prise. Dire oui à la vie*, Genève-Bernex, Jouvence, 1998.

Servant D., *Soigner le stress et l'anxiété par soi-même*, Paris, Odile Jacob, 2003.

Van Rillaer J., *Les Thérapies comportementales*, Paris, Éditions Bernet-Danilo, 1998.

감사의 말

이 책이 나오기까지 수고해 주신 오딜 자콥Odile Jacob 출판사의 모든 직원들, 특히 편집자의 관점에서 정확한 조언을 해 준 가엘 퐁텐에게 감사의 말을 전한다.

크리스토프 앙드레의 우정 어린 조언에도 감사를 표한다. 그의 저작들은 이 책을 쓰는 데 많은 영감을 주었다.

원고를 미리 검토해 준 분들께도 감사의 말을 전한다. 열의를 가지고 정확한 조언을 해 준 실비 바르들랑과 탁월한 능력으로 날카로운 지적을 해 준 아네스 소라에게도 감사의 뜻을 전한다.

따뜻한 마음으로 신뢰를 보내 준 환자들에게도 감사한다. 그들의 고백은 내 연구의 귀중한 자료가 된다.

내가 생각을 풀어 가는 데 도움을 준 다비드, 브뤼노, 장 피에르에게도 고맙다는 말을 전한다.

내가 힘들어 할 때 부드러운 말로 나를 위로해 주고, 나의 작업에 지속적인 관심과 신뢰를 보내 주는 자니 시아리에게도 고마운 마음을 전하고 싶다.

마지막으로, 내가 이 책을 집필하는 동안 곁에서 애정 어린 인내심과 따뜻한 관심을 보여 준 나의 아내와 아이들에게 고맙다는 말을 전한다.

옮긴이의 말

불한사전에서 'solitude' 라는 단어를 찾으면 다음과 같이 설명되어 있다.

solitude [13세기; 라틴어 solitudo]

여성명사

1. 고독

2. 인적이 드문 곳, 정적, [詩]고독한 장소

3. 은둔, 은거

이 책의 원제는 'Psychologie de la solitude' 다. 그대로 옮기면

'고독의 심리학'이다. 그런데 우리말에는 '외로움'이라는 단어도 있다. 고독과 외로움은 서로 의미가 겹치면서도 미묘한 차이가 있다. 외롭다고 하면 정도의 차이는 있겠지만, 대화를 나누거나 함께 외출할 사람이 없는 상태, 혹은 친구나 애인과 즐거운 시간을 보내는 사람들을 바라보면서 느끼는 상대적인 박탈감 같은 것이 떠오른다. 반면, 고독孤獨이라는 말은 한국어의 한자어가 대부분 그렇듯이 좀 더 멋스럽게 들린다. 고독은 어쩔 수 없어서가 아니라 자신이 직접 그러기를 원했다는 느낌을 준다. 사람들 무리에서 한 발자국 뒤로 물러서서 세상에 대해, 자신에 대해 성찰하는 사람의 모습이 그려진다. 외로워서 안달하는 게 아니라 적당히 떫은맛이 나는 녹차를 천천히 마시듯 시간의 흐름을 음미하는 사람의 옆얼굴이 떠오른다.

제목을 비롯해서 이 책의 본문에는 'solitude'라는 단어가 수도 없이 나온다. 번역을 하면서 이 불어 단어를 '고독'으로 옮겨야 할지 '외로움'으로 옮겨야 할지 끊임없이 고민했다. 맥락에 따라 고독이 더 어울릴 때도 있고 '외로움'이 더 원문의 뜻에 가까워 보일 때도 있었다. 그러나 어쩔 수 없을 때를 제외하고 주로 '고독'이라는 단어를 쓰려고 노력했다. 자의적으로 두 단어를 섞어서 쓰면 독자들에게 혼란을 줄 수도 있겠다는 생각 때문이었다.

그런데 우리말의 '외로움'과 '고독'의 미묘한 뉘앙스 차이는 이 책을 이해하는 데 하나의 열쇠가 된다. 저자가 구분하는 강요된 고독과 자발적인 고독 혹은 고통스러운 고독과 자아실현의 과정으로서의 성숙한 고독은 외로움과 고독의 차이와 엇비슷하게 대응하는 것 같다. 그렇게 본다면 외로움은 고독으로 가기 위한 하나의 과정이라고 말할 수도 있겠다.

이 책은 단지 외로움을 피하거나 극복하는 요령을 나열하는 것으로 그치지 않는다. 저자는 분명 그런 방법들을 구체적으로 제시하고 있긴 하지만, 더 나아가 외로움을 대면하고 내면화함으로써 진정한 고독으로 승화시켜야 한다고 말한다.

항상 사람들에게 둘러싸여 있으면서도 마음 한편이 늘 외롭고 허전한 사람들이 있다. 반대로 혼자서 보내는 시간이 많으면서도 풍요로운 일상을 누리는 사람들도 있다. 이런 사람들은 외로움을 잘 견디는 법을 타고나기라도 한 걸까? 그렇지 않다. 저자는 혼자 있는 법, 외로움을 견디는 법도 배워야 알 수 있다고 말한다. 물론 정서적으로 안정적인 유년시절을 보낸 사람은 남들보다 더 수월하게 이런 방법들을 체득할 터이지만 학습의 필요성은 이들에게도 예외가 될 수 없다. 이 책은 그런 학습의 몇 가지 원칙과 방법을 제시해 준다. 그러나 실천은 독자의 몫이다. 손쉽고 편한 요령을 제공하는 게 이 책의 목적은 아니기 때문이다. 외로운 상태에서 벗어나려고 하면 더 외로움에 사로잡히는 악순환, 타인들에게 다가갔다가 자신의 서투름만 탓하게 된 경험, 자신에 대한 잘못된 인식에서 오는 불안과 좌절 등을 극복하고 용기 있게 자신을 대면하고 타인에게 다가간다는 것은 결코 쉬운 일이 아니다. 그렇다고 특별한 소수의 사람들만이 해낼 수 있는 어마어마한 일도 아니다. 자신과 타인에 대한 사랑을 믿으며 꾸준히 노력한다면 누구나 해낼 수 있는 일이라고 저자는 말한다.

서양 사람들은 한국인들이 가족애를 중시하고 친구나 직장동료
와 정을 나누는 모습에 감탄한다. 그러나 가까이 들여다보면 현실
은 그리 간단하지 않다. 경제 발전과 정치적 근대화는 자동차나 선
거제도뿐 아니라 고독한 개인들도 생산해 낸다. 그 어느 나라보다
빠른 시간에 엄청난 변화를 경험한 한국인들은 가족을 중심으로 한
전통과 새로이 등장한 개인주의, 유교적 예절과 자유로운 자기표현
사이에서 갈등한다. 대도시로 이주해 온 노인들은 기존의 지역 공
동체로부터 배제된 채 낯선 외로움과 대면해야 한다. 개인주의 문
화에 익숙한 젊은이들은 집단적인 화합을 강조하는 직장 문화에 잘
적응하지 못하고 스트레스를 호소한다. 이런 갈등 속에서 각 개인
이 느끼는 외로움은 더욱 커질 수밖에 없다. 혈연에 기초한 배타적
인 한국 문화에 적응하지 못하는 이민자들은 더 말할 것도 없다. 그
런 의미에서 훨씬 이전부터 우리에겐 '고독의 심리학'이 필요했던
건지도 모른다.

이 책은 쉽다. 그러나 내용은 결코 얕지 않다. 오랫동안 심리 상
담을 해 온 저자의 현장 경험과 전문지식이 고루 녹아 들어가 있기
때문이다. 그래서 심리학에 문외한인 일반 독자뿐만 아니라 전문가
들에게도 유용한 책이 될 것이라고 생각한다.

외로움에 시달리다가 무작정 집을 나서 산책을 하다가 서점에 들
렀는가? 서가를 기웃거리다가 우연히 이 책을 발견했는가? 책장을
몇 장 넘겨보거나 차례를 훑어보고 있다면 당신은 이미 성숙한 고

독으로 가기 위한 첫발을 내딛은 셈이다. 그 여정에 이 책 한 권이 유익한 안내서가 된다면 번역자에게도 작은 보람이겠다.

2010년 6월
정기헌

고독의 심리학

첫판 1쇄 펴낸날 2010년 6월 29일
첫판 2쇄 펴낸날 2013년 1월 18일

지은이 | 제라르 마크롱
옮긴이 | 정기헌
펴낸이 | 박남희
편집 | 박남주
디자인 | Studio Bemine
관리 | 박효진

종이 | 화인페이퍼
인쇄 | 청아문화사
제본 | 정민제본

펴낸곳 | (주)뮤진트리
출판등록 | 2007년 11월 28일 제318-2007-000130호
주소 | 서울시 영등포구 양평동 2가 37-2 양평빌딩 301호
전화 | 02-2676-7117 팩스 02-2676-5261
E-mail | geist6@hanmail.net

ISBN 978-89-94015-10-1 03180

* 잘못된 책은 교환해드립니다.